講談社文庫

つよく結べ、ポニーテール

朝倉宏景

講談社

目次

つよく結べ、ポニーテール

1　二〇一五年　君澤龍也／二十三歳

突然来たメールに、君澤龍也《きみさわりゆうや》は自分の目を疑った。

《真琴《まこと》先輩が、いよいよ一軍に上がる。》

登録していないメールアドレスなので、最初はイタズラかと思った。しかし、「真琴先輩」と書いてある以上、明確な意志をもって自分に送られてきたものに違いない。

《ようやくここまで登りつめた真琴先輩を私は誇りに思う。》

すぐにぴんときた。機種変更を繰り返すうちに消してしまっていたけれど、このアドレスには見覚えがあった。

《龍也先輩には見なきゃいけない義務がある。》

朝の通勤電車の中で最初にこのメールを見たときは、驚きのあまり手が震《ふる》えてスマホを落としそうになった。寝ぼけていた意識が、一気に覚醒《かくせい》した。

《しっかりと見届けなさい。そして、自分が真琴先輩にしたことを、しっかりと嚙《か》みしめなさい。》

小川雫《おがわしずく》という、高校時代の後輩からだ。絵文字も何もない硬い文面を、何度も何度も読み返した。言葉の羅列が頭の中でほどけて、ばらばらになって、意味がわからなくなるまで凝視《ぎょうし》した。雫とは高校の途中から絶縁状態になっていたから、思考を整理するのに長い時間がかかった。

ネットでスポーツニュースをたしかめると、たしかに鳥海《とりうみ》真琴の一軍昇格の話題で盛り上がっている。「いよいよ日本プロ野球に世紀の瞬間が訪れる」と、大げさに書いている記事が目立っていた。

それからというもの、龍也はまったく仕事が手につかなくなっていた。

いつもは新入社員として、真っ先に電話をとるように心がけている。けれど、けたたましいオフィスの電話の音でさえも、どこか遠いところから鳴っているように感じられる。反応が遅れて、受話器を取り損ねることが多くなっていた。

営業先に外出すれば、いやでも仕事に集中することができるのだが、オフィスに戻って、椅子に座ったとたんに真琴の存在が頭をかすめる。誤字脱字だらけの営業日報を課長に怒られた日もあった。

忙しい日常の中で、すっかり忘れかけていた鳥海真琴の存在――。心が落ちつきなく、ざわざわと揺れはじめていた。

見なきゃいけない、と言われても、リリーフピッチャーの真琴が登板する機会を事前に知ることはできない。中継だって、地上波でやっているわけではない。ヤフースポーツなどでつねに試合の経過をチェックしないと、リアルタイムで真琴のピッチングを見ることは不可能だった。

俺にはもはや関わりのないことなんだと、自分に言い聞かせつづけた。それなのに、真琴を気にかける気持ちは、自分の意志に反して日に日に増していった。

もし真琴が投げれば、スポーツニュースどころか、一般の報道でも軒並みトップで扱われるだろう。その「世紀の瞬間」がやってきたとき、いったい自分がどういう感慨を抱くのかまったく想像できなかった。

俺は素直によろこべるだろうか？　素直に祝福することができるだろうか？　そもそも、俺には真琴の雄姿を見る資格が本当にあるんだろうか？　そして、それ以上に、真琴がプロの男たちにめった打ちにされる姿を見るのが、おそろしくてしかたがなかったのだ。

結局、雫には返事が出せないまま、平日のあわただしい日々が過ぎていった。土曜日になって、仕事からは一旦解放されたけれど、浮き足立つような気持ちは変わらなかった。

同棲相手の七海《ななみ》と映画に出かけても、内容がまったく頭に入ってこない。外食をして、帰宅すると八時をまわっていた。今日もプロ野球は全試合が行われているはずだ。真琴の所属するチームはナイトゲームのはずだ。

今にも真琴がプロのマウンドに登るかと思うと、そわそわして落ち着きがなくなってくる。ＢＳやＣＳ放送をたしかめてみようかと考えたけれど、その踏ん切りがどうしてもつかないまま時間が過ぎていった。

「なんか、龍也最近おかしいよ」たまった洗い物を片づけながら、七海が不審そうに龍也の表情をうかがう。

「いや、全然ふつうだって」龍也はとっさにごまかした。七海のしつこい追及をかわして、あわてて風呂場に逃げこんだのが、八時四十五分を過ぎたころだった。

ここ数日の迷いを振りきるように、シャンプーの泡が飛び散るほど勢いよく洗髪する。大雑把《おおざっぱ》に洗い流してから、湯船につかった。手のひらでお湯をすくって、こわばった肩にかける。慣れない仕事のせいで、疲労がずっしりと蓄積していた。

しばらくすると、脱衣場の洗面台の上に置いていたスマートフォンがバイブレーシヨンの硬い音を響かせた。

まさか、と思った。風呂場の扉を開けて、手をふいてから、スマホを取り上げる。おそるおそる今来たばかりのメールを開いてみる。

《今すぐテレビをつけて！》

雫からだった。

龍也は曇りかけた画面を、あわててタオルでふいた。ざわつく心を懸命におさえつけながら、つづきを追いかける。

《今から真琴先輩が甲子園《こうしえん》で投げる。前にも言ったように龍也先輩は絶対に見なきゃいけないんだ。》

龍也はゆっくりと風呂場に戻った。自分でも、なぜそうするのかわからなかった。そのまま湯船につかり直す。落ちつけ、落ちつけ、と懸命に自分に言い聞かせた。そのわりに、湯船のお湯が波打つんじゃないかと思うほど、心臓がどくどくと胸の内側で暴れていた。

少しのあいだ、龍也は迷っていた。このまま、風呂に入りつづけていれば、明日からも変わらない生活が待っているだろう。そう思いこもうとした。真琴がプロで投げようが、投げまいが、俺には何も関係がないはずじゃないか……。

龍也は無意識のうちに平手で水面を叩《たた》いていた。派手に水しぶきが上がって、顔に水滴がかかり、自分でもはっとしてしまう。

ごしごしと手のひらで顔をふいた龍也は、そのまま勢いよく湯船から立ち上がった。まだ体を洗っていなかったけれど、一度気持ちが傾いてしまったら、居ても立ってもいられなかった。

洗面所からバスタオルを引っさらい、まともに体をふかないまま、短い廊下を走る。居間には七海がいた。これからゆっくりお気に入りのドラマを観ようという態勢だ。お茶の入ったマグカップを両手に包んで、テレビの前のソファーに陣取っている。

時刻は八時五十七分。九時台のドラマがもうすぐはじまる。

「悪い！　ちょっとドラマは録画してくれないかな？」なるべく柔らかい口調をとりつくろったつもりだったけれど、ほとんど有無を言わせずにレコーダーのリモコンを手に取り、ドラマの録画予約を入れる。入浴の途中で真っ裸のまま――しかも濡《ぬ》れそぼった体のまま飛びこんできた龍也を見て、七海は啞然《あぜん》としている。

説明しているヒマなどなかった。肩にバスタオルをかけたまま、股間《こかん》を隠すこともせずに手際よくレコーダーを操作していく。七海の位置からは、お尻が丸見えだ。髪や体からは、ぽたぽたと水滴が床に落ちていった。

テレビの番組表を開いて、中継先を確認する。ＮＨＫのＢＳ１に合わせると、画面に大きく甲子園球場のバックスクリーンが映し出された。この球場特有の浜風で、国旗や球団の旗がはっきりわかるほどはためいている。

間違いない。阪神タイガース対琉球《りゅうきゅう》ブルーシーサーズの試合だ。

スコアボードによると、一対〇で琉球がリード。九回裏の、阪神の最後の攻撃だ。まさか、ブルーシーサーズはこの一点差の勝ちゲームの抑えに真琴を使おうとしているのだろうか……!?

いまだに全裸でテレビの前から動こうとしない龍也を見かねたのか、七海が洗面所に向かっていく。その後ろ姿に「ごめん」と声をかけた瞬間、球場内の騒音を上からおさえつけるような、エコーのかかった女性の声がテレビから響いてきた。

「琉球ブルーシーサーズのピッチャー……」ウグイス嬢のアナウンスがはじまると、さっきまでの歓声がうそのように、場内は一瞬にして静まり返った。「飯垣《いいがき》に代わりまして……」ウグイス嬢は、そこで一回長く間をおいた。たっぷり数秒は、無音が甲子園球場を支配した。

「……鳥海……！　九番、ピッチャー・鳥海。背番号、29」

爆発的な歓声が響きわたった。

琉球ファンも阪神ファンも関係なく、口に手をあてて何かを叫んだり、グッズのタオルをぐるぐると振りまわしたり、メガホンを頭上に掲げたりしていた。応援の声なのか、野次《やじ》なのか、ほとんど区別がつかなかった。一つ一つの声が混然となって大きなうねりをつくりだし、甲子園球場の中でとぐろを巻いているようだった。テレビのスピーカーからでも、その地響きのようなどよめきはじゅうぶん伝わってきた。

日本一がかかった試合でさえ、こんなに騒然とはならないだろう。カメラが総立ちになっている観客たちを映していく。どの顔も、世紀の瞬間に立ち会える興奮と期待に満たされている。

「ついにこの日がやってきました！　鳥海真琴が日本プロ野球のマウンドに登ります！　歴史的瞬間です！」ほとんどがなるような声で実況が叫んでいる。「土曜の夜、満員の甲子園の、この歓声です！」

外野の一角の壁が開き、そこからリリーフカーが走り出てくる。

すると、試合に勝ったときに上げられるはずのジェット風船が、いくつも空に舞い上がった。黄色や青、ピンクといった色とりどりのジェット風船は、甲高《かんだか》い音を残しながら、まばゆい照明に照らし出された夜空へと消えていく。まるで真琴の初登板を祝福しているかのようだった。

ゆっくりと走るリリーフカーに、カメラがズームしていく。

助手席に座っているのは、まぎれもなくブルーシーサーズのユニフォームを着た真琴だ。ぴんと背筋を伸ばしている。その横顔は緊張でこわばっているようにも見える。

マコ……！　龍也は思わず心の中で叫んでいた。彼女の姿はまったく変わっていなかった。二人の世界が野球一色に染まっていたころから。

ジェット風船とは対照的に、物が投げこまれる様子も画面に映りこんだ。リリーフカーめがけて、ペットボトルやメガホンが飛んでくる。真琴のことを快く思っていない観客も少なからずいるようだった。

リリーフカーは、投げこまれるペットボトルを回避するように、早い段階からグラウンドの中央へとハンドルを切った。そのまま、セカンドベース付近、芝の外野と土の内野の境目で停まる。

真琴がゆっくりとグラウンドに降り立った。リリーフカーを運転してきたお姉さんに律義《りちぎ》に一礼すると、帽子の下から飛び出たポニーテールが、勢いよく跳ねる。その瞬間をとらえようと、球場全体から目もくらむほどのフラッシュがたかれた。

真琴は、みずからを取り囲む声援や野次に戸惑《とまど》ったように、少しのあいだたたずんで周囲に視線をめぐらせていた。もしかしたら、自分がこのプロ野球の舞台に立っているということが、いまだに信じられないのかもしれない。

俺だって信じられるわけがない、と龍也は思った。いっしょに走って、いっしょにキャッチボールをして、苦楽をともにしてきたマコが、甲子園のマウンドに立つなんて。

画面の中の真琴は、無意識なのか、左手のこぶしで胸を一回、二回と叩いてから、駆け足でマウンドに向かっていった。

やっぱり体がひとまわり大きくなったような気もする。高校生のころの真琴は、まわりの選手たちとくらべると、やはり体つきはたよりなかった。プロテインを、顔をしかめながら飲んでいた姿を急に思い出して、笑いたいような、泣きたいような、なんとも言いがたい気持ちに襲われていた。

「今夜、男子プロ野球のマウンドに、はじめて女子投手が立ちます！」実況の声がそんな龍也の感傷を破った。「日本プロ野球史上に、また新たなページが書きくわえられます！」

2　二〇〇二年　鳥海真琴／十歳

美少女戦士になりたかった。

　魔法の契約をして、変身して、敵と戦い、世界を救う女の子に、真琴はあこがれを抱いていた。〈まほうノート〉には、自分で考えた、変身後のかわいくて、セクシーなコスチュームをたくさん描いていった。

　胸元に大きなリボンのついたセーラー服。フリルがついて、すそがふわっとふくらんでいる、淡いピンクのスカート。ニーハイソックス。セクシーなブーツ。

　どれも着たこともないようなものばっかりで、きっとこんな格好をしたら、どんな敵とでも戦えるような気がして、すぐにノートはいっぱいになっていった。夜、ベッドに入ってから、美少女戦士の妄想《もうそう》をするときは、自分で描いたコスチュームを身にまとって戦った。

お母さんと魔法少女の映画を観に行って「これだ！」と、思ったのだ。

強くて、でも、かわいくて、世界のために戦う女の子たち。なかでも、魔法をボールのように操って、敵に投げつけるキャラに、真琴は釘づけになった。

自分が魔法を使えるなら、絶対に野球ボールに念をこめる。

ふだんは女子野球選手、敵に遭遇すると美少女戦士。

いざ変身すると、持っているボールに語りかけながら魔法を吹きこむ。激しく燃える火の球や、七色に光る高速球、当たった瞬間に爆発する爆弾ボール、分裂したり、一瞬消えたりする超魔球を投げこんでいく。

そして、最後には、渾身《こんしん》の力をこめた魔法ボールが敵の体をつらぬくのだ。足元に転がってきた白球を拾い上げてつぶやく。「任務完了！」そうして、変身の魔法もとける。ふつうの女の子に戻るのだ。

気がついたら、なんの違和感もなく野球をやっていた。おもちゃのゴムボールとプラスチックのバットで遊んでいる三歳くらいの写真を、小学校に上がったときに見て、こんなにむかしから！　と、驚いた。

入学のお祝いに革の本格的なグローブを買ってもらって、キャッチボールをした。

ホントは硬式球を使うリトルリーグに入りたかったけれど、お母さんが反対したのと、おじいちゃんが地域の少年野球の世話役みたいなことをやっているので、そこに入れられた。むかしは、監督だったらしい。

おじいちゃんも、お父さんも、野球をやっていた。しかも、お父さんのほうは、プロの一歩手前までいったそうだ。真琴には「プロの一歩手前」が、どれほどのものなのかよくわからなかったけれど、やっぱり野球がうまかったので尊敬していた。

真琴は一人っ子だった。小さいころ、「弟か、妹が欲しい」と言ったら、苦笑いでスルーされた。あとから気づいたことだけど、周りの友達の親とくらべると、両親の年齢はだいぶ上だった。

幸いなことに、野球は楽しかった。

やっぱり性に合っている。おじいちゃんとお父さんもやっていたからだろうか。足を使うサッカーより、ずっとうまかったし、やりやすかった。

ボールを打つのも、守るのもそうだけど、野球の場合、やっぱりぼぅーっとできる時間があるのが、なんと言ってもすばらしい。サッカーやバスケだと、こうはいかない。ノックの順番を待っているときや、試合中の守備のとき、空を見上げて「あ、鳥が飛んでる」とか、「あの雲、アメリカンドッグみたい」とか、「それにしても、なんでシチューはご飯に合わないんだろう」なんて考える。

それで、家に帰ったらホントに晩ごはんがシチューだったりして、予知能力があるのかもしれないと勘違いする真琴は、「思いこみが強すぎる」と、よく周りのおとなたちから怒られている。

野球だけじゃなく、両親や学校の先生からも、「マイペースすぎる」と言われ、通信簿にも書かれるので、十歳にして、自分が周りから浮いているかもしれないと、徐々に自覚しつつあった。授業中、無意識のうちに、ノートに魔法少女を描いていて、先生に怒られ、とりあげられ、クラスのみんなに笑われて、恥ずかしい思いをしてようやくわかる、この何とも言えない悲しい感じ。

でも、私だっていろいろ考えてるんだと、真琴は歯がゆい思いをしている。

自分は男の子のほうがよかったんじゃないか、女として生まれてこないほうがよかったんじゃないかって、よく感じることがあった。

そういう反応を、ときどき周りのおとなたちが見せるからだ。おじいちゃんは、とくに。

もちろん、真琴が会いに行くと、とたんにでれでれして、にやつくし、すぐお小遣いをくれる。かわいがってくれてるとわかっている。でも、いざ野球となると、顔つきが一気に変わる。口では言わないけれど、「そんなこともできないのか」っていう顔に一瞬なることがあるし、「まあ、女の子だし、しかたがないか」って自分に言い聞かせていることも、真琴にはすっかりお見通しだ。

真琴は、そんな複雑な表情を前にして、なんだかとっても申し訳ない気持ちになってくる。もっとうまくなれば、そんなおじいちゃんの顔を見ることもなくなるのだから、よりいっそうがんばろうと思う。

お父さんは、やっぱりキャッチボールをしているときがいちばん楽しそうで、うれしそう。真琴も楽しいし、何より、お父さんが楽しそうなのが、うれしいけれど、自分が男の子だったらもっとお父さんはよろこぶんだろうな、と考えてしまう。

だから、美少女戦士にあこがれてるとか、そんな女の子っぽいことは口がさけても言えない。なんだか、お父さんや、おじいちゃんに失望されてしまいそうだったからだ。本当はスカートとか、セーラー服とか、そういうかわいい服装に、ひそかにあこがれているんだけど、いつも動きやすいようにTシャツとハーフパンツで過ごしている。

お母さんはと言えば、あんまり野球をやらせたくないみたいだった。幼稚園のころは、ぬいぐるみとか、人形とか、いろいろ買ってもらったし、ふりふりのついたワンピースを着せられたこともあったけれど、やっぱりおじいちゃんやお父さんの求めるキャラに自然とこたえるうちに、いつの間にか男っぽくなってしまった。

夕食のときに、「私って男の子のほうがよかった？」と、聞いたことがあって、お母さんは涙ぐんでしまった。あわてて真琴はあやまった。

お父さんは、ゲンジツテキな人なので——と、お母さんは、いつも言っている——いつもどおり、あわてることなく、ゲンジツテキに答えた。

「あのな、真琴。そんなことをお前に思わせたり、言わせてしまったんなら、俺のせいだよ、ごめん」真琴を見つめて、あやまってくる。「もし真琴が男の子だったら、俺は確実にプロ野球選手になってほしいって思って、決まった生き方をムリヤリ押しつけてたと思う。でも、プロは厳しい世界だから、絶対なれるって保証はない。そんな生き方を押しつけるくらいなら、真琴が女の子でよかったって、心から思ってるよ」

あれ？　もしかして、私ってプロ野球選手になれないの？　と、そのとき真琴は見当違いなことを考えていたのだった。美少女戦士になりたいのは妄想で、どっちかというとプロ野球選手はゲンジツテキなほうの夢だったのに。

おじいちゃんの家で、夏休みに高校野球を観ていたときも、「いいなぁ、カッコいいなぁ、私も出られるかな？」って何気なく聞いたら、おじいちゃんは苦い顔になって「うーん……、まあなぁ、どうだろうなぁ……」と、ごまかしてしまった。

あとでお父さんに聞いたら、女の子は甲子園に出場できないと、これまたゲンジツテキに言われた。あれ、なんだか、おかしいぞ、と真琴は思いはじめている。お父さんには「日本の女子野球だって、徐々に発展してきている」と、言われたけれど、真琴の中では、野球と言えばやっぱりテレビで中継されるプロ野球だし、春、夏の甲子園なのだった。

今までは、当たり前に、体のデカい男の人たちの中にまじってプレーしている将来の姿を想像していた。

家の洗面所の鏡で、まじまじと自分の姿を眺めてみる。

肩甲骨《けんこうこつ》くらいまで伸ばした髪を手のひらでなでつけてみる。本当はばっさりショートのほうが野球がしやすいけれど、なんとなくお母さんの涙をいつも思い出してしまって、切ることができないでいた。それに、女の子っぽい、魔法少女に近いアイテムは長い髪だけだから、この長さを保ちたかった。

四年生の夏が過ぎて、身長が一気に伸び、ほとんどの男子よりも頭半分高くなった。少年野球では、投手をやる機会も与えられつつあった真琴は、しだいに男の子たちを打ちとる快感をおぼえつつある。

なんだよ、オトコってけっこうチョロいじゃんと、真琴は思っていた。このまま順調に成長していけば、甲子園もプロも、案外すんなりと行けるかもしれない。

クラスの女子たちは、好きな人のウワサで盛り上がっているけれど、真琴は同年代の男子たちが弱っちく見えてしかたがなかった。同級生にときめくことは、この先一生ないのかもしれないと心の底では焦《あせ》っていた真琴だったけれど、ようやく張りあいのある男子に出会えたと感じたのは、十歳の二学期だった。

クラスに転校生がやってきた。桜井拓斗《さくらいたくと》と自己紹介したその男子はクラスメートたちの視線を浴びながら、席と席のあいだをぬって、教室のいちばん後ろまでやってきた。真琴のとなりの空席に座る。

「よろしくね」とか、「私、鳥海真琴」とか、第一声をどきどきしながら準備していたのに、タクト君は目も合わせず、無言で座ってしまった。

タクト君は、一言で言うとミステリアス。物静かで、自分のことをまったく話さない。でも、一部の女子からカッコいいかも、と言われていた。何より、スポーツがよくできる。サッカーやバスケやドッジボールで活躍して、男子からも一目置かれるようになった。

となり同士ということもあって、真琴は徐々にタクト君と話をするようになっていた。でも、どこから引っ越してきたとか、どういう事情で転校してきたとか、そういったことはあまり話してくれなかった。

でも、しばらくたったころ、真琴のノートの下からちらっと見えた下敷きに目をとめて、いつになく気さくに話しかけてきてくれたのだった。

「鳥海って、野球好きなの？」

「好きだよ」いきなりだったので、ちょっと緊張したけれど、真琴は素直にうなずいた。

その下敷きは野球選手のグッズだった。巨人でライトを守っているカッコいい選手のものだ。スイングした直後、バットを放りながら、最高の弾道で飛んでいくホームランボールを目線で追いかけている瞬間の写真の下敷き。

「へぇ～」タクト君は、下敷きからふと真琴に視線を上げて、目を細めた。「女子のくせに」

「あ、バカにしてるでしょ！」

「してねぇよ！」

「私だって、やってるんだよ、野球」真琴は、どうだと言わんばかりに胸を張って言った。

「マジで!?」ところが、タクト君は、物珍しい動物を発見したみたいな表情になったのだ。「鳥海みたいなトロいヤツができんの？」

あ、やっぱり私って、周りからトロいと思われてるんだと、ショックを受けた。

「キャッチボールやろうよ、キャッチボール」笑われたままにしておくのは、美少女戦士の名がすたると思った。「ねぇ、やろう、やろう、やろう」

タクト君が「うん」と言うまで、「やろうやろう」言いつづけるつもりだった。そういえば、ドッジボールのとき、タクト君がやたら自分のことをしつこく狙ってきたなと思い出し、いいカモだと思われているに違いないと勝手に決めつけ、こうなったら顔面にボールぶつけてやんぞ、くらいの気持ちだった。

「でも、グローブ持ってないからなぁ……」タクト君は頭の後ろをぽりぽりとかきながら、しぶる。

「二つ持ってるから、やろうよ、やろう、今日やろう。ねっ、ねっ！」真琴はこうと決めたら、絶対曲げない。一方的に宣言した。「よし、決定！　じゃあ、学校終わったら、グローブ取りに一回帰るから」

しつこい真琴に、タクト君のほうが結局折れて、その日の放課後に公園でキャッチボールをすることになった。真琴は家に帰って、自分の左利きのグローブと、ふつうの右投げのグローブを持ち出し、自転車のカゴに放りこんだ。

公園に到着すると、タクト君がすでに待っていた。その姿を見て、約束をすっぽかされるんじゃないかと心配していた真琴はほっと胸をなでおろした。

「じゃあ、やろうか」タクト君にグローブを渡して、自分もつける。

真琴のグローブを見て、タクト君は「左投げ!?」と、驚きの声を上げた。まず一発ぶちかましてやったぞ、と真琴はほくそ笑んだ。

「最初は、その右利き用を買ってもらったんだけどね」真琴はタクト君がつけたグローブを指さす。「でも、左のほうが投げやすいって気づいたんだ。お父さんもサウスポーが有利だって言うしさ」

さあ、さっそくやろうと離れたとき、「で、ボールは？」と、タクト君に聞かれて、真琴ははっとした。

「ごめん、忘れたかも」

「マジで!?」タクト君はよほど驚いたらしくて、「マジで」と言ったままのかたちで、口をぱっくり開けたままだった。「なんでグローブ持ってきて、ボール忘れんの？」

真琴だって、べつに忘れようと思って忘れたわけじゃない。いつもグローブにはさまっているから、今日だって当然グローブを持ってきたら、もれなくついてくるだろうと思っていて、でも何かの拍子に出てしまったらしくて、それで忘れただけなんだ。

「やっぱ、鳥海ってすごいな」

すごいの意味が全然わからない。せっかく、タクト君をあっと言わせようと思ったのに、べつのところであっと言わせてしまって、大きな後悔が真琴を襲った。あわてて自転車に飛び乗ろうとした真琴を、タクト君が呼びとめた。

「ここからなら、俺ん家近《ち》いから、俺が取ってくるよ。たしか、軟式のボールがあったからさ」

「なんでグローブないのに、ボール持ってるの？」

「いや、わかんないけど、なんかあるじゃん、家にボールって」

たしかにそうだと思った。買ってもいないのに、なぜだかボールって家にある。黄緑色のテニスボールも、家族の誰もやらないのに、二、三個はある。ボールって実は草が生《は》えるみたいに、ぽこぽこ自然発生するものなのかもしれない。

「ここでちょっと待ってて。すぐだから」

「私も行く」

「いや、いいから、すぐだから」

「行く、行く」

言い出したら聞かないことを、タクト君はすでに知っているから、もはや何も反論しなかった。ついてこいというように、すたすたと歩き出した。真琴も自転車を引きながらついていく。

「ここ」と、指さされたアパートを見て、真琴は唖然《あぜん》とした。

ツタがからまったその二階建てのアパートは、今にも悪の魔法使いが這《は》い出てきそうなほど、暗いオーラを強烈にあたりに放っている。

「ここに家族で住んでるの？」

「そうだよ。まあ、母さんと弟と俺の三人だけどさ」タクト君はぶっきらぼうに説明した。だから連れてきたくなかったんだよ、と言いたそうな表情だった。「すぐ取ってくるから、ここで待ってろよ」

そう言って、薄暗い一階の廊下を奥まで進んでいく。洗濯機や、自転車や、骨が折れたビニール傘、郵便受けから落ちたチラシがごちゃごちゃになっていて、おとなだったらこの狭い廊下を歩くのは大変だろうなと思った。

真琴は一歩下がって、日陰に建つアパートの全体を見渡してみた。ホントに人が住んでいるのかと疑うくらい薄気味悪いし、今にも二階から崩れ落ちそうなほど古い。風に揺れている洗濯物や、黒い油でべとべとになった換気扇が見えた。生活のにおいが色濃くこびりついているのに、まったく人の気配がしないのが不思議だった。真琴はタクト君が入っていったドアまで足音を立てないように進んでいった。

ちょっとした好奇心だった。ノブをまわして、木のドアをそっと開けた。隙間から奥をのぞいてみる。

その瞬間、目が釘づけになった。

何から驚いていいのかわからなかった。それだけ、真琴にとっては驚きだらけだったのだ。

玄関を上がったすぐが台所で、そこからダイレクトに奥の部屋へとつながっている。そのあまりの狭さにまず驚いたし、どこからどう見てもその一部屋で行き止まりだということにさらに驚いた。

一軒家でも、マンションでも、ふつうはリビングがあって、キッチンがあって、廊下の先に部屋がいくつかあって、もちろん子ども部屋もあって、というのが、ごくふつうの家だと思いこんでいた。自分の家もそうだし、ほかのクラスメートの家に遊びに行ったときも、どこもそうだった。

まさか、たった一部屋に三人が暮らしていて、しかもこれじゃあ、ご飯を食べるのも、テレビを観るのも、寝るのも同じ部屋なわけ!? 真琴の頭は混乱していた。自分の勉強部屋くらいの広さに、他人の家の生活のすべてがつめこまれているのがまったく信じられなかった。こういうアパートは独りで暮らしている人が住むものだとばかり思っていたのだ。

じめっとした気配が伝わってくる、散らかった部屋だった。タクト君は、その部屋でボールを探しているのか、ごそごそと動きまわっている。「おかしいなぁ」という声が聞こえてくる。

そのとき、誰もいないと思っていた部屋の奥から女の人の声がいきなり響いて、真琴はあわてて扉を閉めた。

一回大きく深呼吸をしてから、周りに人がいないのをたしかめる。外の廊下には、誰もいない。ほっと胸をなでおろして、また少しだけ扉の隙間を開けてみる。

「何探してんのぉ？」だるそうな女の人の声が、部屋の中から聞こえてきた。

よく見ると、敷きっぱなしの布団《ふとん》がこんもりと盛り上がっていて、そこに人が寝ているのがわかる。

「母さん、早く起きないと、仕事遅れるよ」タクト君は質問に答えずに、布団の盛り上がっているところをかるく蹴った。

「何すんの〜」ちょっと怒ってはいるけれど、眠そうな声だった。「まだ、大丈夫だってばぁ」

この時間にお母さんが寝ていることに真琴はまたまた驚いた。最初は病気なのかもしれないと思ったけれど、タクト君は仕事と言ったし、もしかしたら夜から働いているのかもしれない。

それじゃあ、夜ご飯は誰がつくってるんだろう？　いったいどんな仕事をしてるんだろう？　まだ小っちゃい弟の世話は誰がしてるんだろう？　いろんな疑問がわいてきたところに、カーテンを閉めきった薄暗い部屋からタクト君がこちらに歩いてきて、あわてて扉を閉めた。廊下をダッシュして道路に出る。

「お待たせ」と、あやまりながら、タクト君は手に持った白いボールをぽんとかるく投げてよこした。

そのボールを真琴は胸元で受け取った。心臓がどきどきと鳴っていたのは、走ったせいだけではなかった。なんとも言えない、いろんな気持ちがごちゃごちゃになっていたのだ。


二人はふたたび公園まで戻ってキャッチボールをはじめた。真琴は何事もなかったかのように、何も見なかったようにふるまっていた。

最初、タクト君はぽろぽろと真琴の送球を落とした。グローブが合っていないようだった。

「ひさしぶりだからさ」と、タクト君は悔しそうに投げ返した。投げるほうは、さすがに力強くて、真琴の手がしびれた。

タクト君はすぐにグローブの感触にも慣れたみたいで、短時間でだいぶうまくなってきた。やっぱり運動神経がいいからかもしれない。真琴よりも、格段に速く、重い球をばしばしと投げ返してくる。

真琴がフライのようにわざとボールを高く上げると、「おっ」と言って、後ろに下がり、弓なりに落ちてきたボールをキャッチする。

今度は、タクト君が強いゴロを投げ返してきた。外野からのバックホームのつもりで、前に走りながらゴロをつかみ、思いきりタクト君に返球した。タクト君はキャッチャーのように、捕球してから架空のランナーにタッチを繰り出していった。そして、まるで激しくタックルされたみたいに一人でひっくり返りながら「アウトォ！」と叫ぶ。

それを見て真琴が思わず噴《ふ》き出すと、タクト君も笑い出した。

「やっぱキャッチボールって楽しいね」起き上がって、土を払いながらタクト君が言う。あんまり学校で笑顔を見せてくれないので、真琴はうれしくなった。

「私ね、プロ野球選手になりたいんだ」真琴はボールを投げながら、つい言ってしまった。

「へぇ～」笑われると思ったのに、タクト君は笑わなかった。

「おかしいと思わないの？」

「なんでおかしいんだよ」タクト君がボールを投げ返してくる。「鳥海ならなれるよ」うれしかった。そのうれしさをごまかすように、目いっぱい振りかぶって投げながら聞いてみる。

「タクト君は何になりたいの？」

「うーん……」タクト君は、ちょっと考えた。それから、ごく真面目に答えた。「立派なおとなかな」

真琴は思わず笑ってしまった。

「何がおかしいんだよ！」

タクト君に野球の実力を見せつけようと息巻いていたのに、いつの間にか真琴は夢中になってキャッチボールをしていた。まだ二学期がはじまったばかりの九月で、だいぶ暑かった。アブラゼミの鳴き声とともに、強い夕日が斜めから落ちてくる。真琴の額も髪もすぐに汗でびしょびしょになっていった。

お父さんとキャッチボールしているときとは違う。少年野球で、男の子たちとボールをやりとりしているときともまた違う。

タクト君のボールを受けるたび、ぞくぞくしていた。これほどうまい同年代の男の子とやるのははじめてのことだったし、もっと単純に、タクト君と二人きりでいるということがどうにも信じられなかった。

五時の鐘が鳴って、二人は公園の時計を見た。かなり遅れているのか、その時計はまだ四時四十三分を指していた。

タクト君がTシャツの袖で顔の汗をふきながら、真琴のほうに走ってくる。差し出されたグローブを、真琴は受け取ろうとしなかった。

「また、やろうよ」手を後ろに組みながら、下唇《したくちびる》をかんだ。「そっちは使わないし、貸しておくよ」

タクト君は、しばらく何か言いたそうにしていたけれど、にっこり笑って言った。

「うん、またやろう」

手を振りあって別れた。タクト君は、真琴のグローブを小脇に抱えたまま、走って帰っていった。その背中が見えなくなるまで、真琴は自転車を支えて立っていた。

その日の真琴は上機嫌だった。お母さんやお父さんに「何かいいことあったか」と聞かれたほどだ。でも、ベッドに入るとすぐ、薄暗いアパートがまぶたの裏によみがえってくる。

散らかった部屋で寝ていた、タクト君のお母さんのだるそうな声を思い出した。台所のシンクにいっぱいたまっていた、洗い物の山を思い出した。線香みたいな、渋い部屋のにおいを思い出した。

それらを懸命に打ち消そうとした。だからこそ、真琴は少しためらいながらもタクト君を妄想の魔法少女の戦闘に出そうとした。いっしょに悪を蹴散らして、すっきりした気持ちで寝ようと思った。でも、すぐにやめた。

なぜだか罪悪感がものすごかったからだ。ひょっとして、私ってものすごく悪いことをしているのかもしれない――真琴は明日、タクト君と顔を合わせるだけでドキドキしてしまうだろうと思った。

スポーツができて、カッコよくて、最初は人気があったタクト君だったけれど、彼が隠そうとしていた情報がもれてくると、周りのクラスメートたちは手のひらを返したような態度をとるようになった。あのアパートに帰っていくタクト君の姿を見かけた男子が、ウワサを一気に広めてしまったのだ。

給食のとき、タクト君がおかわりに立つと、同じ班の男の子が「お前ん家、ビンボーだからな」と、ぼそっとつぶやいた。真琴にはしっかりと聞こえていたし、タクト君の耳にも入ったはずだ。その言葉で、周りの男子や女子がくすくすと笑っている。

タクト君が何も言い返さないのをいいことに、「ボロアパート」「ボンビー」といった言葉で男の子たちがからかう。「洗濯してないから、クサい」という言葉にも平然としていたタクト君だったけれど、「お前の母ちゃん、お水なんだろ？」と、囲まれてはやしたてられると、顔を真っ赤にして怒りに耐えていた。

真琴は、とうとうガマンができなくなった。「お水」がいったい何なのかわからなかったけれど、タクト君がすごく悔しそうな顔をしているので、一気に頭に血がのぼったのだった。

魔法の武器を野球ボールに設定してから、真琴は現実界でもひそかにボールをランドセルに入れていた。ひったくり犯や強盗犯が逃げようとしている場面に遭遇したら、思いきり投げつけてやろうと狙っていたのだ。

ボールを取り出すと、そのままなんのためらいもなく、男子のリーダー格の体めがけて、至近距離から思いきり投げつけた。それを見ていた女子が悲鳴を上げた。

もちろん、ボールは火の球になんて変わらないし、爆発もしないし、相手の体をつらぬきもしないし、当たり前のことに、ただただ相手を泣かせただけだった。

「テメェ！」取り巻きの男子たちが廊下《うわば》を追いかけてくる。

真琴は踵《かかと》を踏んづけて履いていた上履きをその場で脱ぎ捨てて、あわてて靴下で逃げ出した。トロいというのは、何かにつけて抜けている真琴を見ている周りの勝手な思いこみであって、足はクラス一速いので、その場は無事に逃げおおせた。

ところが、目撃者が多かったし、上履きという証拠をしっかり残していたので、先生には簡単に知られてしまった。女の子がそんなことをするなと女の先生に言われた。「でもね、でもねっ……」叱《しか》られて半べそをかきながらも、真琴はどうしても許せなかったのだ。悪いヤツが何食わぬ顔で今までどおり生きていることが。

タクト君がからかわれていたことを泣きながら訴えると、先生は必ず注意すると約束してくれた。真琴はほっとしてうなずいて、ボールをぶつけた男子にあやまることを誓《ちか》った。

だけど、その日の帰りの会で、先生が「桜井君のことをからかうのはやめましょう」と、そのまんま発言して、子どもながらに、この人ダメだわぁと思ってしまった真琴だった。

「人の悪口を言うのは、本当に人として恥ずかしいことです」

タクト君のほうが、今まででいちばん恥ずかしそうで、悔しそうな顔をしていた。どんなにからかわれ、悪口を言われていたときよりも。

真琴も悔しくなった。悔しくて、悔しくてたまらなかった。

「あのさ……」真琴がおそるおそる話しかけても、タクト君は無視して帰ろうとする。それでも、タクト君を追いかけて、前にまわりこみ、両手を合わせてあやまった。

「あのさ、ごめん……」

「マジで余計なことすんなよ！」タクト君が真琴をにらみつける。「俺にもう関わるなよ」

「だってさ」泣きそうになるのを懸命にこらえながら、タクト君を見つめた。「私はタクト君のために……」

「お前みたいに、フツーの家でフツーに育ってきたヤツには、わからねぇんだって！」吐《は》き捨てるように言って踵《きびす》を返す。

走って去っていくタクト君の背中をどうしても追いかけられなかった。

フツーってなんだろう？　なんで、みんな仲良くできないんだろう？　言葉にならない声が、長いあいだ胸の奥で反響していた。

家に帰ったら、なぜか両親がボールをぶつけた事件をすでに知っていてこっぴどく怒られた。さすがに親には頭が上がらなくて、真琴は和室に正座させられた。お母さんには、先生と同じようなことを言われた。お父さんには、野球を暴力に使うなと叱られた。タクト君とはケンカするし、親には怒られるし、散々な日だ。

「ねぇ、お水って何？」

「あんたが知る必要はありません」お母さんはぴしゃりと言った。けれど、お母さんがお風呂に入ると、お父さんがこっそり教えてくれたのだった。

「夜に働いている人のことだよ」

「じゃあ、夜中にコンビニとか、工場とかにいる人はお水なの？」

お父さんは豪快に笑った。体がデカいので、声までデカい。

「男の人がお酒を飲むときの、お相手をしてくれる職業の女の人だよ」

「お相手？」

「お話してくれたり、お酒をついでくれたり」

「へぇ～」そんなことでお給料くれるんだったら超楽じゃんと思った。野球選手がダメだったら、私もなろうかと真琴は真剣に思った。「お父さん、そういうとこ行ったことあるの？」

「若いときはね」またまた豪快に笑う。

お父さんは、子どもが相手でも都合の悪いものを隠して教えないということをしない。だから、お母さんに「ゲンジツテキすぎて困りものだ」とよく言われているけれど、真琴はお父さん情報をけっこう信頼している。「教えて、教えて」と、たのみこむと、けっこうなんだって教えてくれるのだ。

「じゃあさ……」真琴は、タクト君の家の話をした。自分の勉強部屋くらいの広さに、家族三人が暮らしていて驚いたと話した。

「あのね、真琴」と、急にお父さんは真面目な顔つきに戻った。「世の中には、カクサというものがある」

「カクサ？」

「俺が働いてもらうお金と、そのタクト君って子のお母さんが夜に働いてもらうお金は、どうしても差が出てきちゃう世の中なんだ」

お話して、お酒をつぐだけの仕事があまりに楽だから、給料も低いのだと真琴は思った。でも、世の中に仕事があまりないとテレビで言っているから、それしかなれる職業がないんだろう。

「これから大きくなって、いろんなものを見ると思うけどね、真琴。なんでも自分のいる境遇がふつうなんだと思っちゃいけないよ。世の中、いろんな人がいるってことを知らなきゃいけないよ」

「でもさ、それでからかうヤツらがいるんだよ」昼間の怒りがよみがえってくる。

「それでボール投げたんだよ」

「それを笑うヤツがいるんだったら、見て見ぬふりをしちゃダメだぞ。ただし、野球のバットとボールは使うなよ」真琴の頭にそっと手を置く。


帰りの会で先生に言われてから、おおっぴらにタクト君のことをからかうクラスメートはいなくなった。それでも、ひそひそ話でかわされる悪口は一向に絶えなかった。面と向かって言われるわけではないので、タクト君はすべてを無視しているようだった。

そして、あの日以来、真琴でさえも眼中にないようにふるまった。

次の日には、てっきり何事もなかったように仲良くできると、真琴は思いこんでいた。それなのに、朝「おはよう」と、挨拶しても完全に無視されてしまった。

タクト君とはまったく会話をかわさなくなった。席がとなりなのに、真琴のほうも話しかけるタイミングや勇気を日に日に失っていって、ずっとウジウジしていた。真琴の席の周りだけ、どんよりと重たい空気が垂れこめている。「キャッチボールやろう」という、たった一言がなかなか切り出せないまま、永遠にも感じられるほどの時間が過ぎていった。

今さら、自分の出過ぎた行いを悔いた。ボールをぶつけたことも、先生にチクったことも、タクト君には許せなかったんだとようやく理解した。やっぱり、美少女戦士はあこがれや妄想でしかなくって、本当は世界を救うどころか、すぐ近くの友達を助ける力も持ちあわせていないんだと、真琴は無力感にさいなまれていた。

放課後、とぼとぼと一人で渡り廊下を歩いていると、校舎の裏から押し殺したような声が響いてきた。校舎の陰から、こっそりと裏のほうをのぞきこんでみた。

男子が五人くらいいた。まだ小さい。一年生くらいだ。真ん中でひときわ小さい男の子が泣きべそをかいている。

はっとした。一度見たことがある。タクト君の弟だった。

「貧乏人」や「クサい」といった言葉が聞こえてきた。肩を押されたり、髪を引っ張られても、弟のタクミ君は懸命にその場に立ちつづけていた。逃げ出そうとも、反撃しようとも、助けを呼ぼうともしない。

何なんだろう、この気持ちは？　真琴は、不思議ともう怒りを感じなかった。ほとんどあきらめに近かった。小学一年生相手なら、私の力で簡単にイジメっ子たちを蹴散らせるだろう。でも、それじゃあタクト君も、たぶん弟も、ちっとも気がすまないし、むしろ嫌な思いをさせてしまうということは、もう散々思い知らされてきた。

それでも真琴は迷っていた。どうしても見捨てることができなかった。見て見ぬふりをしちゃダメだ、というお父さんの言いつけが、真琴の背中を押した。

「うぉぁ――――！」真琴は叫び声を上げながら走り出していた。

たぶん小一からしたら、百五十センチ台の自分はほとんどおとなの体格に見えるはずだ。さらに大きく見せるために、両手をバンザイしながら、イジメっ子たちに突進していった。

最初は唖然としていた男の子たちも、意味不明な叫びを発しながら向かってくるデカい上級生におそれをなしたのか、真琴と同じような奇声を上げて、走って逃げていった。

「タクミ君……」まだ泣いているタクト君の弟に、おそるおそる近づいていく。「大丈夫？」

この子にまで、余計なことをするなと怒られそうな気がした。でも、タクミ君は手で涙をふいて、素直にうなずいた。

「ありがとう……」

「もう、大丈夫だからね」そっとタクミ君の頭に手を置いた。

「もしかして……」タクミ君が真琴の顔を見上げて聞いた。「キャッチボールの人？」

「そうだよ」真琴は笑ってうなずいた。「キャッチボールのお姉さんだよ」
「お兄ちゃんが、いつも鳥海さんの話してるよ」タクミ君は屈託のない表情で、真琴を見つめる。
真琴は一気に顔が熱くなった。
「よし！」手を思いきりたたいて、ごまかした。「キャッチボールしよう！」
ランドセルからボールを取り出した。グローブはなかったけれど、近い距離から素
手でボールを投げあった。
真琴は、まるで本物の弟ができたような気持ちになって、投げ方を教えた。最初は
女子みたいな、へなちょこな投げ方だったタクミ君も、飲みこみが早くてすぐにしっ
かりした球を放れるようになった。
「タクミ！」突然、背後から怒鳴《どな》り声が響いた。
イジメっ子が戻ってきたのかと思って、真琴は振り返って身構えた。
そこに立っていたのはタクト君だった。心の準備ができていなくて、あまりにも気
まずすぎて、真琴はとっさに顔をそらした。
「タクミ、帰るぞ」弟の手を引いて、帰らせようとする。真琴のほうにはまったく見
向きもしなかった。
「まだ、やる！」タクミ君が、兄の手を振りほどく。

「わがまま言うなよ！」

「やる、やる、やる！」

自分の言い方に似ていて、真琴はちょっと笑ってしまった。ボールをタクミ君に投げると、兄の言葉を無視して、うれしそうに投げ返してくる。

タクト君はあきれた様子で、近くのタイヤの遊具に座りこんだ。一人で帰ればいいのに、じっとこちらのキャッチボールを物欲しそうな顔で眺めて、両足を空中でぶらぶら動かしている。誘ってほしいのが見え見えのしぐさだった。

ホントはやりたいくせに、と真琴は思ったけれど、どう言葉をかければいいのかわからなかった。「いっしょにやろう」と言えば、タクト君の性格からして「誰がやるかよ！」と、反発してくるのは目に見えている。

「ああ、もう！」考えるのが面倒で、真琴はタクト君に思いきりボールを投げつけてしまった。

「うわっ！」素手でキャッチしたタクト君は、ボールの勢いに押されて、座っていたタイヤからずり落ちてしまった。「何すんだよ！」

タクト君が立ち上がって、真琴に投げ返す。あまりに至近距離から全力投球されたので、真琴は後ずさりながら胸元でボールを受けとった。

手のひらがびりびりとしびれた。

「危ないでしょ!」タクト君に返球する。

「お前が先にやったんだろ!」タクト君も負けずにやり返してくる。

今度はタクミ君にボールを渡す。すると、タクミ君も思いきり腕を振って兄に投げこむ。

気がつくと、三人で三角形になってキャッチボールをしていた。最初にあったわだかまりも、いつの間にかあとかたもなくとけていて、真琴はほっとしながらボールをまわしていく。

やっぱり、ボールは武器なんかじゃなくて、友達との仲をとりもってくれる大切な道具なんだと感謝した。

「ねぇ、タクト君。少年野球、入ってみない?」もったいないと思ったのだ。キャッチボールだけで言ったら、チームの中で誰よりも力があるに違いない。そこは、野球のウマさだけが物を言う世界だ。うまければ、誰も文句を言わないし、尊敬を集める。誰もビンボーだなんて笑ったりしない。

「だから、俺ん家お金ないって言っただろ」タクト君はあきれた顔で言った。

「道具は全部貸すよ。練習着もスパイクも、全部あまってるのあるから、貸す」

「お金が月いくらかかかるだろ」

「あ……」お父さんに払ってもらっているので、月謝のことまで考えていなかった。

おそるおそるタクト君のほうをうかがった。笑っていた。鳥海がまたおかしなことを言い出したと笑っているに違いない。

「おじいちゃんにたのんだら、なんとかなるかも！」

「もう、いいよ」タクト君は笑顔のままましずかに首を振った。「鳥海とキャッチボールするだけでじゅうぶん楽しいよ」

「ホントに？」

「ホントに」

「えへへへー」得意げに鼻の下をこすってみても、真琴のもやもやした気持ちが晴れることはなかった。

十一月になって、だいぶ涼しくなってきたころだった。それは、あまりにも突然だった。

「桜井拓斗君は、お家の事情で急に転校することになりました」月曜の朝の会で、先生が話し出したのだ。「お別れを言えなかったのは残念ですが、次の学校でも元気に過ごせるといいですね」

まるで、退屈な授業を淡々と進めるような、感情のこもっていない口調だった。タクト君についてはそれっきりで、さっさと次の連絡にうつってしまう。クラスのみんなも、ちょっとざわついただけで、すぐに関心を失ってしまったようだった。

真琴は思わず立ち上がっていた。周囲の視線が真琴に集まる。

そんなバカなと思った。金曜日、タクト君はごくふつうに学校に来ていたのに。

「鳥海さん?」先生の声も耳に入ってこなかった。

絶対、うそだと思った。あれから何度もキャッチボールをしていた。転校するなんて、そんなこと一言も聞いていない。

その日の授業はずっと上の空だった。学校が終わると、一目散にタクト君の家に走っていった。

部屋のチャイムをおそるおそる押してみる。誰も出ない。今度は扉を叩いた。

「タクト君!」真琴は叫んだ。扉の向こうにタクト君が閉じこめられているような気がして、名前を呼びつづけた。「タクト君、いないの!」

ドアを叩いていると、いきなりとなりの扉が開いて、体の大きなおばさんがぬっと出てきた。お父さんと同じくらいの体格で、真琴はびっくりした。

「もうとなりは誰もいないよ」眉間《みけん》にしわをよせたおばさんが、迷惑そうに言う。

「うるさいよ、ホントに」

「あの……」おそるおそる真琴はおばさんを見上げた。「タクト君、どこに引っ越したかわかりますか?」

「わからないけど……」おばさんは真琴の目をじっと見つめて言った。「もしかして、アンタ、鳥海真琴？」

いきなりフルネームで呼ばれてびくっとした。会った覚えもないし、名前を教えたこともない。

「タクト君から預かってるものがあるから、ちょっと待ってて」そう言って、おばさんは自分の部屋に戻っていった。

いったいなんだろうと、真琴はアパートの廊下でそわそわして行ったり来たりを繰り返した。

おばさんはすぐに出てきた。紙袋を差し出してくる。中をのぞいてみると、真琴が貸していたグローブが入っていた。ついこの前のことなのに、キャッチボールをしていたことが、ずっとずっとむかしのことのように感じられた。鼻の奥がつーんと痛くなってくる。

「鳥海っていう女の子がもし来たら、渡してくれってたのまれてたから。たしかに渡したよ」

真琴はお礼を言った。今すぐにでも、「わーっ！」と叫びながら、走り出したい気分だったけれど、おばさんの話はなかなか終わらなかった。

「お母さんの実家に急に帰ることになったみたいだよ」

「まあ、要するに、お母さんのお母さんの家だね」

「実家?」

「それってどこなんですか?」

「いや、聞いてないねぇ……」おばさんがあわれみのこもった表情で言う。「アンタ、向こうの住所聞いてないの?」

家に帰った真琴は、グローブを取り出してみた。

中にボールがはさまっていた。タクト君の家にあった軟式球だ。

よく見ると、マジックで文字が書いてあった。汚くて、うねうねしていて読むのに時間がかかったけれど、まぎれもなくタクト君の字だった。

《鳥海へ　かならずプロ野球選手になれよ》

あれだけ何度もキャッチボールしていたのに、もうタクト君の顔が思い出せなくて、長いさらさらの髪と、シャープな顔の輪郭《りんかく》だけが、しだいにぼやけていく真琴の視界の向こうに浮かんでいた。

真琴はボールを握りしめた。自分が無力で、情けなくて、本当にちっぽけに思えた。

なんでだろう? なんで正しいことをしているほうが、負けなければいけないんだろう? まるで、タクト君が悪の軍団にさらわれてしまったような気持ちだった。

魔法少女の世界は、いつも最後は正しいほうが勝った。それが当たり前だと思っていた。でも、この世界は、そんな当たり前が通用しないのかもしれない。

魔法のボールなんて投げられないなら、美少女戦士を夢見たって意味がない。絶対に強くならなきゃと思った。

なんとしてもプロになってやる。そのためには、まずは高校野球だ。自分が高校生になるころには、女子だって出られるようになっているかもしれない。

きっと、タクト君のカタキをとるから——真琴はそう誓って、文字の書かれたボールを引き出しの奥にしまった。

3　二〇一五年　君澤龍也／二十三歳

「ちょっと、どこもびしょびしょじゃん！」七海の怒声が背後から響いて、君澤龍也は振り返った。「お風呂のふたも閉めてないしさぁ、電気もつけっぱなしだったよ」

「ごめん、ごめん！」努めて明るい声を出して、七海が持ってきた下着を受けとった。

ひとまずトランクスをはいてから、バスタオルで体をふく。

マウンド上では、琉球ブルーシーサーズの内野陣とピッチングコーチが、リリーフカーから降りた真琴を待ち受けていた。その輪の中に入った真琴の体の小ささが際立って見えた。いくら筋トレをしたところで、男子の一流選手の中では子どものように映ってしまう。ピッチングコーチが、厳しい表情で声をかけてから、持っていたボールを彼女のグローブの中におさめた。

「もしかして……」テレビに視線を向けた七海が聞く。「鳥海真琴、投げるの？」

「うん」シャツを着ながら答えた。「今日、初登板」

七海はようやく納得がいったというようにうなずいた。

野球に興味がない人だって、鳥海真琴の名前くらいは誰しも知っている。去年のオフ、真琴が琉球からドラフト七位で指名を受けたときには、初の女子選手誕生という話題で日本中が騒然となった。

日本野球機構のコミッショナーや、一部の球団社長の反対を押し切ったかたちで、琉球ブルーシーサーズが鳥海真琴の入団を発表。今年の一月末から真琴は二軍での春季キャンプをスタートさせた。それ以来、ずっと二軍に在籍していたのだった。

「ってかさ、そんなにすごいことなのかな？」

「何言ってんだよ！　メチャクチャすごいことだぞ！」興奮にまかせて思わず声を荒らげてしまった。ヤバい、と焦ったけれど、あとの祭りだ。

案の定、七海は怪訝《けげん》な表情を浮かべている。

龍也が野球という競技を心底毛嫌いしていることを、七海は知っている。七海の前で野球の話題を持ち出したこともなければ、中継を見たことも今までない。それなのに、鳥海真琴が投げるとなったとたん、目の色を変えて食いついている。七海が不審に思うのもムリはない。

龍也は高校まで野球をやっていた。七海もそれを知っている。が、なぜ自分がそこまで野球嫌いになってしまったかということについては、龍也はずっと口を閉ざしてきた。すべては、野球という競技にしつこくまつわりついてくる、嫌な思い出を蒸《む》し返さないためだった。

真琴がドラフトにかかった直後から、マスコミではあの事件についての報道が再燃した。はたして七海は、マコと俺の出身高校が同じだと気づいているんだろうか——龍也はソファーに腰を下ろした彼女をそっと観察した。枝毛を気にしているのか、七海は長い髪の先をいじくっている。

その高校の名前は、やはり真琴のプロ入りが決まったときから、さかんに報道された。興味を持って見ていれば、七海もとっくに気づいていることだろう。ただ、七海からそれを指摘されたことはいまだにない。二人でテレビを観ているときは、スポーツニュースや真琴についての報道になると巧妙にチャンネルを変えてきた。まだ感づかれてはいないと思う。七海だって、野球にはいっさい関心がないのだ。

テレビの画面がぴかぴかと光って、龍也は我に返った。

真琴が投球練習をはじめたのだった。客席のぐるりから、カメラのフラッシュがそこかしこで白くまばゆい光線を放って、鳥海真琴の一挙手一投足を追いかける。

軽くふくらんだユニフォームの胸の前でグローブと左手を合わせると、上体を一瞬沈みこませてから、直後、羽ばたくように両腕を開き、一気に右足を前方に踏み出していく。地面と水平に投げ出された左腕がムチのようにしなって、キレのあるボールがキャッチャーのミットにおさまる。左のサイドスローだ。

一球投げこんでから、横で見守っているピッチングコーチと言葉を交わす。何かを指摘されてうなずいた真琴は、スパイクで自分の踏みこむ足の位置に合わせてくぼみをつくっていく。身長は百六十四センチ。男子の投手とくらべて、だいぶ足の間隔がせまくなるだろう。

服を着終えた龍也は、半乾きの髪のまま七海のとなりに座った。

「さぁ、解説の飛田《とびた》さん、プロ野球史上、初めての女子選手ということになります」

ようやく甲子園の歓声がおさまりはじめて、実況が落ち着いたトーンで話しだした。

「まず、疑問に思うのはですね、女子がはたして入団できるのかということですが、一九九〇年までは《医学上男子でないものを支配下選手とすることはできない》と野球協約に明記されていました。ところが、九一年以降、性別に関する記載はなくなりました。その後、数名の女子選手がプロテストを受けましたが、いずれも不合格だったわけです」

実況席が映し出された。スーツを着た男性二人が並んで座っている。体格の違いで、どちらが実況で、どちらが解説なのかすぐにわかる。大柄なほうの解説者が、重々しくうなずいてから話しはじめた。

「私の個人的な意見を言わせてもらうと、やっぱり鳥海入団に関しては、その実力もふくめて懐疑的にならざるを得ないです。そもそも、女子野球が浸透していなかったころならともかく、今ではきちんと女子プロリーグが存在するわけですしね」

この解説の飛田という男は、どうも真琴に否定的なようだ。現役時代に二千本安打を達成し、名球会入りしたほどの選手だった。

「琉球ブルーシーサーズは人気取りのためだけに、鳥海君を獲得したんじゃないかという憶測がずっとささやかれているわけですよ。たしかに、キャンプの時点から、沖縄にものすごい報道陣がおしかけましたし、今まで一回も一軍登板がなかったのに、グッズの売り上げも一流選手なみです。シーサーズの応援席を見てみてもわかるとおり、鳥海のレプリカユニフォームを着ているファンがだいぶいるのがわかると思います」

「まあ、いずれにしても、実力に関しては、今夜証明されるわけですが……」と、実況のアナウンサーはお茶をにごした。

琉球ブルーシーサーズは、十年前にできた新興球団だ。

二〇〇四年のオフに、球界の再編問題が持ち上がった。一部の球団の合併をきっかけにして、それまでの二リーグ・十二球団に身売りや統合の嵐が吹き荒れたのだった。その結果、今では十球団による、一リーグ制がとられている。

ブルーシーサーズはそのとき誕生した。「沖縄にプロ球団を」を合言葉に、既存の球団を吸収し、沖縄県の有力企業の共同出資で設立された地元密着型のチームだ。

真琴の胸元には「Ryukyu Blue Seasers」というアルファベットが、二段にわかれて刻まれている。左肩には阿形《あぎょう》のシーサー、右肩には吽形《うんぎょう》のシーサーが描かれたユニフォーム。沖縄の青い海――ブルーシーと、守り神であるシーサーの、二つの意味がこめられている。

地元を盛り上げようという気運も高まって、一年目の観客動員は上々だった。しかし、最下位がつづくと、徐々に人気に陰りが出はじめた。今でも、プレーオフにからむような活躍はなく、観客動員数は減りつづけている。その矢先での鳥海獲得だったので、話題づくりと言われてもしかたのない面もあったのだ。

当の真琴は、淡々と投球練習をつづけている。小さい体を目いっぱい躍動させると、帽子の下から出たポニーテールが、まさしく馬のしっぽのように跳ね上がる。真琴のトレードマークだ。

そのとき、画面の下に経歴が映し出された。

一九九二年、東京都出身、二十三歳。五本木学園高校↓ライジング女子硬式野球クラブ↓京都アストドリームス↓ウエストフローラ。二〇一四年、琉球ブルーシーサーズ、ドラフト七位。

龍也は「五本木学園高校」という学校名を見て、心臓がとまるかと思った。そっと七海の横顔をうかがってみる。彼女は無表情で画面を眺めている。

ここまではっきり出てしまったら、七海が気づかないわけがない——龍也は高鳴る鼓動《こどう》をおさえようと、深呼吸を繰り返した。

真琴のプロフィールはなかなか消えなかった。かと言って、今テレビを消すのも不自然だ。

龍也は逃げるようにして、冷蔵庫にビールを取りにいった。コップを二つと、ビールを取り出して、そっと台所から振り返ってみる。すると、プロフィールはすでに消えていた。

五本木学園——もう二度と見たくないと願っていた学校の名前が出てくるのは、真琴が投げる以上当然のことなのだ。動転しすぎて、まったく予想もしていなかった自分の軽率さにあきれた。

一つ大きく息を吐いてから、七海にもコップを手渡し、となりに座る。

「あ、お茶飲もうと思ってたんだけど……」七海は、ローテーブルに置きっぱなしの、飲みそびれていたお茶に目を向けた。「ま、いいや。ありがと」

七海に渡したコップにビールを注《つ》ぐ。二人の視線がその金色の液体に集まっていく。唐突に七海が口を開いた。

「龍也と鳥海真琴って同じ高校だったんだね……」目が合った。追及するような視線ではなかった。けれど、言おうかどうしようか迷った形跡だけは、くっきりと七海の口調にあらわれていた。

「そうなんだよ」龍也は素直にうなずいた。いくらうそをついてもボロが出るだけだと思った。「しかも、同い年」

「じゃあ、もしかして……」言いよどんだけれど、七海はすぐに息を吸いこんで言葉をつないだ。「ってか、当然同じチームで野球やってたんだよね？」

「うん、まあね……」今度は自分のコップにビールを注ぎながら、うつむく。声が震えていないことを確認して、大丈夫だと思った。

「じゃあ、その事件があったときは大変だったんじゃない？」

「そうだね。記者とかが、いっぱい学校に来たからね。校長も辞任するほどだったし」ビールを一口飲むと、少しリラックスできた。「でもさ、やっぱ、なんとなく気になっちゃってね。鳥海が今から投げるってさっきメールで知らされて、あわてて出てきたってわけ」

自分の人生に深く影響を及ぼした出来事について、彼女に隠しごとをつづけている。もちろん、罪悪感はあるし、何度か告白しかけたこともある。でも、結局いつも言いそびれて、タイミングを失ったままここまできてしまった。

じゃあ、マコの登板なんか見なければいいじゃないか——そう思う一方で、これをきちんと見届けなければ、いつまでたっても心にしこりを残したままなんじゃないか、しっかりと七海に向きあえないんじゃないか、という恐れもある。

揺れる気持ちのまま、龍也はコップを握りしめた。安い発泡酒の泡はすぐ消えてしまう。口にふくむと、鉄の錆《さび》のような味がした。

真琴が投球練習をつづけている。カメラのフラッシュがしつこくたかれていた。

「琉球の絶対的守護神、与座《よざ》が今週の九月十日に肉離れで戦線離脱しました。意外なことに、与座が登録抹消になって、代わりに上がってきたのが鳥海でした」実況がふたたび話しはじめた。「第二の守護神は、中継ぎのエースである三国《みくに》が有力候補と目されています。現にこの試合でも、三国はまだ出てきていないですね」

「まあ、抑えは三国で間違いないでしょう。きっと鳥海のあとに出てきますよ」

琉球ブルーシーサーズは、今季のプレーオフ進出の望みはすでに絶たれている。九月半ばにして、最下位はほぼ決定的だ。那覇《なは》市にある本拠地の観客動員数は右肩下がりである。

そんな状況で、真琴を一軍登板させるよう、経営陣がコーチ陣に圧力をかけたという黒いウワサもささやかれているらしい。琉球にとっては消化試合だけが残るシーズン終盤、真琴に投げさせれば、彼女の成績とは関係なく動員数だけは確実に盛り返すだろう。

あらゆる批判や中傷をその身に受ける覚悟で、真琴は入団を決意したはずだ。マウンド上の真琴からは迷いがいっさい感じられなかった。どちらにしろ、ここで結果を出せば誰も文句を言う人間はいなくなる。

「さぁ、投球練習が終わるようです！」

真琴が最後の一球を投げこむ。それを受けたキャッチャーが、二塁に送球した。内野陣がボールをまわし、ふたたび真琴のもとに投げ返した。

いよいよ、だ。

龍也はビールを一気に飲み干した。喉《のど》が異常に渇いていた。ローテーブルに置いていた缶を取ると、もう残り少なかった。

「取ってこようか？」七海が立ち上がった。

いつになく七海が優しいような気がした。いつもだったら、二本目はダメだと一喝《いっかつ》されるところだ。その優しさに何か不気味なものを感じながらも、戻ってきた七海の酌《しゃく》を受ける。

「暑い？　クーラーつけようか？」

「いや、大丈夫だよ」九月半ばの夜でもだいぶ蒸し暑かった。

居間の窓を大きく開け放っても、風は少ししか入ってこない。カーテンが小さくふくらむと、わずかな涼感が汗ばんだ肌をなでて消えていく。

甲子園のあの熱気が少しだけうらやましかった。だからこそ、湿った夜の空気も、ちっとも不快には感じなかった。真琴と少しでも同じ空気を感じたかった。

「九回裏、阪神タイガースの攻撃は……」ウグイス嬢がアナウンスをはじめる。「一番、セカンド・脇坂《わきさか》。背番号、７」

脇坂、打ったれ！　というだみ声が、はっきりとテレビから聞こえてきた。当の脇坂は、その声が耳に入っているのかいないのか、無表情のまま、一回、二回と素振《すぶ》りを繰り返した。それから、ゆっくりとバッターボックスに向かっていく。俊足巧打のリードオフマンだ。

「状況を整理しましょう」脇坂がバッターボックスの横で、もう一度素振りをすると、実況が冷静な声音《こわね》で説明をくわえた。「琉球ブルーシーサーズ、一点リードの九回裏。阪神は泣いても笑っても最後の攻撃ですが、一番、脇坂からの好打順。一、二番と左バッターがつづきます」

「鳥海君は間違いなく左のワンポイントでしょう」解説・飛田が応じる。「二番の赤《あか》沼《ぬま》までお役御免。三番の伏見《ふしみ》は右バッターですから、ここでは新守護神の右ピッチャー・三国が出てくるでしょう」

なるほど、と龍也は納得した。マコを対左で使って、締めは右ピッチャーに託すという計算なのだろう。

「左のワンポイントってどういうこと？」七海が聞いてきた。

「一般的に、左バッターに対しては左の投手を投げさせたほうが有利ってされてるんだよ」

「じゃあ、順調にいけば、鳥海真琴が二人で、その三国って右ピッチャーが一人相手に投げるってこと？　たった三人に、二人もピッチャー使うの？」

「まあ、勝ちがかかった一点差の場面だからね。プロではそういうシビアな使い方をするんだよ」冷静さをよそおって説明しながらも、わくわくと高揚してくる気持ちがどうしてもおさえられなかった。声が上ずりそうになるのを、龍也はなんとかこらえていた。

龍也もかつて甲子園のグラウンドに立ったことがある。

相手校のピッチャーを打ち崩そうと、必死になって食らいついていった真夏の興奮を、体がまだ覚えていた。血が煮えたぎるような感覚だ。俺だって努力をつづけていれば、今まさに、あそこに――テレビの向こうのプロの世界に立てていたかもしれないのだ。

じわじわとにじみ出てくる後悔を、心の奥底で懸命にぬぐい去った。中途半端に高みを目指すより、こうしてきっぱりあきらめてよかったのだ。決して戻れない過去を振りきるように、龍也はテレビに集中する。真琴の肩にすべてを託して。

「さあ！　プレーがかかります！」

脇坂が何回か体の前でバットをまわして、すっと顔の横にグリップを固定し、構える。

真琴がキャッチャーの手元をのぞきこむ。最初のサインが出た瞬間、大きく笑ってうなずいた。

龍也は鳥肌が立った。いよいよ、歴史が塗り替わるんだ！

主審が右手を上げて「プレー」を宣告する。

4　二〇〇六年　鳥海真琴／十四歳

真琴は放課後、女子ソフトボール部の部室で着替えをはじめた。きゃっきゃっとはしゃいでいるソフトボール部の女子たちを尻目に、真琴は黙々と練習着を着こんでいく。そこでは、真琴は空気のような存在だった。誰も話しかけようとはしてこない。

二年生になって、そんなことには慣れっこになっていた。

男子野球部に所属している真琴は、着替えのときだけこの部室を間借りしている。隅のほうで縮こまって、なるべく気配を消しながらストッキングをはく。前のめりの姿勢になったら、後ろからソフトボールが飛んできて、お尻にぶつかった。少しよろめく。くすくす笑いがわき起こった。それでも、真琴は無視して着替えを数分ですませた。

中学生になってまで男子と野球をやっている真琴を、ソフト女子たちはさげすんだ目つきで見る。この中にももしかしたら本当は野球をやりたくても、男子にまじるのはちょっと……、と思っている女の子がいるのかもしれなくて、だからよりいっそう変人扱いされる。

髪をきつく一つにしばり、帽子をかぶって、グラウンドに飛び出した。ほっと息をつく。あの狭苦しい更衣室には、ただならない怨念《おんねん》がうずまいているとしか思えない。

女子はやたらとグループや派閥をつくりたがる。そこからはずれる人は、のけものにする。悪口を言う。やっぱりオンナって嫌だなぁと、あらためて自分のもって生まれた体をうらみがましく思ってしまう。

「あれ」が真琴のもとにやってきたのは、中学入学を間近にひかえた、初春の出来事だった。その瞬間、くるものがとうとうきてしまったと愕然《がくぜん》とした真琴だった。

小学生のとき、保健の特別授業で、生理というものがやってくると赤ちゃんを産める体になると教えられた。それ以来、真琴はずっとおそれていたのだ。自分の腹の中には、すでに卵のもとが大量に埋めこまれている！

なんだか、ものすごい詐欺《さぎ》にあったような気分だった。こんなはずじゃなかったよ、聞いてないよ、自分で選ばせてよ、という気分だった。

お母さんも、担任の先生も、親戚のお姉さんも、あのアイドルも女優も、みんながみんな何食わぬ顔をして、そんな状態になっているということがどうしても信じられずに、街を歩いている女性をまじまじと観察してしまう。どこからどう見ても、何の変哲もない人間たちだ。

それが自分の体にやってきたら、確実にオンナになってしまって、もう野球選手としてダメになってしまうんじゃないかと、死刑宣告を待つ囚人《しゅうじん》の気持ちで日々を過ごしていた。気合いでとめられるものなら、とめようと思った真琴だったが、そもそもどう気合いを入れていいのかもわからない。ウンチみたいにエイヤッとガマンして、とまるものなら、とっくにやってている。

胸がふくらんでくると、どうやらそれはやってくるらしい。

身長の伸びがとまると、どうやらそれはやってくるらしい。

いろいろなところに毛が生えてくると、どうやらそれはやってくるらしい。

到底、自分の体に起こることだという実感がなくて、周りの女子たちがざわざわと落ち着きがなくなっていくにつれて、一人ずつ向こうの世界に引っ張りこまれていく！　と恐怖した。

それを知ってからというもの、少年たちにまじって野球をやっていると、自分がオンナでもオトコでもないような気がして、この真空状態がつづけば、ずっと男子たちの中で野球をやっていられるのにと思ったけれど、いよいよその宣告が自分の身に訪れてみると、あぁ、これで正真正銘、オンナの仲間入りを果たしたのだと痛感させられた。今までは性別未定の、子ども状態だったんだ。

中学に入ったとたん、周りの反応がまったく違って戸惑うことが多くなった。軟式野球部の入部希望を提出したときだった。顧問の先生は「えっ、キミが!?」という顔をしている。「ソフトじゃないんだけど、いいの?」と、女子ソフトボールを勧める始末だ。

なんで、女子は小学生だったら野球をやってもいいのに、中学に上がるといきなりダメになってしまうのだろう? まったく理解できなかった。

無事に入部をはたしてからは、男子部員たちが真琴のことをちらちらと眺めてくる。まともに見ないで、ユニフォーム姿の真琴を盗み見る。なんだかみんなそわそわ、もぞもぞしている。少年野球に入っていたついこの前までは、男子の中に一人女子がまじっていようが、誰も何も言わなかったし、じろじろ見られることもなかった。たった一ヵ月で、この世界が百八十度違う場所に変わってしまったように感じられた。

制服を着て街を歩いていると、それがよく実感できた。やたらとスースーする股のあいだを気にしながら通学の電車に乗りこむと、やっぱり自分の体が自分のものではないような気がしてくる。

オンナになりたいわけじゃないのに、その一方でかわいい制服にあこがれて、強制的に着せられる機会がなければ、おそらくスカートなんて一生はかないので、似合わないとは思っても足を通してみる。

なんだかいろいろと矛盾してるって、自分でもわかってるんだけどなぁ……。

中学は年上のいとこが卒業した私立の中高一貫校を選んだ。

伯父《おじ》さんや伯母《おば》さん、当のいとこが勧めてくれたのだ。自由な校風で、伸び伸びと個性を育むことができると。「しかも」と、そのいとこはつけくわえた。

「よほどのバカじゃないかぎり落ちないのが、マコちゃんに向いている」

バカにされているとも気がつかない真琴は素直にうなずいたけれど、心の中では半信半疑だった。真琴のイメージでは、中学受験といえば天才だけが挑むものである。

ところが、さほど勉強せずに受験して、合格発表の日に自分の番号を発見し、いとこの言ったことが本当だと納得した。ほかの番号を見てみると、ほとんどが連番だった。ときどき思い出したように番号が欠けている箇所がある――たとえば、十六番の次が十八番だったりして、それからまた延々と番号が連続していくので、これは九九ができないヤツしか落ちないぞと、勉強のからきしできない真琴は本気で思った。そんな私立中もあるものだ。

しかし、真琴には隠れた野望があったのだ。

五本木学園は高校の野球部にだけ力を入れている。ずっと弱かったのに、十年くらい前から強化指定部活になったらしく、外部からコーチを招き、強豪ひしめく東東京地区で徐々に頭角をあらわしつつある。甲子園出場は間近かもしれないと、「高校野球完全データ！　二〇〇四年夏号」で読んだ。

入部資格は「五本木学園の生徒であること」、以上。「人間」を育てることを、第一の目標に掲げている。こりゃ、女でも入れてくれそうだぞと、真琴はひそかに期待している。

まさか両親は、高校に入ってまで硬式野球部に入るなんて思ってもいないだろう。そこがネックと言えばネックで、お母さんはまず反対するだろうし、お父さんもよろこびそうでいて、実はよろこばないかもしれない。やっぱり女は女らしく、おとなしくしていてほしいだろうし、ましてや高校生にもなって男子たちにまじって野球をするとなると、親としていい思いはしないだろう。

まあ、どちらにしても中学では野球をやるということを認めてもらってるし、あと三年はのほほんとしていられると、真琴はすでに気を抜いている。よほどのことがないかぎり内部進学できるらしいから、みんなが高校受験をしなきゃいけないときに、あくせく勉強することなく、好きな野球をやっていられる。天国のような生活だ。

ちなみに、中学野球部のほうは弱小だった。内部進学してそのまま高校の野球部に入る人間は皆無。それってなんだか不思議な話だなぁとは思いながら、真琴は野球部生活をスタートさせた。

二年生の夏休みがあけたころ、はじめて進路希望の提出を求められた。周りはほとんどが内部進学だし、真琴ももちろんそのつもりだ。が、やはり若干は違う高校を選択する人たちもいるようだ。真琴は内部進学に丸をつけた紙を提出してから、いつもどおり野球部の練習に向かった。

全員でグラウンド整備をして、練習がはじまる。その日は、ソフトボール部も練習があって、半面しか使えなかったので、内野のノックや投内連係——カウントやランナーを想定した投手と内野の連係プレーを行った。

バッターボックスに立った諸角《もろずみ》先生がバントのようにボールを転がす。真琴はマウンドから駆け降りる。キャッチャーの指示は、二塁送球。ボールを拾ってから、しっかりと下半身を踏ん張って二塁に投げる。ショートが足を伸ばして、送球を受ける。

「オーケー！」諸角先生が手をたたきながら真琴をほめる。「ナイスプレー！」

諸角先生は美術の教諭で、美術部の顧問なのに、野球ができるという理由だけでこちらの練習を主にみている。入部届を受けとった顧問は、名前だけの顧問でしかなくて、そもそもおじさんというか、おじいさんに近いので、ノックを打たせるのは酷《こく》な話だった。実質上諸角先生が監督みたいなものだった。

最初に諸角先生を見たときの真琴の印象は「弱そう」だった。

白くて、細くて、小さい。身長は百六十四センチの真琴と同じくらい。黒縁メガネをかけていて、美術部顧問なら立派にイメージどおりなので、ホントに野球なんかできるのかと思ったけれど、実際に練習に参加してみると、なかなか動きがキレている。

野球のノックを打っていると、ときどき校舎の三階の窓辺から声がかかる。

「諸角先生！　ちょっといいですか？」美術部の生徒が手を振りながら大声で呼びかけると、ノックバットを放り出して、ダッシュで校舎の中に消えていく。

そのまま三階の美術室まで駆け上がって、美術部員たちの疑問にジャージ姿で答え、アドバイスをくわえ、またダッシュでグラウンドに帰ってきて、練習を再開する。それが一日三回くらいあっても、文句も言わず、階段往復を繰り返している。あんまり息も切れていない。が、二学期のはじめでまだまだ暑いので、短く刈《か》った髪が汗で光っている。

「ってか、美術部の先生なんだから、つねに見てあげなきゃダメでしょ」と、聞いてみたことがあった。真琴は出会った当初からタメ語をつらぬきとおしている。

「いやいや、あんまり、べったりいないほうがいいんだよ」と、諸角先生は首を振った。「結局は孤独な作業だしね、つまったり、迷ったりしたときだけ、気軽に呼んでくれって言ってるから、鳥海が心配しなくていいんだよ」

連係の確認を行ったあとは、シャトルランの往復ダッシュで一日の練習が終わった。この先生、基本的に無愛想だけど、こわいわけではない。威圧感は全然ない。ただ、練習中は、大きな声で的確な指示を飛ばしてくる。

「もっと速く！　手を抜くな！」ぱんぱんと手を打ち鳴らしながら、遅れている部員を鼓舞《こぶ》する。

真琴が一着でゴールインした。男子に負けるのは、絶対に嫌だった。そんな真琴を見て、諸角先生は腕を組みながら、目を細めて近づいてくる。グラウンドに座りこんで息を整えていた真琴は、うわっ、なんかモロズミがこっち来ちゃうよ、と身構えながら、それでも素知らぬふりをして、ストレッチをはじめた。

真琴の目の前で立ち止まった諸角先生が、いきなり話しかけてくる。

「鳥海は、進路希望、提出したのか？」

「はぁ……」担任でもないのに、なんでそんなことを気にするんだろうと思いながらも、真琴は生返事をした。

「鳥海、お前、もしかして高校の野球部入ろうとしてないか？」と、いきなり聞かれ、真琴はとっさに「まさかね〜」と、否定していた。でも内心では、誰にも告白していない高校野球部入部の野望を見透《みす》かされていたことに驚いていた。

「内部進学するんだろ？」

「はい」それが何か問題でも？　という強気な態度で諸角先生を見上げる。

「高校の野球部はやめとけ」諸角先生は、真琴が認めてもいないのにとめにかかった。「世界が違いすぎる」

「やってもみないうちからわからないでしょ！」

「あ、やっぱり入部しようと思ってるな」教師のくせに、いたずらっぽい笑みを浮かべる。

カマをかけられたとようやく気づいた真琴は、顔が真っ赤になるのを感じていた。

「試してみたいんです」真琴は力強く言い切った。「自分がどこまでできるのか」

「お前はメジャーリーグに挑戦する日本人か？」ベンチに立てかけていたバットを手に取り、素振りを繰り返す。ノック用の細いバットなので、空気を切る音がひゅんひゅんとかるい。「とにかく、ウチの高校じゃムリだな。そもそも男の中でやる意味がないだろ。高校にだって女子硬式野球部がある時代なんだからさ。近くだったら、駒《こま》沢《ざわ》か蒲田《かまた》の女子高に硬式野球部があるんだぞ」

いきなりべつの学校を勧められて、真琴は戸惑っていた。それが、だんだんと憤《いきどお》りに変わってくる。自分の人生や夢に、ずかずかと土足で入ってくるのが許せなかった。

「ムリだなんて、なんで先生にそんなことわかるの？」

「ほら、それだよ、それ」諸角先生の声がいきなり甲高くなった。「教師にタメ語なんか使ってたら、高校の野球部じゃ一発退場だぞ」

「じゃあ、今日から敬語使います」

「そういう問題じゃないだろ」

あんたが言い出したんだろと思った真琴だったが、おとなしくつづきを聞くことにした。諸角先生と高校の野球部の監督は親交があると前に聞いたことがある。こうなったら、この先生にうまくとりいって橋渡しをしてもらうしかないようだ。おそらく、ここが唯一の突破口なのだ。

「俺もいちおうは甲子園に行ったことがあるんだけどな」先生が言った。「まあ、ベンチ要員だったけどね。でも、言っとくけど、お前のマイペースな性格じゃ、強豪校なんか絶対ムリだぞ」

「先生が甲子園!?」まったく信じられなかった。

「何かご不満でも？」バットを杖《つえ》のようにして、両手で寄りかかった先生は、半笑いの表情で真琴を見すえた。メガネの奥の小さい目はまったく笑っていなかった。

「いやいや、不満ないです。ノー問題です」あわてて首を振った。「どうりで先生はウマいんだなぁと納得しました」

先生はしばらく何事か考えていた。すると、ノックバットをベンチに立てかけて、いきなりジャージの上着を脱ぎはじめる。そして、打撃用のバットをさしている、黄色いビールケースにゆっくりと近づいていく。

「俺と勝負でもしてみるか？」諸角先生はビールケースからバットを抜き取った。そして、横目で真琴を見すえる。「絶対、俺のこと信じてないだろうが」

先生のくせにガキみたい、と思ったけれど、こうなったら真琴も引き下がれない。ダウンを中断して、キャッチボールをはじめた。いつもバッテリーを組んでいる、同学年のキャッチャーに防具をつけてもらった。

だけど、そんな準備はまったく必要なかった。真琴が渾身のストレートを投げたその初球、諸角先生がバットを思いきり振りきると、白球は女子ソフト部が練習を終えたグラウンドの彼方《かなた》へ軽々と吹き飛ばされていった。練習後の男子部員たちが、はじめて見た先生の本格的なバッティングに歓声を上げる。

とっさにマウンド上で打球を振り返って仰いだ真琴は、強烈なドライブがかかったそのボールを唖然として見送るしかなかった。中学男子の打球とは、まったく力強さが違う。やっぱりおとなの筋肉なんだ。Tシャツ姿の先生の二の腕は、意外に太くがっしりとしている。

「もう一回、お願いします！」真琴が懇願《こんがん》すると、「もうダメだよ」と、あっさりバッターボックスを出てしまう。

それでも真琴が食い下がると、「そのかわり」と、諸角先生はつけたした。

これから、週一回、一打席の対決を行う。フェアゾーンに飛んだら、たとえフライでもゴロでも俺の勝ち、もちろんフォアボールでも俺の勝ち、と一方的にルールを設定してしまう。

「卒業までの一年半で、一回でも俺から三振をとれたら鳥海の勝ち。高校の監督になんとかたのんで入部を斡旋《あっせん》してやるよ」

なぜ自分の進路に、部外者であるこの先生がいきなり立ちはだかってくるのかまったく理解できないし、むしろヒマつぶしに巻きこまれているとさえ思ったけれど、三振がとれたら入部をとりはからってくれるというのだし、そんなの超簡単じゃんと、あくまで楽観的な真琴だった。

その帰り道、対決に至った経緯を雫に話していた。

雫はつり革に両手でぶら下がりながら、だまってふんふんうなずいていた。その真っ黒い目は高速で移り変わっていく夕闇の風景を追いかけている。外の暗さと、車内の明かりの加減で、窓にはうっすらと雫の退屈そうな顔が張りついて見える。

あれ、この話興味ないかな、と思ったら、雫がいきなり口をとがらせた。

「あいつ、自分が二つも夢破れてるから、他人の夢も壊そうとしてるんだよ、きっと」眉《まゆ》をひそめて言い放つ。

「二つもって？」

「野球と美術」

どうやら美術部の先輩に聞いた情報らしい。

諸角先生がそこそこ野球をやっていたのは本当らしくて、強烈な打球を目の当たりにした今、真琴だって素直に信じられるのだけど、それだけ真剣に取り組んでいた野球をあっさりやめて、美大に行ってしまう神経が信じられない。

「絵ももともとうまかったらしいよ」雫はそこで一瞬考えこんで、すぐにつけたした。「っていうか、実際うまいよ」

「先生、今も描いてるんでしょ？」

「今のは趣味だってさ。あと、ストレス解消だって」

個展を何度か開いたことがあるし、何かの賞もとったことがあるらしいけれど、画家としての活動も志《こころざし》半ばであきらめてしまったそうだ。

「結局、根性ないだけじゃんね」真琴はあきれて言った。この場に本人がいないから言いたい放題である。「ただの腑《ふ》抜《ぬ》け野郎でしょ」

「まあ、いろいろと事情があったらしいけどさ、それを他人にまでさぁ、しかも教え子に押しつけないでよって思うわけ」雫は不満げだ。「私も美大に行きたいって言ってるんだけどさ、まだ中一なんだから、もっとじっくり考えたほうがいいって言われちゃって。ふつうは、がんばれよ、応援するからなって、はげましてくれるものなんじゃない？」

真琴の高校野球の話とまったく同じだった。私たち、まだ中学生だよ、と真琴は思った。私たちの前には、今も、これからも、あらゆる可能性が開かれているはずなのに……。

というか、いくらなんでも教師なんだから、自分の過去の恨《うら》みつらみを教え子にぶつけて、未知の可能性をつぶすはずがないだろうと思い直す。

「『俺という壁を乗り越えられないようじゃ、夢なんてかなわないだろ』」真琴はぐっと声を低くして、諸角先生の口調を真似した。「っていうことなんじゃない？」

「先輩って、スーパーポジティブシンキング」

雫は美術部の一年生だ。

ゴールデンウィークの直前くらいに、校内の自動販売機でジュースを買おうとしていたら、突然「上からいつも見てますよ」と話しかけられた。背後から、何の前触れもなく耳元に息をかけられたので、首筋にぞくっと鳥肌が立った。手が震えて小銭をばらばらと取り落としてしまった。

「大丈夫ですか？」その声の主も、小銭を拾おうとしゃがんできた。

同じ目線に下りてきた女の子と目が合って、ずいぶんかわいいなと思ったら、いつも美術部の窓辺で諸角先生を呼んでいる姿と重なった。

「ほら、男子にまじって、カキーン！」真琴に小銭を渡したその女の子は、たどたどしいフォームで、握りしめた両手をスイングした。「マジでカッコいいっす！」

この四月から、やけに美術部の窓辺が騒がしかった。やたら大声で諸角先生を呼ぶ女の子が入ってきたなと思っていた。あるときは、窓から作品を掲げて「そこからでいいんで、なんか言ってください！」と、グラウンドの諸角先生に叫んでいた。さすがの先生も「ここからじゃ見えない」と苦笑いしていた。

雫に誘われて、昼休みに、いっしょにお弁当を食べた。ちょっと話しただけで、気が合うとわかった。それ以来、お互い部活があるときは、雫が真琴の着替えを待っていっしょに帰るようになった。

美術部の一年生は一人だけらしい。部のおとなしい先輩たちとはあまり気が合わず、それまでは一人で帰っていたそうだ。絶妙な距離をとってくる中学生男子との付き合いかたがなかなかつかめず、真琴も同じく一人で帰っていた。電車の方向が同じだったので、しばらくすると部活がないときも誘いあって下校するようになっていた。

「あの対決、私も美術室から見てたけど、なかなか一筋縄《ひとすじなわ》ではいきませんぜ、ダンナ」と、ふざけた口調のわりに、雫は真剣な表情で言った。「野球はわからないけど、たぶんかなりの力の差があるんじゃない？」

「あの、ギュルルルーンって飛んでく打球はたしかに力があってすごかったかも」真琴は素直に認めて、うなずいた。

電車が駅にすべりこんでいく。目の前の座席が一気に四つあいたので、ならんで座った。雫はカバンからケータイを取り出して、何やらいじりはじめる。

その横で、真琴は先生との対決をぼんやりと思い出している。あのときはカッとなっていたけれど、こうして冷静になってみるとわかる。フルスイングであれだけミートされるんだから、当てることだけに集中されたら、三振なんてほぼムリな注文かもしれない。

「お父さんにマンツーマン指導、たのんでみれば？」ふと雫が顔を上げて言った。

「お父さん、うまいんでしょ？」

「あれ？　お父さんが野球やってたこと雫に言ったっけ？」

「もぉ、先輩……」と、雫はベリーショートの後頭部をかきながらあきれていた。

見た目だけなら、雫のほうがボーイッシュだ。顔立ちが少年みたいにあどけない。

でも、女子を感じさせるポイントがないかといえば、そういうわけでもなかった。わざわざ腰の部分をまくって、スカートの丈《たけ》を短くしている。

まるで雫の母親みたいに、大胆なスカート丈がものすごく気になる真琴は、二人でエスカレーターに乗るとき、絶対に雫の後ろについてやる。雫自身は堂々と歩いているのに、真琴のほうが周りを気にして、そわそわとしてしまう。真琴はといえば、忠実に膝丈を着こなしている。

「まあ、でも先輩の言うことも一理あるかもなぁ……」雫は持っていたケータイを空中でとめて言った。ゆるキャラのストラップがくるくると回転している。「お互いさ、まずあいつをなんとかして認めさせなきゃ、絶対この先通用しないわけだし」

「そうだよ、雫！　その意気だよ！」

さっぱりした見た目に反して、雫の女子力はかなり高い。かわいいポーチや、こぢんまりと丸まった文字、ケータイのゆるキャラストラップを見て、ふむふむ、女の子ってこういうものだと後輩から盗んで勉強している。が、夏休みにみっちり野球の練習をしたせいで、顔も腕も真っ黒になってしまった。雫の白い肌と自分の黒い肌を見くらべると、やっぱり自分の女子化計画は早々に挫折《ざせつ》しそうな気がしてくる。

「そういえば、先輩。あの話、考えてくれてますか？」

「あ……、うんうん」

「また忘れてたでしょ？」

「人聞き悪いなぁ、覚えてるよ」実際、今の今まで忘れていたけれど、この瞬間思い出すことができたので、忘れていた事実はだまっておこうと思った。「モデルの話でしょ？」

雫は人間を描くのが苦手らしい。前々から絵のモデルになってくれとたのまれていた。

とくに断る理由もないけれど、なんで私なの、と思ってもいる。裸になってくれと言われるんじゃないか――まさかとは思いながらも、その可能性もありうると警戒している。雫なら、ごく当たり前に「じゃあ、先輩、脱いで」と言ってきそうでこわい。

「いいよ、モデル」真琴は、雫の反応をうかがうように、その横顔を眺めた。「やってもいいよ」

「やった、やった！」いきなり雫が手を大きく打ちあわせたので、周りの乗客たちが二人に目を向けた。

今度の休みに雫の家に行く約束をして、真琴は一足先に最寄りの駅で降りた。

家に帰ってから、土下座をして父親に弟子入りをたのみこんだ。真琴、十四歳の晩夏である。

「お前、言ってることの意味が自分でわかってるのか？」父の誠治《せいじ》は真琴を正座させた。「高校の硬式野球部で、しかも男の中でやるっていうことの意味がわかってるのか？」

例によって、真琴は母がお風呂に入っているすきに、父親に相談したのだった。

高校の野球部に入りたいこと、そのためには諸角先生を三振にとらなければならないこと、本格的に指導を受けなければ到底不可能だということ。

「母さんになんて言うかが、いちばん頭痛いわ……」誠治は頭を抱えていた。「絶対怒るぞ」

「ってことは、いいの!?」真琴は会話のキャッチボールを二段階ほど軽々と吹き飛ばして、ガッツポーズを決めていた。「頑張る！　めさめさ頑張る！」

「そのかわり、厳しくやるぞ。むしろ、あきらめてくれればいいってくらいの気持ちでつらくする」そう言った誠治は、苦々しい表情を崩さなかったけれど、やっぱり心のどこかではうれしそうだった。

次の日曜日、父と娘はマウンドづくりからはじめた。

鳥海家には、小さな庭がある。端から端まで使って、マウンドからホームベースまでの距離──十八・四四メートルをとることができた。

雑草をきれいに刈り取る。土を盛って、かため、マウンドをつくる。その上に、プレートを埋めこむ。ホームセンターで買ってきた大きなネットとボールをキャッチャー側に張り渡し、となりの塀をボールが越えないようにした。

ここまでの準備だけで、ものすごい出費だった。母はもうあきれて文句すら言えないようだった。娘の娘らしい成長は、とうにあきらめているといった、冷ややかな目つきだ。真琴のことは髪の長い男の子だと思いこもうとしているのかもしれない。

父と娘は、即席のブルペンで、はじめて真剣なまなざしで向かいあった。

「命令！」ホームベースの後ろに立った誠治は、ミットの芯《しん》をこぶしでたたきながら一方的に言い渡した。「お前は今日から、サイドスローに転向しろ」

「サイド!?」今までは、オーソドックスに上から投げ下ろしていた。サイドスローは、遊びではやったことがあるけれど、本格的にとなると未経験だ。

「ただ漫然《まんぜん》と上から投げてても、お前は力も身長もないからムリだ」

真琴としては、ピッチャーをやる以上、剛速球を投げて、ばんばん三振をとれるような本格派になりたい。でも、私には、「あれ」がきてしまったんだ——真琴はもちろん自分の身の程がわかっている。「あれ」が私にきた以上、どんどんオンナの体になっていく。力で男をねじふせることは、どんなにあがいたってもうかなわないんだ。

「わかった」真琴はうなずいた。「サイド鳥海、誕生します！」

ゆったりとした動作を心がけて、サイドスローのフォーム固めに入る。

最初はまったく勝手がわからず、とんでもなくすっぽ抜けたり、ワンバウンドになったりした。ネットがなかったら、となりの家のガラスを何枚割ったかわからない。

「一気に体重移動！　体の側面とお尻をキャッチャーにぶつけに行く感覚で！」誠治の指示が飛ぶ。「ただ漫然と投げるな！　爪の先まで神経を通わせて、正しいフォームを意識しろ！」

となりの庭から、ひぐらしの鳴き声が聞こえてくる。二学期に入っても、まだまだ夏は終わらない。あごの先から汗がしたたって、シャベルでかためたマウンドに点々としみができていった。真琴は根気よく投げつづけた。誠治が「腰が痛い」と言って、音《ね》を上げるまで投げつづけた。楽しくて、楽しくてしかたがなかった。

投げこみ以外にも様々なノルマが課された。一日、八キロのランニング。タオルを使って百回のシャドーピッチング。姿見《すがたみ》を前にして、繰り返し、繰り返しフォームを確認する。一晩寝て、一度覚えた感触を体が忘れてしまうのが何よりもこわかった。

本格的な筋トレは、まだ中学生だからととめられた。「真琴は体が柔らかいからな。下手《へた》な筋肉をつけると、柔軟さが失われかねない」と、父は言う。そのかわり、数種の腹筋と背筋、腕立て伏せは一日おきに行った。あとは、眠りに落ちるその瞬間まで、ゴムのボールを左手でにぎにぎして、握力を鍛《きた》えた。


週が明けて、諸角先生との対戦がやってくる。

真琴の全身は、数日の特訓でガチガチの筋肉痛だった。もちろん、その程度の練習で先生をおさえられる実力がそなわっているわけがないし、まだまだ付け焼刃《やきば》のサイドスローでは、打たれるのは目に見えている。

でも、父親と練習をはじめて以来、この日が先生との初対決。真琴はわくわくする気持ちをおさえられなかった。サイドスローのお披露目《ひろめ》だ。

中学生用のバットをたずさえて、諸角先生が左のバッターボックスに入る。バットの重さをたしかめるように数回体の前で回転させて、ぴたりと顔の横で固定した。

真琴は少し歩いただけで悲鳴を上げる足の筋肉を懸命に鼓舞して、セットポジションに入る。

美術部の活動を終えた雫がネットの向こうで見守っている。真琴はちらっと雫のほうに目線を向けた。雫がうなずいてくるので、うなずき返す。それから、キャッチャーのミットに視線をすえた。

ゆっくりと右足を上げる。投球モーションに入った真琴を見た瞬間、先生の目の色が変わった。

左のサイドスロー。

真琴の投じた初球は、先生の背中側からインコースに食いこんでいく――かのように見えた。

「ヤバい！」真琴が叫んでも、今さら軌道が変えられるわけもなく、ボールは先生の体に一直線に向かっていった。

先生はいったん踏みこんだ下半身を、ふたたびぐるっと戻した。上半身もそれにともなって、後ろに回転する。

その背中に、ボールがもろにぶつかった。一瞬、グラウンドがおそろしいほど静かになった。

「すいません！」真琴は帽子を取ってあやまった。腕と足の強烈な筋肉痛が微妙な投球のバランスをくるわせていた。「ごめんなさい！　もう一回投げさせて！」

「ダメです」諸角先生はちょっと怒っているように見えた。「一回一打席の約束です」

ぶつけてしまった申し訳なさはすぐにかき消えて、先生がまったく痛がっていないことに、真琴はかなりのショックを受けていた。

眠りに落ちそうになるのを懸命にこらえながら、真琴は椅子に座っている。足を組んで、左手には雫に持ってくるように言われた野球ボールを握っていた。

一回、カクッと意識が落ちかけて、はっと目を開ける。雫はキャンバスの向こうで、一心に下絵のデッサンをつづけている。

真琴はほっとして気を抜いた。気を抜くとすぐに、まぶたが落ちてくる。とろけそうになる頭の芯を必死に覚醒させようと、諸角先生を脳内のバッターボックスに立たせてイメージトレーニングを繰り返す。実際に左手のボールに意識を集中させる。

「特訓はうまくいってる？」雫が鉛筆を動かしながら聞いてくる。

「うん、まだはじまったばっかだけどね」

「ふーん」真琴を退屈させないために、機械的に質問したようだった。「でも、デッドボールのときは笑っちゃったわぁ」と言いながら、表情は真剣そのもので、もしかしたら口も自動的に動かしたほうが、筆がのってくるものなのかもしれない。

雫の全神経はキャンバスに集中している。いつもの雫の柔らかい表情ではなかった。キャンバス越しにこちらを観察する目つきは鋭くて、何もかも見透かしてきそうなオーラが感じられる。鬼気迫るものがある。この絵は今できうるかぎりの、自分の全部をかけて描いてみたいんだ、と雫は最近口ぐせのようによく話していた。

きっと——と、真琴は思った。私に足りないのは、こういう切り替えなんだろうなぁ。いつも、なんとなくマウンドに上がって、なんとなく打たれて、なんとなく落ちこんでいる。体のどこかにボタンがあって、「これを押したら、はい、ピッチャーになります！」という機能があったらどんなにいいことだろうかと思う。

「ちょっと休憩しよっか」ふっと表情を緩めた雫の一言に救われた。

真琴は立ち上がって、思いきり伸びをした。休憩と言われた瞬間に眠くなくなるのが不思議でたまらない。

「お茶でも淹《い》れてくるね」雫が部屋を出ていった。階下に降りていく軽快な足音が遠ざかっていく。

真琴はあらためて、雫の部屋を見渡した。クーラーの除湿機能で快適に保たれた部屋の隅には、いくつかのキャンバスが立てかけられている。裏を向いているので、こちらからは木枠しか見えない。油絵具と女の子の匂いがうっすらと混ざりあっているこの六畳間は、真琴が予想していたものよりもガーリーではなかった。

余分なものがなくて、さっぱりとした印象だ。ベッドの上に、薄いピンクのウサギの脱力系ぬいぐるみが一つだけあって、それ以外は、あまり女の子っぽいアイテムはない。キャンバスとか、筆とか、絵の具のこびりついたフローリングとか、やっぱり美術に関連するものが多い。

　真琴は、イーゼルに立てかけられたキャンバスの向こう側を見たい衝動に駆られたけれど、「絶対に完成まで見ないように」と、鶴の恩返しみたいに厳命されているので、なんとかガマンしている。どんな感じで描いてるんだろう？　ピカソみたいな崩れたやつだったら反応に困るなぁと思った。

「お待たせ」雫がお盆に紅茶とクッキーをのせて戻ってきた。

　ベッドの上にならんで座って、紅茶を飲む。おやつタイムでは、雫も柔和《にゅうわ》な表情に戻って、おしゃべりに興じた。

「ねぇねぇ、なんで諸角先生って、絵やめちゃったの？」

「まあ、簡単に言っちゃうと、お家にお金がなくって、そんな余裕がなかったらしいよ」クッキーを前歯でかじった雫が答える。ぽろりとこぼれ落ちた焦《こ》げ茶色の破片を、雫は自分の胸元から指先でつまみとって口の中に入れた。

　奨学金で美大に行ったけれど、それ以上好きなことに打ちこむ金銭的余裕はなかったらしい。べつに本人にぷらぷらしている意識はなくても、定職についていない時点で、親からはぷらぷらしていると思われるものらしい。

　在学中に教員免許をとって、しばらくは非常勤で働きながら、夢を追いかけていたけれど、二十代の後半に常勤に穴があいて、そのまま五本木学園の専任教諭におさまった。

「家が貧乏だから器用貧乏になっちゃったのかなぁって、先生は冗談で言ってたけど」

「キヨービンボーって？」

「絵とか、スポーツとか、勉強とか、なんでも一通り器用にこなせるけど、ずば抜けたものがない人のことらしいよ」

「それって全然笑えない」顔をしかめた真琴は、そう言えば小学生のときに、ものすごく貧乏な子に初恋をしたなぁと、懐《なつ》かしく思い出していた。タクト君が引っ越してから、しばらくのあいだ向こうから連絡が来るかもしれないと待っていたんだったけれど、結局何の音沙汰《おとさた》もなかった。

元気でやっているだろうか？　弟と仲良くやっているだろうか？　もしも、プロ野球で投げる日がやってきたら、タクト君は私だって気づいてくれるだろうか？

タクト君からもらったボールは今でも大事に持っている。ときどき勉強机の引き出しから取り出して眺めてみることがある。つい四年くらい前のことなのに、ずっとずっとむかしの思い出だ。顔はほとんど覚えていないし、写真もないし、どんな会話をしたかも記憶の彼方に押し流されている。それなのに、汚い字が書かれたボールを見ると、泣きたいような、心臓をぎゅっとつかまれるような、変な感覚になってくる。

「前から言おうと思ってたんだけどさぁ……」雫がしゃべり出して、真琴は我に返った。「先輩、どんどん太もも太くなってない？」

真琴はあらためて、制服のスカートから伸びた自分の足を見下ろした。たしかに、前より、ずんぐりと太くなっている気がする。

「太ももって言うくらいなんだから、太くていいんだよ」真琴はぶすっとして答えた。

「ちょっと触らせてよ、先輩」いきなり雫が足に手を伸ばしてきた。そのまま、ぎゅっと揉《も》んでくる。「すごーい！　筋肉ぅ！」

「やめ……、やめなさい！」真琴は笑いながら身をよじって、その手から逃れた。それでもしつこく追いかけてくる。

しばらくのあいだ、二人は笑いながらベッドの上で追いかけっこをつづけていた。ふくらはぎに手がおりてきて、がっちりつかまれた。しかたなく、真琴は足に力を入れて、「子持ちシシャモ」をつくってあげた。ぷっくりと筋肉でふくらむふくらはぎが、卵をたくさんつめこんだメスシシャモの体つきに似ている。

卵！

真琴ははっとした。自分の筋肉質な体が、どんどん本来の女性のものから離れていく一方で、お腹の中には卵のもとがしっかりあって、それが定期的に落ちてくる。慣れというのはこわいもので、毎月のその行事が当たり前になってくると、ついついその事実を忘れてしまう。いくら体を鍛えたところで、私が行きつく先は、結局中途半端なところでしかないんだろうか？　先生の言うとおり、男子高校生の中で私が野球をやっていくのは無謀なことなんだろうか？

「ねぇねぇ、先輩」笑いすぎたのか、目尻に浮かんだ涙を指の腹でふきながら、雫が聞いた。「先輩って、好きな人がいたりとかするんですか？」

「あぁっ！　バカにしてるでしょ！」真琴は憤慨《ふんがい》した。「野球しか頭にない、オトコオンナだって思ってるでしょ！」

「してない、してない！」雫はあわてた様子で首を振った。「純粋に、いるのかなぁって思って」

「いると思います？」

「思えません」

「コラッ！」今度は真琴が雫をベッドに押し倒して、わき腹をくすぐった。「お前はいるのか！　コラッ、吐け！」

真琴の力が強いので、雫は身動きがとれない。息も絶え絶えで大笑いしながら、真琴の手から必死で逃れようとする。うつぶせになって丸まり、お尻を抱えた両腕で脇腹をガードしている。ベッドがぎしぎしときしんだ。

「ほら、雫！　言ったら楽になれるんだよ！　ほら、ほら！」

「言う、言う！　言うから！」雫はもだえながら叫んだ。「先生だよ！　先生！」

真琴はびっくりして、拷問《ごうもん》の手をとめた。

「先生なんだよ……！」くすぐられて大笑いした、そのままの勢いで告白してしまったようだった。真琴が手を離すと、雫はとたんに元気を失って、ダンゴムシみたいな防御姿勢のまま弱々しくつぶやいた。「ごめんね、反応に困るよね」

「先生って、諸角先生？」

「なんで、こんなことになっちゃったのか、わからないんだよ！」布団に顔を押しつけたまま叫んだ。くぐもった声が響く。「好きで、好きで、しょうがないんだよぉ！」

驚いたことは驚いたけれど、真琴にはたしかに思いあたるふしがあったのだ。

最近、美術室の窓辺から、雫が先生を大声で呼び出す回数が極端に減っている気がしていた。前みたいに、窓から作品を突き出して叫ぶ、ということもなくなっていた。きっと少しずつ雫が成長してるんだろうなと思っていた真琴だったけれど、好きな人を前にして、恥ずかしがっているからなんじゃないかと推測すると、それはそれで、雫がつまらないおとなのオンナに一歩ずつ近づいているような、悲しい、物足りない気分になってくるのだった。

「私って異常かな？」雫がうずくまったまま、顔も上げずに聞いてくる。「あんなに歳が離れてるんだよ？　十八くらい離れてるんだよ？」

たしかに、野球がうまいからといって尊敬することはあっても、真琴にとって絶対に恋愛対象にはならない。

「最初はけっこうムカつく人だと思ってたのにさ、やっぱり絵がうまくて、厳しいこと言うけど教え方もうまいから尊敬してて、なんとかして認めてもらいたくて頑張ってたらさ、全然顔とか見られなくなっちゃったしさ、なんだか心臓がどきどきしてくるんだよ」

「それはまぎれもない恋だよ」真琴はおごそかにうなずいた。「で、雫はどうするつもりなの？」

「どうするって？」雫は丸くなったまま顔を上げて、足元のほうにいる真琴を振り返った。

「いや、告白するとかさ、それとも卒業まで耐え忍んで待つとかさ」

「わかんないよ、そんなの」

「わかんないよなぁ……」そもそも、私に相談しても、適切なアドバイスができるわけがないと思った。周りの女子は、さかんに恋バナに花を咲かせている様子で、実際に付き合っているカップルもちらほらといるけれど、真琴にはいっさい縁のない話だった。そもそも、恋愛に使うエネルギーが、すべて野球に向いてしまっている。

「これは内緒にしといてね」雫がベッドから起き上がって、真琴に向かって両手を合わせる。「絶対、絶対、絶対だよ！」

「もちろんだよ」真琴は雫と小指をからませた。「まずはさ、お互いの分野で先生をぎゃふんと言わせるところからはじめようよ。それしかないんだよ、たぶん」

「そうだね」雫が力強くうなずく。「二人で頑張ろう！」

それからは、ただひたすら野球に取り組む毎日だった。

毎朝、早く起きて八キロ走る。授業中はほぼ寝る。週四日、部活に参加する。週明けの対決では、諸角先生に痛打されてうなだれる。

学校が終われば、毎日家の庭で特訓する。父の帰りが遅ければ、ネットに向けて投げこむ。ストライクゾーンには、段ボールでつくった目標をくりつけた。マジックでタテ、ヨコ、二本ずつ線を引いて九等分し、制球の目安にするのだ。

思った通りのゾーンに投げこむことは、かなり難しかった。真琴は試行錯誤しながら、腕の出し方、足の踏みこむ幅や位置を微調整していった。全力投球は一日に三十球までと父親に厳しく制限されていたから、一球一球の重みが増して、ムダなボールを投げないように意識を研ぎ澄ませることができた。

木曜日は、完全休養日にした。休むことも勇気だ。肩と筋肉を休めて、次の一週間にそなえる。

ベッドに入ると、ゴムの柔らかいボールを握って、握力を鍛える。目をつむって、イメージトレーニングを繰り返した。

頭の中で諸角先生をバッターボックスに立たせると、バックネットの向こうで見守っている雫の弱々しい笑みがとたんに割りこんできてしまう。先生のカッコいいところを見たいけれど、先輩にも三振をとってほしい——真琴の想像の中の雫はそんな複雑な表情をしていた。

自分の大切な友達を守らなきゃいけないという意識が、真琴の心に深く刻みこまれている。小学生のときの記憶はほとんどあいまいなのに、タクト君を守れなかったという後悔だけが、真琴の頭の中にずっとこびりついているからかもしれない。タクト君からもらったボールを見ると、幼かった自分の無力を感じて、やるせない思いにいつも駆られる。

あんな経験は二度とごめんだと思った。とにかく、真琴はプロに一歩でも近づくために投げるしかなかった。投げて投げて、投げまくるしかないんだ。

そして、また朝日がのぼり、真琴は気合いを入れて走りはじめる。

学校の外周に出ると、最近よくいっしょになるデカい男子が、なぜか足並みをそろえてとなりを走るようになっていた。

中二にして、すでに百八十センチ以上はある、同学年の陸上部の男子だった。名前は知らない。ただ、体の大きさのわりに足が速いので、野球部と陸上部の活動がいっしょになるときは、かなり目立って見えた。

「ちょいちょい」真琴はとなりを走る男子に声をかけた。「遠慮せずに先行きなよ。速いんでしょ？」

となりをぴったり走られると、ペースが乱されてめちゃくちゃやりにくい。正直言って、ウザすぎる。

「いや、俺……、長距離がけっこう苦手で……そんなに速くないんだ」うそはついていないようだった。真琴以上に息が切れている。しゃべるとわかるけれど、息が切れているどころか、息も絶え絶えのレベルだ。

「短距離はあんなに速いのに？」

「これが……精いっぱい……なんだ」ハァハァと荒い息の合間に、かろうじて言葉をしぼり出している。

そういうことなら置き去りにしてしまえばいいと思って、真琴は少しムリしてペースを上げた。すると、なぜだかわからないけれど、向こうもしゃにむに食らいついてくる。

結局、八キロをずっと並走された。グラウンドに帰ってくると、その男子は地面に倒れこんで大の字になった。汗を吸いこんで肌に張りついているTシャツのお腹が、荒い呼吸で大きくふくらんだり、へこんだりを繰り返している。

「俺、筋肉が白身タイプだからさ、長距離がめちゃくちゃ苦手なんだ」と、その男子が寝転がったまま意味不明の言い訳をしてきた。

「シロミ？」

「筋肉の種類の話だよ。魚で言うと、持久力があるマグロとかの赤身が遅筋なんだ。長い距離を泳げるようにね。で、ヒラメなんかの白身魚が瞬発力の速筋なんだ。だから、持久走が苦手な俺は白身タイプだってこと」

「はい？」こいつはヒラメなのかと、真琴はまじまじと、寝そべっている男子を上から下まで眺めまわした。どこからどう見ても、ふつうの人間だ。背が高いわりに、顔は中学生らしくあどけないので、なんだかアンバランスな印象だった。

「鳥海さんは持久力がありそうだから、遅筋タイプかな？」

「私はチキンじゃない！」真琴は激怒した。ヒラメだの、チキンだの、冗談じゃないと思った。「ってか、なんで名前知ってんだよ！」

「いや、鳥海さんは有名人だから。女子で野球やってるわけだし」

完全にバカにされていると思った。だから、ヒラメ野郎がキャッチボールをやろうと言い出したときには、真琴は無視してすたすたとその場をあとにしようとした。

ところが、ヒラメがバッグから取り出したキャッチャーミットを見て、真琴は目を疑った。陸上部のくせに、なぜかキャッチャーミットを持っている。真琴は興味をひかれてちょっとだけならやってもいいと思ってしまった。

いざキャッチボールをはじめてみると、めちゃくちゃうまかった。スローイングは基本に忠実だし、何よりキャッチングがほれぼれするほどウマい。びしっと小気味のいい音を響かせて捕るので、真琴はしだいに気持ちよくなってくる。

こいつはただ者じゃないなと思っていたら、真琴の不審を感じとったのか、向こうから告白してきた。

「俺、実はシニアでやってるんだ」ヒラメ野郎が、ミットを小脇に抱えながら申し訳なさそうに言う。「だから、野球のほうが本業なわけで……」

真琴はなるほど、そういうことかと納得した。

硬式ボールを使うシニアリーグは、地域のチームに所属するので、学校の部活とはいっさい関係がない。小、中学生のときはクラブチームで硬式野球を経験し、高校では強豪校に入部するというパターンだ。

とはいえ、もちろん平日は学校があるから、クラブチームの活動は土日にかぎられることが多い。帰宅部では体力を維持できないから、学校の部活では、走りこみを多く行う陸上部に所属する人もいると聞いている。

「腰かけ陸上部なんでしょ、どうせ」真琴が冷ややかな視線を浴びせる。「野球が本業ってことはさ」

「いや、真剣にやってるって」と、ヒラメがあわてて否定した。

「土日に陸上の大会があったら、どうせ野球優先なんでしょ？」

「それは……」痛いところを指摘されたのか、言いよどんでいた。「そうだけどさ」

キャッチボールをつづけながら、徐々に離れていく。それにつれて、二人の声のやりとりも大きくなっていった。

「高校では五本木の野球部でやろうって小学生のときから決めてたんだ。自由な感じにあこがれて」ヒラメが目を輝かせながら言う。「中学から入っておけば、推薦だの受験だのであくせくする必要もないしね」

真琴は無言で球を投げ返す。中学の軟式はレベルが低いと見下されているような気がして、腹が立ってくる。

そりゃ、もちろんウチの部は弱小だし、シニアでやっている強者からしたら格下に見えるのは当然だろう。それに、今から硬式に慣れていれば、高校ではだいぶ有利に違いない。でも、プロ野球選手には、中学まで軟式の選手だって、もちろんたくさんいる。その事実だけが真琴の心のよりどころだ。

「鳥海さんも、高校では五本木の野球部入るんでしょ？」突然聞かれて、真琴はびっくりした。なんで誰も彼も、私のひそかな野望を見破るんだろうと、ちょっとおそろしくなってきた。

「誰も朝練してないのに、一人だけ朝早くから走ってるしさ。やっぱあの野球部の中では一人だけ目の色が違うしね」

「目の色はみんな黒いんだけど」

「うーん、比喩《ひゆ》で言ったつもりなんだけどなぁ……」困ったような苦笑いを浮かべる。

「ヒユ？」さっきから、真琴はいったい相手が何を言っているのかさっぱりわからない。こいつとは絶対に友達になれないと思った。

生徒たちが登校しはじめたのか、校舎のほうが騒がしくなってくると、二人はキャッチボールをきりあげた。

「俺、三組の君澤龍也」大きい右手を差し出してくる。「高校の野球部、いっしょに入ろうよ」

元気の押し売りのような笑顔に根負けして、真琴はしかたなく握手を返した。

5　二〇一五年　君澤龍也／二十三歳

君澤龍也は、テレビから絶えず響いてくる、声という声に飲みこまれそうな錯覚《さっかく》を感じていた。

阪神ファンが、一番バッター・脇坂の応援テーマを演奏しはじめる。トランペットと大太鼓《おおだいこ》に合わせて、メガホンが打ち鳴らされる。さらに、それを上から塗りつぶすような、声援や野次が球場の全方位からわきおこっている。

審判が右手を上げて「プレー」を宣言した。

真琴が投球モーションに入る。バッターボックスの脇坂が鋭い視線をマウンド上に注いでいる。

記念すべき鳥海真琴の一球目。

セットポジションから、ゆったりと右足を上げる。一瞬の静止状態が過ぎると、ふたたびゆっくりと下ろす。軸となる左足をかがめながら、空中を両腕でかきわけるように躍動させる。小さい体がバネのように縮んだ直後、伸びやかに羽ばたいていく。ためこんだエネルギーを爆発させて、静から動へと一気に転換するわりに、まったく力みの感じられないフォームだった。

ただ、その一球目の軌道を見て、龍也は思わず「あっ！」と、叫んでいた。ストレートが、そのままど真ん中に入っていったのだ。

打たれる！　と、龍也は両手のこぶしを強く握りしめた。しかし、この最高のボールを、脇坂はあっけなく見送ってしまった。あまりの絶好球に、完全に体が硬直してしまったようだった。

脇坂が悔しそうに夜空を見上げる。バットの先で、自分のヘルメットをかるく叩いた。

画面のスピードガン表示は、百二十七キロ。プロのストレートではかなりの遅さだ。ベテランのキャッチャー・守永《もりなが》が何か声をかけながら、真琴に思いきり投げ返す。その返球のほうが、よっぽど速そうに見えた。

真琴が苦笑いでそのボールを受け取る。

フォームは伸びやかでも、目に見えないレベルで余計な力が入っているのかもしれない。真琴は左肩をまわしながら、息を吐いている。体のこわばりと緊張をどうにかとろうとしているのだろう。ショートの選手に声をかけられて、一つ大きくうなずいた。

一口ビールを飲んで、となりに座っている七海にちらりと視線を向ける。今では、七海もわくわくした様子でテレビを見守っているようだ。熱狂的な男性ファンもさることながら、真琴は女性のファンも多いと言われている。新たな野球ファンを獲得しつつあるのだ。

「ところでですね」実況が話をはじめた。「直球が百二十キロ台しか出なくても、プロでおさえられるものなんでしょうか?」

「技術があれば問題ありませんよ」解説の飛田があっさりと答えた。「バッターのタイミングをうまくずらしたり、裏をかく投球をしたり、相手の心理を読みながら丁寧に投げることができればいいわけです。それに、スピードガンには表れない、球のキレ、重みというものもありますしね」

「なるほど」

「百五十キロの速球でぐいぐい押していく、というだけが、ピッチャーではないということですよ」それから、飛田は鼻で笑った。フッと息がもれる音が聞こえてきた。

「いずれにしても、トップレベルの制球力、長年の経験に支えられた巧みな投球術が要求されるわけです。あんなど真ん中に投げてるようじゃムリな話ですよ」

龍也にとって、酷にも聞こえる解説の言葉は、その一方で勇気の出るものにも感じられた。たしかに、速いだけが投手じゃない。日本のトップ相手でさえ、うまく立ちまわれば、のらりくらりとかわしていくことだってできるのだ。

真琴がキャッチャーのサインに一発でうなずく。セットポジションに入る。

二球目はスライダーが左バッターの外角にすべっていった。ボール。

龍也はふぅーと息を吐き出した。これが、もう一人つづくのだ。一球一球があまりにも長く感じられる。時計を見ると、テレビを観はじめてから、まだ十分もたっていなかった。

「ホントに気が気じゃないって感じだね」七海が笑いながら、それでも探るような目つきで龍也をのぞきこんでくる。「鳥海さんとは仲良かったの？」

「ん……」答えにつまった。なんと返事していいのかわからず、龍也はとっさに目をそらした。

そのとき、大きな歓声がテレビから響いてきた。龍也がはっとして顔を上げると、画面のカウントの表示がいつの間にかツーストライクになっている。

バッターボックスの脇坂が体勢を崩している。守永が立ち上がって、細かくうなずきながら、真琴にボールを投げ返すところだった。

ものすごい歓声が球場をおおっていた。バックネット裏の客ですら、立ち上がって拍手している人がたくさんいる。

リプレーがスローで流れる。

真琴の投じたボールは、ストレートと同じ軌道でやや真ん中よりに入っていった。脇坂が迷いなくバットを繰り出していく。

ところが、バットに当たる手前で、ボールは脇坂の体のほうへ急激に曲がりながらすとんと落ちていった。まるで意志をもったようにバットをすり抜けていった球が、そのままミットに吸いこまれていく。

「脇坂、空振りです！　ツーストライクと追いこみました！」リプレーが終わって、真琴の顔がアップになると、実況が間髪《かんはつ》を入れずに叫んだ。

「シンカーですね」解説が応じる。

真琴は一回帽子をはずして、汗をぬぐってから、サインをのぞきこんだ。

四球目。真琴は一発でうなずいた。

投球モーションに入る。まったく同じ腕の振りから繰り出された投球は、高めにすっぽ抜けたと一瞬思うほど緩やかな弧《こ》を描いて、脇坂の体の近くに食いこんで落ちていく。

脇坂はのけぞった。それほど、急激に落ちて、インコースに食いこんでいったように見えた。真琴のもう一つの決め球、スクリューだ。しかし、はずれて、ツーボール・ツーストライク。

シンカーとスクリューは、どちらも利き腕の方向へ曲がりながら落ちていく変化球だが、軌道が違う。シンカーはストレートの軌道から打者の手元ですっと沈み、スクリューは九十キロ台で緩やかな弧を描きながら、大きく曲がって落ちていく。打者のタイミングを狂わせる球だ。どちらも、高校時代、龍也と二人三脚で磨いていった変化球だった。

今も、真琴の投げたボールの感触が、左の手のひらに残っている。その左のこぶしをぎゅっと握りしめてテレビを見つめる。

あの画面の中に映っている鳥海真琴は、ほんとうにマコなのだろうかと、龍也は不思議な感覚におちいっていた。プロと対戦している姿を見れば見るほど、自分が知っている中学や高校のときの彼女とは連続していない、まるで別人のような気がしてならない。

センターからの映像で、真琴の背中が映っている。帽子の下から飛び出たポニーテールが、背番号の上のほうまでたれている。真琴がうなずくと、髪の毛の束がかるく揺れた。

そのあとの四球、真琴はストレート、シンカー、スクリュー、スライダーを各コーナーに投じていったが、ことごとく脇坂がカットしていく。すべてファールボールで、カウントはツーボール・ツーストライクのまま動かなかった。

次が九球目。サインの交換が終わり、真琴がセットポジションに入る。ゆっくりと右足を上げて投球モーションに入る。

投じられたボールはすっぽ抜けたように高めに浮いていくように見えたが、途中から急激に曲がって沈んでいった。スクリューボール。だが、龍也の目には、やや真ん中に入っていったように見えた。脇坂がバットを振り抜いていく。

強烈なゴロが一、二塁間に飛んだ。急激にパンしたカメラが追いついたときには、一塁手が頭からダイブしていく瞬間だった。

内野を抜けるかと思われたその打球を、ファーストは長い腕を目いっぱい伸ばしてミットにおさめた。

「ガルフォード捕った！　ファインプレーです！」実況が叫んだ。

ファーストの助っ人外国人・ガルフォードがすぐさま立ち上がる。しかし、龍也は何かがおかしいとすぐに気づいた。ガルフォードの表情にもそれがあらわれている。

マコの一塁カバーが遅れている！

本来なら、ファーストの方向にゴロが飛んだら、ピッチャーが即座に一塁ベースへカバーに入らなければならない。ファーストがベースから離れてゴロを捕球した場合、みずから一塁を踏みに行くと遅くなる。ピッチャーがあらかじめベースに走って、ファーストからの送球を受けとらなければならない。

別のカメラの映像に切り替わった。真琴はまだマウンドと一塁ベースの中間あたりを走っていた。間に合わないと龍也は思った。

「鳥海が懸命に走る！」実況がなおも叫ぶ。「俊足の脇坂との競走になる！」

ガルフォードが真琴の走りに合わせるように、ボールを優しくトスする。受けとった真琴が一塁ベースの内側を踏んで駆け抜ける。

同じベース上を、ほぼ同時に脇坂が走り抜けていく。タイミングは微妙に見えた。

真琴と脇坂がそろって振り返り、一塁塁審を見やる。

塁審は、右腕を投げ出すように、派手なアクションでアウトを宣言した。琉球ファンの歓声と、判定を不服とする阪神ファンの野次に包まれた。

阪神の一塁コーチが両手を水平に開きながら、塁審につめよって抗議する。審判はかるく首を振っただけでコーチの抗議をいなした。

一方の真琴は、ガルフォードに走りよってちょこんと頭を下げている。ガルフォードは、笑顔で首を振ってから、もっと気合いを入れろとばかりに、真琴のケツを思いきりたたいた。真琴が驚いて、飛び上がる。二メートル近い白人選手に対して、真琴は百六十センチちょっと。まるで、おとなと子どもに見えた。その滑稽《こっけい》な説教の光景に、球場は笑いに包まれた。カメラのフラッシュがここぞとばかりに光る。

それにしても、女性の尻をたたくという、日本人なら問題になりそうなことでも、外国人なら許されてしまうのが不思議だった。そして、それ以上に不思議なのは、真琴にはこうして失敗したとしても、周りを笑顔に変えてしまう憎めなさがあった。

龍也は懐かしく思い出した。たとえ周囲の空気がぴりぴりしていても、マコの間の抜けた言動で一気に場がなごむことがよくあった。

当の真琴は、笑顔を浮かべて、マウンドに小走りで戻っていく。みずから、人差し指を立てて内野に呼びかけている。内野もそれに応えて指を立てる。

「さぁ、一波乱ありましたが、ワンナウトです！」実況がふたたび大げさな口調に戻って言った。「鳥海がはじめてアウトをもぎとりました！　歴史がまた一つ塗り替わります！」

龍也は自然と両手を握りあわせていた。手のひらが汗で湿っている。次の左バッターさえアウトにとれれば、マコは立派に役目を果たしたことになるんだ——龍也はただ祈ることしかできない自分をもどかしく感じていた。

6　二〇〇六年　鳥海真琴／十四歳

絵が完成したというメールが雫から来たのは、十月半ばのことだった。

昼休みの美術室で待ち合わせをした。いったいどんな出来栄えになっているんだろうとわくわくしながら、真琴は駆け出しそうになるのを懸命にこらえて、廊下を早足で歩いていく。

途中のラウンジで、雫の好きなバナナミルクのパックジュースを二つ買った。渡り廊下ではほとんど小走りになって、美術室のある旧校舎に向かう。結局、雫の家でモデルをしたのは、下絵を描いた最初の一回だけだった。帰り際にデジカメで写真を何枚か撮られて、あとはこれをもとに色をのせていくと言われ、ちょっとがっかりしたけれど、これからいつでも遊びに来ていいよという許可を得たので、練習がオフの日に何度か家にお邪魔している。

絵が進んでいる気配はあったけれど、雫のガードはかなり堅かった。ちらりと見る機会も与えられないまま、今日の完成をむかえた。

旧校舎は空気がひんやりとしている。個人練習をしている、吹奏楽部の小太鼓の音が正確なビートを刻《きざ》んでいる。その軽快なリズムに合わせるように階段を駆け上がった。真琴は美術室の扉の前に立って、一つ呼吸を整えた。なんて声をかけたらいいんだろうかと考える。おめでとう、だろうか、よくがんばったね、だろうか？

真琴はゆっくりと引き戸を開けた。その隙間から、教室の中をそっとうかがってみる。

雫が窓辺にたたずんで外のグラウンドを眺めている。開け放した窓から風が入って、カーテンが生き物のようにうねってふくらんでいる。

どうも様子がおかしいと真琴は不審に思った。いつもの雫のしゃきっとした背中ではなかった。なんだか、やけに丸まって元気がないように見えた。

「雫？」真琴はおそるおそる近づいていった。

その声に、雫はびくりと肩を震わせた。こちらを振り返らずに、あわてた様子で右手を顔のあたりにもっていって、ごしごしとこすっている。後ろ姿だったけれど、その動作ですぐに気づいた。泣いているんだとわかった。

「雫？」もう一度呼びかける。いったいどうしたというのだろう？

雫が振り返る。その目には、さっき急いでふいたのにもかかわらず、今にもこぼれ落ちそうなほどの涙がたまっていた。

「先輩、私、絵、やめようと、思う」雫はとぎれとぎれで言葉をつないだ。すんすんと、洟《はな》をすする音がして、雫の両肩が上下する。

「どうしたの？　ねぇ、雫！」

完成した絵の前に笑顔の雫がいて、それで私も笑顔になって、二人でバナナジュースで乾杯して、ゆっくり絵を見るんだと思っていた。それが、まったく反対になってしまって、真琴は戸惑っていた。窓の下のグラウンドから、サッカーをしている男子の大きな声が響いてきて、美術室の静けさを際立たせる。

「やっぱ私って才能ないし、全然ダメだし」あふれ出た涙が、頬《ほお》をつたっていく。

「早いとこ、やめたほうがいいかなぁ……なんて」

そう言って、ムリして笑顔をつくるけれど、大きな涙の粒が次々とあごの先に集まっていった。真琴はあわててハンカチを出そうとした。動転していたのか、カバンの中にあるということをすっかり忘れていて、あたふたとスカートの腰のあたりをまさぐっただけだった。

「もう、どうでもよくなっちゃったんだ」雫は手の甲で勢いよく涙をふいた。「先生に言われて、よくわかったし」

先生という言葉でぴんときた。たぶん自分が来る前に、雫は諸角先生に絵を見せたのかもしれない。

「ねぇ、先生になんて言われたの？」雫の背中をさすりながら聞いた。「何かひどいこと言われたの？」

「全然なってないんだって」先生の言葉を頭の中で反芻《はんすう》してしまったのか、しゃくりあげるような泣き方になって、真琴を見つめる。「全然……全然ダメだって」

「そんなのってないよ！」真琴は、この場に諸角先生がいたら、絶対にボールをぶつけていると思った。ボールなんか持っていないけれど、あまりの怒りで具現化できるんじゃないかとさえ思えた。

雫はこの作品にすべてをこめるって言っていた。それなのに、尊敬している先生に作品を全否定された。そんなのって、ありえない。あってはいけないと思った。

絵はイーゼルの向こう側だ。真琴はゆっくりとキャンバスの前面にまわりこんでいった。

息を飲んだ。

私がいる、と思った。透明の光にあふれた白い部屋に、私が座っている。

美術室の窓から斜めに差しこんでいる、秋の柔らかい陽光に照らされて、絵の中の自分は背筋をぴんと伸ばしてこちらをじっと見つめていた。写真を見ているみたいだった。

「すごいよ！」誰が何と言おうと、この絵は世界一だ。よくも……、と思った。よくも雫を！　諸角先生に対する怒りが、むくむくと大きくなってくるのを感じていた。

「これのどこがダメなの！」思わず雫の両肩をつかんで揺さぶった。

「先輩にはわからないって」雫は真琴の視線から逃れるように、顔をそらした。肩をつかんだ真琴の手の甲に、涙が一滴落ちる。その涙は、まるで硫酸みたいに、真琴の皮膚にちりちりとしみた。

「そりゃ、絵のことはわからないけどさ、でもやっぱりすごいよ！」泣いている子どもに言い聞かせるように、必死で肩を揺すった。力の入っていない雫の首ががくがくと前後に揺れてもかまわなかった。

「ねっ、私だって打たれても投げつづけてるんだよ。雫だって、なんて言われたってまた描けばいいんだよ。あいつをあっと言わせる絵をまた描けばいいんだよ」

「先輩みたいに強い人ばっかじゃないんだよ！」雫は真琴の手を振り払って、近くの椅子の上に置いていたカバンに飛びついた。

　雫がいったい何をしようとしているのか、一瞬わからなかった。しかし、雫が手にとった黄色いものに目をとめて、真琴は叫び声を上げた。

カッターを握った雫が躊躇《ちゅうちょ》なく絵に向き直る。

ジャキッという金属的な音がして、刃が滑《すべ》り出る。雫が絵の方向に振りかぶった。

真琴はとっさにその右腕をつかんだ。

とりあえず絵から離れさせせようと思った。ただその一心で、全体重をかけて押し倒した。なおもキャンバスに向かっていこうとする雫の腕をつかんで、カッターをもぎ取ろうとする。

もみあうような状態になって、ようやくカッターをこの手につかんだと思ったら、なんだかぬらぬらと生温かい感触がして、いったい何が起こっているのかわからなくて、真琴は頭が真っ白になった。

「あっ！」思わずカッターを床に取り落とした。

その黄色いカッターは、赤い液体で濡れていた。最初は絵の具がついたのかと思った。それくらい、うそみたいに鮮やかな赤い色だった。でも、そんなことはありえないと、すぐに気がついた。

真っ赤な、温かいものが自分の手にもついていて、真琴はとっさに体を眺めまわす。ひゅうひゅうと荒い呼吸が喉の奥のほうで鳴って、心臓がばくばくと暴れていた。真っ先に考えたのは、ボールが投げられなくなったらどうしようということだった。そうなったら、もう死んじゃったほうがいい、野球ができないなら、私は私じゃなくなると思った。

でも、どこにも痛みは感じない。

「あぁっ！」悲鳴というよりは、ため息のような、空気が漏《も》れるような雫の声が聞こえて、真琴はおそるおそる目を向けた。

雫がぶるぶる震える左手で、右手首をつかんでいる。その手のひらは、真っ赤な血にまみれていた。

真琴はただ口をぱくぱくと動かすことしかできなかった。血の気が引くというけれど、本当に頭の中からサーッという音とともに、血液が一気に落ちていく音が聞こえてくるようだった。腰が砕けてまったく身動きがとれないのに、冷静にそんなことを考えている自分が不思議でたまらなかった。

「雫！」立ち上がろうとしても、膝が笑って力がまったく入らない。にじりよるようにして、雫のほうに手でいざっていく。

雫はぺたんと床に尻もちをついて、笑っているような泣き顔のまま、涙をぽろぽろと流している。手のひらからは鮮血がしたたって、肘《ひじ》のほうまで流れていった。薄いブルーのブラウスに赤いシミがひろがっていく。

思わず雫を抱きしめていた。雫の体の震えが直接つたわってきて、真琴の目からも涙がこぼれ落ちた。

放課後、真琴は着替えもせずに、制服のままグラウンドに出た。

部活には、とてもじゃないけれど出る気になれなかった。でも、どうしてもやらなければならないことがあった。絶対にやりとげなければならないと思った。

六時間目に授業がなかったのか、諸角先生が一人でトンボを使ってグラウンド整備をしている。先生にはそういう律義なところがあった。担任をもっていないということもあるけれど、少しでも生徒たちの練習の時間を増やせるように、教師なのに進んで雑用をこなしている。これも、高校ならありえないことだろうと真琴は思う。

まだ誰も部員は出てきていない。いつもだったら、あわててトンボを交代するところだ。だけど、今日ばかりはゆっくりと先生の前に歩みよって、「あの……」と呼びかけた。

「おお……」と、先生は顔を上げた。「大変だったたな」

まるで他人事のような返事に真琴は少し失望したけれど、先生もあんなことがあったあとなので、慎重に言葉を選んでいるんだろうと思い直した。

「小川のご両親には、部活のあとで俺から連絡しておくから」

「はい」と、うなずきながらも、そんなことを聞きにきたんじゃないと真琴は思っていた。いったい、雫に何を言ったのか、先生の口からどうしても聞きたかった。

雫を手当てした保健の先生の話では、縫《ぬ》うほどの傷ではないということだった。とはいえ、応急処置をしただけだから、このあとすぐ病院に行くようにと言われていた。

担任が共働きの両親に連絡をとろうとしたようだけど、大ごとにしたくないという雫の要望で、仕事が終わる時間に当事者二人をよく知っている諸角先生から電話を入れることになっていた。

一歩間違えば、大きな騒動になりかねなかったところを、さっきまでの取り乱し方がうそみたいに思えるほど雫が冷静に振る舞って、右往左往する先生たちをなだめていた。いくら故意ではないといえ、親友に傷をつけてしまった真琴のことを気づかってくれたのかもしれない。

ただ、保健室に諸角先生が顔を出すことだけは、雫が嫌がった。結局、事情を聞いた保健の先生と雫の担任が、諸角先生に詳細を伝えたらしい。

「もう気まずくて、美術の授業も受けられなくなっちゃうね」と、泣きはらしたあとの赤い目で力なく笑いかけられて、真琴は返す言葉が見つからなかった。

早退する雫の背中を、真琴は無言で見送ったのだった。

「鳥海さ、小川の家知ってたよな？　悪いけどこれ届けてくれるかな？　美術室に置きっぱなしだったからさ」先生がポケットから雫のケータイを取り出した。雫の好きなゆるキャラのストラップが回転して、とぼけた顔を真琴のほうに向けている。

「なんて言ったんですか？」真琴は携帯電話を受けとらずに先生をにらみつけた。

「雫に、なんて言ったんですか？」

「感情はあれだけ激しいのに、なんでか打たれ弱いんだよなぁ、あいつは」トンボの柄《え》の先を両手でつかんで、そこにあごをのせてもたれかかる。遠い目でつぶやいた。

「鳥海みたいに、打たれても打たれても向かってくるくらいの強さがあいつにもあったらなぁ」

「なんて言ったんですか？」

「やっぱり基本からして、ダメだ。まだまだ、これからだって、そういう話をした」

「あんなにうまいのに」

「うまけりゃいいってもんじゃない。『はい、よくできましたね、うまいですね』って適当にほめときゃ、そのほうがこっちとしては断然楽なんだよ。でもさ、そんなのは、そいつのためにならないってことは鳥海ならよくわかるだろ？」諸角先生は、聞かれてもいないのに、弁解するように話した。

「先生は先生じゃないです！」雫の悔し涙を思い出して、自分の瞳もうるんでくる。涙が流れるのを必死でとめるために語気を強めた。「私はわかる！　絶対に、傷つけるような言い方したんだ！」

「教師失格ってことか？」先生の目が険しくなった。「生徒の顔色をうかがって個性を伸ばしていくのが教師の役目か？　そんな甘っちょろい環境で育ったって、社会に出たら即KOだ。めった打ちにされて降板だ。鳥海みたいに、打ち崩されてもすぐ立ち直れるヤツばっかりじゃない」

「だから……」真琴が言いかけると、先生はすぐに話をつづけた。

「だから、誰かが言ってやらなきゃダメだろ」諸角先生が、トンボを持つ両手に力をこめているのがわかる。腕の血管が青黒く浮き出ている。「きっと、小川は両親に絵がうまいねってほめられて、ほめられて、大事に育てられてきたんだろ？」

「私たちがどれだけ必死なのか、先生はわかってない！」絵を描いていたときの雫の真剣な表情をありありと思い出した。雫だって、私みたいに、歯を食いしばって、あがいて、もがいて、格闘しているんだ。それを先生はわかっていない。

「真剣なのは、わかってるんだよ。それは、あの絵からじゅうぶん伝わってくる。でも、だからこそ、こっちだってうそはつけないんだよ」首をゆっくりと横に振る先生。「じゃあ、鳥海にわかるように、野球にたとえてきちんと話そうか。たとえばさ、野球選手がウェイトリフティングの選手みたいな筋肉をつけて意味があると思うか？」

聞かれている意味がわからなかった。「いいから、答えてみろ」と言われて、真琴は戸惑いながらも質問に答えた。

「たぶん、柔軟さがなくなると思います」それは父親からさんざん言われていることだった。その競技に合った、必要な筋肉をつけることが重要で、やたら筋トレをしたって、必ずしも百五十キロが投げられるわけでも、場外ホームランを飛ばせるわけでもない。

「小川のは、それに近いんだ。ムダな筋肉を、必要以上につけようとしてる」

「それに近いって?」まったく理解が追いつかなかった。

「不必要な筋肉をガチガチにつけたって、小川のやろうとしていることには合わないんだ。ちぐはぐになっちゃうんだ。鳥海がさ、まったく見当違いな筋トレをして、夏休み明けにものすごいマッチョになって現れたら、俺はたぶん本気で怒ると思う。お前はそういうパワー系の選手じゃないだろう、何を勘違いしてるんだって」

絶対にありえないけれど、もしそうなったら、怒られるのは当然だ。でも、男子の選手なら、パワーを追求するあまり不必要な筋肉まで鍛えてしまうということはあるかもしれない。

「雫がそうだってことですか?」

「そうだな。ムダな筋肉、技術をつけて、ガチガチのがんじがらめになってる。自分でそれにとらわれている。しかも、まだ中学生だから、その筋肉もものすごく弱くて、つたない。ボディービルダーだって完成されれば美しいかもしれないけど、小川のは中途半端なマッチョだ。俺としては、もっと自由に描いてほしいんだけどなぁ」

　よかれと思って一生懸命打ちこんだことが、実はまったく意味のないことだとしたら、そうとうショックだろう。雫がどれだけ落ちこんだのか、先生がどれだけ心配したのか、今ようやくわかったような気がした。

「雫にはマッチョになってほしくないです」熊みたいな筋肉の鎧《よろい》をまとった雫を想像しかけて、真琴は首を大きく振った。

　真琴の言葉に、先生ははじめて笑った。

「俺だってそうだよ。小川には、鳥海の投球フォームみたいな、しなやかで、なおかつ力強いサイドスローみたいな絵を目指してほしい。あいつはずっと家で描いてたから、まったく知らなかった。ホントに家でこっそり筋トレするみたいに、小川は頑張ってたんだな。その気持ちを知らないで一方的に怒ってしまったのは悪かったと思ってるよ」

　先生の心配そうな表情を見て、真琴はようやく理解しつつあった。お母さんは、お父さんのことを現実的すぎると言ってよく眉をひそめていた。でも、実際には、お父さんはやっぱり自分のことを思いやって、現実をオブラートに包んで優しく伝えてくれていた。今ならわかる。

諸角先生のことを、本当に現実的な人と言うんだろう。まったくうそがつけない、不器用な人なんだ。でも、お父さんが私を思いやってくれていたのと同じように、先生も私たちの将来を気づかってくれていることに違いはないんだ。

「勝負、お願いします！」真琴は抱えていたスポーツバッグからグローブを取り出した。「雫の代わりに先生を打ちとります！　お願いします！」

「わかった」制服姿の真琴を見て、先生は言った。「まず、着替えてきなさい」

「今すぐお願いします！」

この気持ちが冷めないうちに！　と焦っていた。最初に感じていた先生に対する怒りがすっかりかき消えて、それが体の底からわきあがってくる単純なパワーに変わっていく。それがなくならないうちに、この気持ちを忘れないうちに、どうしても投げておきたかった。

先生の返事も聞かないうちに、スポーツバッグからスパイクを取り出してローファーからはきかえる。制服にスパイクという、アンバランスないでたちでもかまわなかった。

ポニーテールを一回ほどいて、ゴムを口にくわえながらふたたび髪を結び直す。額やこめかみの皮膚が引っ張られて、心に立ったさざ波がすぅーと静まっていくのと同時に、一気に集中力が高まっていくのを感じた。ハチマキをしめた感覚に近い。これがもしかしたら、私の「ピッチャーになります！」というスイッチなのかもしれない。

「まず、肩を温めろ」と言われて、二人でキャッチボールをはじめた。これから打とうとしている相手とキャッチボールをするのは、なんだか不思議な気分だった。じゅうぶん筋肉がほぐれたところで、ピッチャーとバッターにわかれる。真琴は制服のブラウスを腕まくりしてマウンドに登った。

一球目。真琴が一気に右足を踏みこむと、制服のスカートがふわりとふくらむ。ゆったりとしたサイドスローで投じた真琴は、左バッターの先生のインロー――ややボールよりの足元付近を狙っていった。

だてに今まで何度も対戦していない。先生がいちばん打ちにくそうにしていたコースがここだった。

諸角先生が右足を踏みこんでいく。そのまま、腰を回転させ、うまく腕を折りたたみながら、インコースの低めにバットを繰り出していく。

鈍い音が響いた。バッターや、観客にとっては、「キン！」という甲高い金属音が気持ちいい音なんだろう。だけど、ピッチャーにとっては、「ガキッ」というつまった音が、最高に心地よく聞こえる。

打球はワンバウンドして、先生の右のふくらはぎにぶつかった。

自打球。ファールで、まずワンストライクを稼《かせ》いだ。

先生がボックスを外して、みずからのスイングを一回、二回と確認する。それから、右の爪先を地面につけ、ぐるりと足首をまわしてから小さくうなずいた。バッターボックスに入り直す。

真琴は特訓の効果を体で感じていた。

ストレートのキレが格段に違った。前はへにゃっとしたボールだったのに、今ではしっかりと中指の先まで意識が行き届いて、ギュルンとスピンをかけることができる。バッターの手元までお辞儀することなく、球筋が伸びるように加速していくのがわかる。

でも、やっぱり球速はまだまだ足りないし、簡単に当てられてしまう。当たり前のことに、三つストライクをもぎとらなければ三振させられないわけで、今さらその難しさに直面して困り果てている。理想は今みたいにファールを打たせてカウントを稼ぐことだけど、これ以上同じコースに投げれば確実に前に飛ばされてしまうだろう。

ずっと投げこみをつづけてきた感覚を思い出すんだ——真琴は自分の胸に言い聞かせた。一回、大きく息を吐いてから、胸の前でボールを握り、投球モーションに入る。

目いっぱい横からボールを投じた真琴の二球目は、狙い通りにホームベースの右の角をかすりながら、アウトコースの低めに吸いこまれていった。

最高の感触だった。大げさじゃなく、今まで生きてきた中でいちばんの投球だ。指先どころか、投げ終わってバッターに向かっていくボールにまで神経が通っているような感覚だった。

が、ストライクかボールかは微妙なところかもしれない。

先生はぴくっと肩を動かして反応しかけたものの、バットを出すことはなかった。

「ストライクだな」バックネットにぶつかったボールを見送った先生は、真琴のほうに向きなおって言った。「ナイスボールだ。全然手が出なかった」

真琴がとっさに疑ったのは、わざと手を出さなかったんじゃないかということだ。それだけ、先生が何かをほめることがめずらしかったからだけど、もちろん、そんなことをする人ではないと、真琴自身よくわかっている。もし、そうだったら、真琴はとっくに三振がとれているし、今ごろ雫だって気持ちよくマッチョな絵を描いていることだろう。

遊び球を投げる気はなかった。二球目と同じ軌道で、スライダーを投げられたら……。

変化球はちょっとずつ習得していた。ときどき、自分でも信じられないくらい曲がることがあった。それが再現できれば、空振りをとれるかもしれない。

真琴はグローブの中で、ボールの握りを変えた。そのまま、いつものフォームを心がけて、アウトコースへ投げこんでいく。

二球目ほどではないけれど、投げた直後の感触は上々だった。曲がれ！　心の中で叫んだ。

その瞬間だった。

鋭い金属音が鳴った。ピッチャーにとっては、ぎくりとする、嫌な音だ。

先生は変化球にきっちり対応してきた。外に逃げていくボールを、目いっぱい両腕を伸ばして、正確に打ち返してきた。打球は真琴の頭上をあっさりと越えて、センター前にぽとりと落ちた。

真琴はマウンドの上で、膝からくずおれていた。

プロ野球で、大事な場面でホームランを打たれ、がくっと膝をつくピッチャーを何度も見たことがある。なんて大げさなんだろうといつも思っていた。だけど、まったく大げさなパフォーマンスじゃなかったと、このとき思い知らされたのだった。

ここぞと思い決めた場面で本当に打ちのめされると、人は立っていられないんだ——片膝をついてうなだれた真琴は泣きそうになっていた。ごめん、雫……、私もまだまだ実力不足だった。

「いい球だったよ。気迫がこもってた」先生がマウンドに近づいてくる。

やめて！　なぐさめないで！　声にならない声が、心の中で反響した。

「でも、やっぱり最後に小細工してダメだったなぁ」頭上から先生の声が落ちてくる。うずくまったまま顔を上げられなかった。「二球目みたいな球を迷わずズバッと投げてればよかった。まあ、あれだけの球がつづけられたかどうかはわからないけどな」

このまま先生の前にいると何かが決壊しそうな気がして、スポーツバッグを抱え、マウンドから走って逃げ出した。顔を伏せて、膝についた土もそのままにして、ただただ走った。

グラウンドから校門を出て、コンクリートの道を駆けると、足元がカツカツと金属的な音をたてた。そこで、ようやくスパイクのままだったことに気づき、おまけにローファーを脱ぎっぱなしにしてきたことにも気づき、しかも紺のハイソックスにスパイクというちぐはぐな格好で街に出ようとしていたことにも気づき、あわててグラウンドに引き返した。顔が熱かった。

「小川のケータイ、よろしくな」ベンチのところで待っていた先生が二つ折りの白いケータイを手渡してくる。

真琴はうつむいたまま、ひったくるようにケータイを受けとり、あわてて靴を履きかえて踵を返した。こてんぱんに打ちのめされて、精神的にぼろぼろの状態で部活に打ちこめる気がしなかった。そんな思いを察してくれたのか、先生は逃げ去る真琴に何も言わなかった。

真琴は電車を乗り継いで、雫の家に向かった。インターフォンに出た雫は、真琴に向けてあやまりながらも、しばらく一人にしてほしいとたのんだ。

真琴はケータイをポストに入れた。ほんとうは諸角先生の気持ちを伝えたいと思ったけれど、正確に言葉をつむいでいく自信がなくて、しかも自分が説明するのも、なんだか筋違いのような気がした。「じゃあ、また明日」とだけ言い添えて、雫の家をあとにした。

真琴はこの世の終わりかと思うくらい肩を落としてとぼとぼと歩いて帰った。どんよりと重たいものが胸の奥にわだかまっている。無力感しかなかった。部活を休んだのは、考えてみればはじめてのことだった。もう何もかもどうでもよくなってしまって、家に帰ったらベッドに倒れこんで寝てしまおうと思っていたのに、おじいちゃんがひさしぶりに家に遊びに来ていて、相手をしなければならなくなった。

「おっ、真琴、今日は早いな」と、祖父の道夫《みちお》はにかっと笑う。もう季節はすっかり秋なのに、パイナップルが描かれた極彩色《ごくさいしき》のアロハシャツ、ハーフパンツにサンダル履きの道夫を見て、今日ばかりは本当にこの人と血がつながっているんだろうかと真琴は真剣に疑ってしまった。

「どうだ？　ひさしぶりにやるか？」

真琴が答える前に、お父さんのミットを持ち出して、さっさと庭に下りていってしまう。もう野球の「や」の字も見たくないとうんざりしていたのに、孫って大変な立場だなと思いながら、しかたなくのろのろとジャージに着替えた。

「横手投げにしたんだってな？」キャッチボールをしながら、道夫が聞いてくる。

「はい」と、ぶっきらぼうに答えた。横手投げって何時代だよ、と思った。格好が若作りなのに、やっぱり言葉が古臭い。

さっそく、その横手投げとやらを披露する。小気味のいいミットの捕球音が、家の壁に反響した。

「いい直球が投げられるようになったなぁ」と、感慨深げにうなずくけれど、真琴はちっともうれしくなかった。空振りのとれないストレートなんて全然意味がない。

「ねぇ、三振ってどうやったらとれるのかな？」真琴はマウンドの土をならしながら聞いた。

「お前はどう考えても、打たせてとるタイプだろ？　三振なんてとれなくていいんだよ」

「うん、まあね……」まったく正しい。でも……、と思った。でも、どうにかして、三振をとらなければ、私は一生逃げまわることになってしまう。

「そんなに三振がほしいのか？」立ち上がって、球を投げ返しながら聞いてくる。

「だってさ、ランナーとか、アウトカウントのシチュエーションによっては、三振をとるのがベストっていう場面もあるわけでしょ？」

「まあ、そりゃそうだけどな……」と、道夫は考えこんだ。自慢のオールバックに夕陽が後ろから差しこんで、てかてかと黒光りしている。この真っ黒い髪が白髪染めされていると知った小学生のときには、そうとうショックを受けたことを、真琴は今なんとなく思い出している。

「真琴は変化球は投げられるのか？」

「カーブだかスライダーだか、よくわからない球なら投げられるけど」

「シンカーは？」

「シンカー!?」今まで考えたこともない球種だった。

「横手投げには向いてると思うけどな」

「やるやる！」

真琴は俄然《がぜん》やる気になって、シンカーのレクチャーを受けた。

「そうそう、そうやって球を離すときに、指をこうして……」道夫は真琴の腕と左手をとりながら、ゆっくりとリリースの瞬間までを繰り返させた。「手首でひねろうとしたらいけないよ。こう、指先でくいっと押しこむ感じで」

今までは、逆に曲げる球はムリにひねるようなイメージで抵抗があった。でも、ちゃんとした投げ方を体得できれば、肘への負担は少ないようだ。

「じゃあ投げてみ」道夫はふたたびミットを手に取って、ホームベースの後ろにしゃがんだ。

真琴は教えられた感触を頭の中で再現しながら投げてみた。リリースのときには、「クイッ!」と、口の中でつぶやきながら。

もしかしたら、先生との対決後で、完全に脱力しきっていたのがよかったのかもしれない。投げ終わったあと、球の軌道を見送っていると、少しではあるけれど、ベース付近ですっと曲がりながら落ちていくのがわかった。はじめてにしては、上出来の部類かもしれない。

「なんだよ、もっとよろこべよ」道夫が不満げな顔をしてボールを投げ返す。

「うーん、うれしいよ」

「なんだか今日は元気ないんじゃないか?」

「うん……まあね」

真琴は今日の出来事を話しはじめた。うつむいて、グローブのヒモの結び目をいじりながら、ついさっきの屈辱的な投球までをぽつりぽつりと吐き出していく。

道夫はうなずきながら、聞いていた。練習どころではない真琴の気持ちをようやく理解したのだろう。「お茶でも飲もうか」と言って家の中にひきあげてしまう。やっぱり、さっきのシンカーの感触が名残《なごり》おしくて、せめてもう一回投げたいと思った。けれど、キャッチャーがいないとしかたがない。シンカーの握りのままボールを持って、道夫の背中についていった。

キッチンではお母さんが夕食の準備をしていた。たぶん、部活を終えた諸角先生から電話がかかってきて、娘が人様の子にケガさせたことを知り、烈火のごとく怒る、という展開になるのだろう。菓子折り持参で、小川家にあやまりに行くことになるのだろう。母親にはせめて事前に話しておこうかと真琴は考えたけれど、面倒くさいのでやめておいた。おじいちゃんに電話に出てもらって、両親には秘密で処理してもらうのも、いい案だと思った。

道夫が日本茶を淹れて食卓に座る。湯呑みを真琴の前に置く。

「雫って子は……というか、今の子って名前おしゃれだな」と、関係のないところで、関係のない感想をはさむのでいらいらしたけれど、真琴は辛抱強くつづきを聞いた。

「その子は、また絵を描きはじめると思うよ。しばらくすれば」道夫が自信を持って言いきった。

真琴を元気づけようとして、口から出まかせを言ったわけではない、妙に確信のこもった言葉だった。きっと人生、いろいろ経験してきたんだろうな、という重みが感じられた。

「体にしみとおってる好きなことっていうのは、しばらく放っておくと自然とうずうずして、またやりたくなってくるものなんだよ」

「そうかな？」

「しかも、しばらくそれから離れてる期間っていうのは、若いうちなら必ずしもマイナスじゃない。むしろ、大事な時間だったりするんだ」

「どういうこと？」

「俺は高校のとき、肘をケガしたんだけどな、やっぱり最初はほかのヤツの練習を横目で見てるだけで、ランニングとか、筋トレとか、地味な活動しかできないわけだよ。それが、悔しくて、悔しくてさ、周りのヤツらがどんどんうまくなっていく気がして、焦って焦って、一人だけ置いていかれているような気持ちだったんだよな」そこで一回、お茶をずずっと音をたててすすった。「でも、あるとき気がついたんだよ。人のプレーをじっくり見てると、こういうときはこう体を使えばいいんじゃないかとか、あそこの場面ではあんなバッティングじゃダメだ、こうしなきゃいけないんだっていうことが、ぱっと視界が開けるみたいにわかってくるんだ。それまで十年以上、小学生のころから野球以外のことはまったくしてこなくて、もうどっぷり浸《つ》かりこんでる状態だったから、自分がどういう体の使い方をしているのかってことを客観的に見られなかったんだな。でも、ケガをして強制的に野球から離れてみると、いろいろわかってくるし、急に見えてくるものがある。それで、実際にケガが治って、本格的な練習を再開してみると、やっぱり格段にうまくなってるんだよね。その瞬間、別の視点を獲得できたみたいな気がしたんだ」

「うん」なんだか、わかるような、わからないような気がした。長く生きてきたおじいちゃんだからこそ、伝えられることなんだろう。

「だからさ、野球以外でもたぶんそうなんだと思うよ。雫って子も、いくら絵が嫌になって離れたとしても、視界がクリアーになる瞬間が絶対にくると思うんだ。人の絵を観ててね、必ず何かわかるときがくるし、そうなると、うずうずして早く描きたくてたまらなくなっちゃうんだ。しかも、そういうときはきっとうまくなってる」

たしかに、諸角先生が言っていたムダな筋肉を落とす期間も、雫には必要だろうと思う。

「だから、きっと大丈夫だ」道夫は、愛用のセカンドバッグから櫛《くし》を取り出して、オールバックをなでつけた。

「じゃあ、私もケガしてみようかな」

「あのな、真琴」道夫が急に真剣な顔つきになって言った。「ケガはするもんじゃやないぞ」

どっちだよ、と心の中でつっこみを入れた真琴だけど、祖父の思いやりに素直に感謝していた。

そのとき、リビングの電話が鳴った。真琴はあわてて立ち上がって電話に駆けよった。おじいちゃんに取り次いで、うまく処理してもらえれば——必死の思いで、盗塁よりも速くフローリングを駆け抜けた。

けれど、電話がキッチンのカウンターに置かれていたことが災《わざわ》いした。母親が受話器を取り上げる瞬間を目の当たりにして、真琴はふたたび道夫の近くに走って逃げた。いざとなったら、おじいちゃんがかばってくれるに違いない。

「もしもし」と、よそ行きの声音で返事をした母親の顔が、みるみるうちに紅潮していく。このまま、おじいちゃんの家に逃げ出したいと思った真琴だった。

それから、真琴は野球の鬼になると誓った。なんとしても三振をとらなければ、死んでも死にきれない。

やがて冬が近づいてくる。走りこみの量を増やした。自主練ではしていなかった、短距離と中距離のダッシュを毎日のメニューにくわえた。そのとなりには、君澤龍也がいつもいた。約束もしていないのに、毎朝同じ時間に学校のグラウンドで会って、当たり前のようにそろってジョギングをはじめる。

「勝ったほうがジュースおごりね」龍也が長距離を苦手としているのをいいことに、真琴が走りながら提案する。

「え〜！」と、言いながら、龍也はすでに息も絶え絶えの様子だ。「短距離も勝負に入れようよ！」

二人の息が、冬のぴりっと締まった空気に白く浮かんで消えていく。ラスト一キロで、真琴は一気にスピードを上げた。龍也は必死に食らいついてきたけれど、しばらくすると背後に遠く足音が消えていく。学校の外周を走り終えて、グラウンドに戻ってくると真琴は息を整えながら龍也を待った。

「はい、おごりね」ゴールした龍也に容赦なく言う。

「わかった」と言って、龍也はバッグから水筒を取り出した。「ジュースよりよっぽどいいから、飲んでみて」

白濁《はくだく》した、得体のしれない液体を水筒のコップに注がれて、差し出される。真琴は鼻を近づけてにおいを嗅いでみた。スポーツドリンクのようだ。おそるおそる口にふくんでみる。

「コフッ！」あまりの酸っぱさに、せきこんでしまった。真冬なのに、毛穴という毛穴が一気に開いて汗が噴き出てくる。悪態をつく余裕もなかった。

「自分で作った、クエン酸入りの健康ドリンクだから」真琴のリアクションを見て、満足そうにうなずいている。「疲れが一気に吹き飛ぶよ」

「もういい！」真琴はコップを押し返した。

「プロになるには、体も気づかわないとダメだよ」

真琴は龍也の顔をまじまじと見つめた。

「君澤龍也はプロになりたいの？」

「そりゃそうだよ」何を当たり前のことを聞くんだ、というように、龍也はうなずいた。「小学生のころからの夢だよ。絶対なれる、って思えば、絶対になれるよ」

「心の底からなれると思う？」

「なれる」龍也は断言した。「自分がいちばんに自分自身のことを信じてやれなきゃダメだろ？」

二人はグローブを取り出して、かるくキャッチボールをはじめた。吐き出した息で手のひらを温めながら、徐々に腕の振りを強くしていく。

「鳥海さんは？」龍也がボールを投げ返しながら聞いてくる。

「えっ？」

「女子だってプロ野球に入れるようになったんだよ」

「知ってるよ」真琴はうなずいた。

「鳥海さんもなるんだろ、プロに？」

同じ目標をもっているからなのか、簡単に見透かしてくる。「なりたい」とは言わずに「なる」と言いきって質問してくるところが君澤龍也らしいと思いながらも、真琴は本当にこの男が本心から女子でも入れると考えているのかわからなかった。

「私だって、そりゃプロになりたいよ」この人生の延長線上にプロの世界が待っていると、小学生のときから単純に思っていた。でも、諸角先生にこてんぱんに打たれつづけていると、そうそう簡単には信じることができなくなっている。

「一歩ずつだよ」真琴を励ますように、力強いボールを投げこんでくる。「まずは、諸角先生を打ちとることだけを考えればいいんだよ」

「そうだね……」捕球した真琴は、自然と雫のことを思い出していた。

美術部にはまだ復帰していないようだが、最近ではたまに野球部の練習を遠くから眺めては、スケッチを描いているようだった。おじいちゃんの言ったとおり、好きなことはうずうずして、やめられないものなのかもしれない。

まだ見せられるような代物《しろもの》じゃないと謙遜《けんそん》して言うけれど、きっと雫のことだから徐々に自分の絵を取り戻し、夢をかなえていくはずだ。

龍也の言うとおり、何事も一足飛びにはいかない。一歩ずつ、焦ることなく、一歩ずつだ。

春休みに入った。

冬のあいだにためこんだパワーが、一気に開花するように、遠投の距離が伸び、五十メートル走のタイムが縮まり、球速が格段に速くなった。温かくなって、体がかるい。マウンドとホームベースのあいだがとても短く感じられる。

真琴はある日の練習後、ファール二つで諸角先生を簡単に追いこんでいた。同学年のキャッチャー・小田島《おだじま》君と目を合わせてうなずきあう。先生を追いこんだら今まで投げたことのない球を投げると、春休みに入る前、小田島君に伝えてあった。「どんな球？」と、しつこく聞かれたけれど、せっかくなら小田島君もあっと言わせたいので、秘密にしておいた。

これまで、シンカーは家の特訓でしか投げたことがなかった。部活では徹底的に隠していた。これも、すべて諸角先生から空振りをとるためだ。

力みすぎると、曲がりが鈍くなる。真琴はふっと意識的に息を吐き出して、セットポジションに入った。グローブの中で球をかるく転がしてから、シンカーの握りにさだめる。

だいぶ陽が長くなってきた。部活が終わる時間でも、空のてっぺんはまだ青い。西の空だけが茜《あかね》色に染まっている。頭上を仰いで、そのグラデーションに目をこらすと、すぅっと力が抜けていくのを感じた。そのまま視線を落として、バッターボックスの諸角先生を見すえる。

絶対、ここで決める――ただそれだけを考えていた。

いつもの投球フォームに入る。ストレートと同じ腕の振りを意識して、無心でシンカーを投げこんでいった。

球をリリースした瞬間、いける！　と思った。その感触のとおりに、ボールは諸角先生の手元で急激に曲がって、落ちていく。ホームベースの後ろでワンバウンドする。

諸角先生のバットが、派手に空《くう》を切っていった。驚いた小田島君が、あわてて膝を立てて、ボールを体でとめる。

「今の球はなんだ？」先生はスイングしたままの姿勢で呆然《ぼうぜん》としていた。

「シンカーです」

「いつの間に、そんな球を……」先生はおもむろにヘルメットをはずした。「すごくいい球だった。ありゃ、打てない」

あれだけ死ぬほどの思いをして待ち望んでいた瞬間なのに、真琴はまったくうれしさを感じなかった。こぼれたボールを拾い上げて先生にタッチする小田島君を見て、ああ、すべてが終わったんだなと思ったけれど、ほとんど実感に乏しかった。

「もっとよろこんだらどうだ？」と、諸角先生もやっぱり不満げだ。「にこりともしないんだな」

「うれしいですよ、マジで」自分ってなんてヘソ曲がりなんだろうと思いながら、ぶすっとして答える。最高の瞬間というのは、こうしてあまりに呆気《あっけ》ないものなのかもしれない。それに、ようやくたった一つ三振をとれただけだ。これでよろこんでいたら、プロなんて夢のまた夢だと、自分で自分の感情をおさえつけていた。

「小川のほうがよっぽどうれしそうじゃないか」そう言って、先生は校舎のエントランスの段差に座っている雫を見やった。

「真琴先輩！」雫は膝の上に抱えていたスケッチブックを放り出して、飛び跳ねるように両手をバンザイする。

「やったよ！」真琴は雫のほうにこぶしを掲げた。雫も大きくガッツポーズを返してくる。

雫のよろこんでいる姿を見ると、じわじわと心の底から広がるようにうれしさがこみあげてきた。私はやったんだ、ついにやったんだ！　という実感が、いちばんの友達の反応でようやく体中にしみこんでいく。

諸角先生がマウンドにゆっくりと歩みよってくる。

「約束どおり高校の監督に言っとくよ。シンカーを投げる、イキのいい女子選手がいるって」

そう言われると、急に不安になってくる。ホントに私は強豪校の中でやっていけるんだろうか？　ホントに私は君澤龍也みたいに屈強な男子たちの中で通用するんだろうか？

「これは、俺の経験から言えることなんだけどな」先生はちょっと照れくさそうに話しはじめた。「いいか、鳥海。夢をあきらめられるヤツだけが、夢をかなえられる」

「どういうことですか？」いい話を期待していたのに、まったくいい話ではなかった。真琴の頭の中には「？」のマークがいくつも浮かんでいた。

「これから、男の中で野球をつづけていって、なかなか理想通りにはいかないことのほうが多いだろう。その覚悟はあるんだよな？」

「もちろんです」

「たぶん、俺と対決しただけでよくわかったはずだと思う。どうあがいたって、ムリなことはどうしてもある。年齢を重ねていくたびに、自分の能力と限界をしっかり見つめて、切り離しロケットみたいに、ムダな理想をあきらめて捨てていけよ。その勇気が持てれば、体は一気に軽くなる。どこまでも飛んで行ける」

真琴は、はっとした。先生の言うとおりだと思った。

きっとこれからは、できないことのほうがずっとずっと多くなってくる。それをあきらめて捨てたら、逃げたように周りから思われるかもしれない。でも、サイドに転向したときや、シンカーを覚えたときのように、違う道はどこかに必ずあるんだ。一つのこだわりを捨てて、別の道を探す勇気も必要なんだ。

「今までありがとうございました！」真琴は深々とお辞儀をした。「大変、お世話になりました！」

「おいおい」先生はあわてて真琴の頭を上げさせた。「お前はまだ二年生だぞ。あと一年あるぞ」

「あ……そうか」勝手に中学を卒業した気になっていた。

帰りの電車で、雫のスケッチを見せてもらった。

正直に言って、少しだけ見るのがこわかった。あの昼休みの美術室の出来事が、ふと真琴の頭の中をよぎっていく。血の鮮やかな赤い色がよみがえる。

スケッチブックのページをめくる雫の手元に目が吸い寄せられてしまう。その右手のひらには、白くふくれて浮き上がった切り傷のあとが、縦に真っ直ぐ残っていた。もしかしたら、一生消えないのかもしれない。真琴はその痛々しい傷あとから目をそらした。

「先生にさ、鳥海のしなやかなフォームをよく見てみろって言われて、それで描いてみたんだ」雫がスケッチブックを手渡してきた。「なんだか、やっとわかった気がするんだ。力を抜きながら、同時に力むってことが」

真琴はおそるおそるスケッチに目を向ける。

ちょうど上半身をがばっと開いた瞬間の真琴の投球フォームが、伸びやかな線で描かれていた。ラフスケッチに近いものかもしれない。線は粗い。けれど、今にも紙をはみ出して動きそうなほど勢いと躍動感があった。

前の絵は、先生の言うとおり、たしかに力みすぎていたのかもしれない。このスケッチを見ると、絵のことがちっともわからない真琴でも、それがよくわかるのだった。

「三振の記念にあげる」雫がそのページを切り取る。「おめでとう、真琴先輩」

「ありがとう」

雫の二重のくりくりとした目と、視線がかちあう。真琴は急に頬が熱くなって、うつむいた。諸角先生への思いは、どうなったのかわからない。雫との友人関係は、以前と変わらないくらいに回復したけれど、そのことだけはどうしても聞けなかった。

「雫……、私ね」

なぜだかわからないけれど、この瞬間、うれしい気持ちのまま雫をぎゅっと抱きしめてみたいと思ってしまった。そんな感情があふれだしそうになるのを、懸命に上からふたをして、おさえつけた。

「私ね……」心臓がばくばくと音をたてる。

「何？」雫が不思議そうな顔をして、見つめてくる。

「あのね、高校入っても野球つづけるから、雫も絵をつづけてね」

「うん、わかった」雫がうなずく。「約束する」

これでいいんだと、真琴は自分に言い聞かせた。

「指切りね」雫が小指を差し出してくる。

「うん」真琴もおずおずと小指をからませる。

二人を乗せた電車が、夕闇につつまれた高架の駅にすべりこんでいく。

7　二〇一五年　君澤龍也／二十三歳

「ちょっと、雨が降ってきたでしょうか……」実況の声がテレビから響いて、君澤龍也は現実に引き戻された。

一見、降っているようには見えないけれど、照明が映りこむと、その手前に白い糸を引いたような雨粒が落ちてきているのがわかる。スタンドのあちこちで傘の花が開きはじめる。関西方面では、雨の予報が出ていたのかもしれない。カッパを着こむ人や、グッズのタオルを頭からかぶる観客もいた。

龍也は中学生のころを思い出していた。最初は女子で野球をしている真琴が物珍しく、どれくらいの実力なんだろうという好奇心で、いっしょに走りこみをしていた。長距離を走るのは真琴のほうが速かったし、ピッチングのフォームもあのころからしっかりしていた。いったいあの意志の強さはどこからくるのだろうかと、ずっと疑問だった。

すっかりおとなになったテレビの中の鳥海真琴は、ロージンバッグを拾い上げて、左手の上でぽんぽんと数回バウンドさせ、すべりどめを手になじませている。白い粉末が袋から舞い上がって、風にさらわれて消えていく。そのまま、帽子をぐっと深くかぶりなおした。コバルトブルーの帽子のつばに、ロージンのついた指のあとがくっきりと残った。

「二番、センター・赤沼。背番号、00」アナウンスがかかると、阪神ファンから声援が上がり、メガホンが打ち鳴らされる。球場のほとんどをうめつくしている黄色がざわざわと揺れて、波打っている。雨が降りはじめても、観客の数はまったく減っていないようだ。

二番の赤沼がバッターボックスに入っていく。片手でぐるぐるとバットをまわしながら、腰や膝をぐっと折り曲げて、小さい体をさらに低く身構える。独特のバッティングスタイルだ。今季、盗塁王を狙っている売出し中の若手選手らしい。

その初球だった。

真琴がボールをリリースした瞬間、赤沼はバットをすっとバントの構えに切り替えて、低めに逃げていくスライダーに合わせにいく。左打者の利点を生かして、三塁方向にバントしながら、すでに体を開いて走り出している。

勢いの死んだ球が、三塁線上ぎりぎりに転がっていった。真琴があわててマウンドを駆け降りる。球場の歓声がいっそう極まっていった。

サードも懸命にダッシュして、ボールをとらえているテレビ画面の中に映りこんでくるが、最初の一歩で完全に出遅れてしまったらしく、すでに真琴の処理にまかせているようだ。真琴のほうは、低い姿勢のままボールに飛びついていく。

そのとき、キャッチャーの守永が、ミットを口にあてて何か叫んだ。その指示を聞いた真琴は、ボールを拾おうとした瞬間、すっと上体を起こして、そのまま打球を見送る。

すっかり失速したボールが、もどかしいほどのスピードでゆっくりとラインの外側に転がっていった。地面が湿りはじめて、転がりにくくなっているのかもしれない。真琴と守永、サードの小森《こもり》が、三方から取り囲んでその様子を見つめている。

三塁塁審の両腕が大きく水平に開いた。ボール一個分ファールゾーンに入ったところで、打球はぴたりととまった。大きなため息とメガホンの音が一気にわきあがる。

真琴がほっとした表情でボールを拾い上げる。すでに一塁を駆け抜けようとしていた赤沼がコーチにとめられて、バッターボックスに戻っていく。思わずテレビのほうに身を乗り出していた龍也も、大きく息を吐き出しながらソファーの背もたれにどっとよりかかった。

　バットを拾い上げた赤沼が映った瞬間、「男なら打て！」という痛烈な野次がはっきりと、テレビから聞こえてきた。実況席の近くにいるのだろう、その野次の男は「女相手に情けないぞ！」という、酔っぱらったような声を執拗《しつよう》に響かせている。

　やはり、マコの活躍は男のプライドにかかわることなんだと、龍也は思った。脇坂と赤沼がそろって凡退すれば、男子プロ野球界全体の名誉や沽券《こけん》にヒビが入ってしまう。

　なんでむかしから、男という生き物は、そういうつまらないことにこだわりつづけているのだろうと龍也は思った。

　くだらない男の鼻柱なんかへし折ってやれ！　そう強く思いはじめている自分が不思議でたまらなかった。野球という世界が、まさに男そのものの世界で、自分も真琴も、その汚さや、いやらしさに翻弄《ほんろう》されつづけてきたからかもしれない。

　テレビの中の真琴は、拾い上げたボールをボールボーイに返して、新しいものを主審から受け取っている。いったんグローブをはずして、両手でこねるようにして、新しいボールを手になじませている。

　その動作を見て、龍也は自分の心がふたたび疼《うず》きだすのを感じていた。すっと画面から目をそらして、ローテーブルに置いてあるビール缶を手に取り、コップにあける。空になった缶を、執拗《しつよう》に振って最後の一滴まで落とす。

真琴には言ったことがなかったけれど、ボールを一心にこねるしぐさが、いちばん愛らしくて好きだった。練習中、真琴は終始真剣な表情だったけれど、そのときだけは、ふっと緊張をといて顔の筋肉を緩め、ボールをいつくしむような優しい表情になって手の中でこねまわす。

そんな高校のころの情景を思い出していた龍也は、いっぱいに入ったコップのビールを一気に半分まで飲んで、なんとか気をまぎらわせようとした。

ふたたび、テレビから歓声が響いてくる。

二球目は、バッターのタイミングをずらすスクリューボール。空振りをもぎとった。赤沼が大きく姿勢をくずしてバッターボックスからはずれる。

龍也は心の中でガッツポーズをした。これで一気に追いこんだ。

高校時代、自分との特訓で真琴はシンカーやスクリューを磨いていったんだ——誇らしく思う気持ちが、じわじわと龍也の全身を満たしつつあった。脇坂、赤沼と対戦して、まだシンカーとスクリューはまともに打たれてはいない。あの変化球は、トッププロにだって通用するんだ！

多少の酔いも手伝っているかもしれなかった。ビールを二本、ほぼ飲みきって、血流が頭のてっぺんまで勢いよくのぼっていく気がする。

そのとき、テーブルの上に置いていたスマホがバイブレーションの音をたてた。雫からメールが来て以来、何度もメールの着信があった。ふだんは、友人からメールなんてほとんど来ない。この日にかぎって、よく着信音が鳴る。

この日にかぎって、というより、この日だからこそ来るのだ。真琴の登板を知って、あわててメールしてきたヤツらが大勢いるのだろう。

となりに座っている七海が、急にローテーブルに手を伸ばしたので、龍也はどきりとした。スマホをのぞき見られると思ったからだ。

だが、七海の手は、龍也のスマホを通り越して、ずっと置きっぱなしにしていたお茶のマグカップに伸びる。龍也は七海に気づかれないように、緊張してとめていた息を吐きだした。

お茶を一口すすった七海は「冷めちゃったな」と、独り言をつぶやいて立ち上がった。電子レンジにマグカップを入れて加熱している。

「見ないでいいの、メール」キッチンから、いきなり振り返って聞く。「何通か来てるでしょ？」

「ああ」龍也は鼻から息が漏れたような生返事をした。「高校のヤツらだと思うよ。鳥海が投げてるって知らせてきてるんだと思う」

七海が温めなおしたマグカップを両手で支えながら、お茶がこぼれないようにそろりそろりと歩いてくる。

「めずらしいね、高校時代の友達から、こんなにメール来るの」戻ってきてとなりに座り、手をからませてくる。龍也は拒まずに、包みこむようにして、七海の左手を握りしめる。温めたばかりのお茶を運んだせいか、その手はかなり熱かった。が、龍也の冷たい手のひらに放熱されて、すぐに人肌まで戻っていった。

「まあ、鳥海の初登板だからね。こんな大イベントめったにないからさ」

「そもそも龍也って高校のときの話とか全然してくれないよね」

「うん……まあ……」

うつむいた龍也の顔を、七海が下からのぞきこんでくる。さらにぐっと力をこめて、龍也の手を握りしめる。何も言葉を使わずに、自分の手から相手の手へ、以心伝心で気持ちがそのまま伝わったらいいのに、と龍也も強く握り返す。

もちろん、そんな都合のいいことがあるわけもなく、口を半開きにしたまま龍也は迷いつづけていた。もしかしたら、今こそが言うべきときなのかもしれない。でも、いったい何から話し出せばいいのかもわからない。

「とりあえず、メール返しなよ」何も答えない龍也にしびれをきらしたように、七海が言った。

うなずいて、スマホを手に取る。

メールの受信ボックスを開いた。いくつか未開封のメールがある中で、目は自然と「林原健人《はやしばらけんと》」という名前に吸いよせられた。

その瞬間、一気に額から汗が噴き出た。

件名の欄に《見てるか？》と書かれている。高校時代にバッテリーを組んでいた相手だ。

雫と同じく、五年以上も音信不通だった。本文を見なければいけない、という思いと、絶対に見たくないという恐怖が心の中でせめぎあう。

真琴とプレーしていたことに対する誇らしい気持ちは消え失せて、ふわふわと浮き立っていた心がとんでもない重力で地面に叩きつけられるのを感じた。俺はいったい何を勘違いしていたんだ、マコはマコ一人の努力と実力で、シンカーやスクリューを磨いていったんだ。ひさしぶりに野球を観て、自分も熱に浮かされたように興奮していた。その興奮にまかせて、勝手な想像をふくらませていただけだった。

テレビのスピーカーからひび割れるほどの歓声が響いて、龍也は手元のスマホから視線を上げた。

いつの間にか、赤沼の打球が転々と外野を転がっている。センターが片膝をついて、しっかりとゴロを捕球してから、中継に入ったセカンドに返球した。打った赤沼は、大きく一塁をオーバーランしてから、ゆっくりと戻っていく。

「厳しいプロの洗礼！　やはり一筋縄ではいきません！」実況が語気を強めた。「赤沼、センター前ヒット！　同点のランナーが出ました！　ワンナウト・一塁です！」

ああ、これで真琴も交代だと、不思議と冷静に思った。間髪を入れずに、琉球ベンチからピッチングコーチが走り出てきて、内野陣も真琴のもとに集まっていく。阪神の上位打線に対して、先頭打者を切っただけでも、すばらしい働きだったと評価するべきなのだ。

雫のメールを思い返した。俺は真琴と向きあった。しっかりと、真琴の雄姿をこの目に焼きつけた。そう自分に言い聞かせた。

8　二〇〇九年　鳥海真琴／十七歳

ただただ、吐いた。

気持ち悪いという状態を通りこして、体が激しいトレーニングをつづける自分の体そのものに対して拒絶反応を起こしているような感覚。雨が降った翌日の快晴で、土のしつこいにおいと草いきれのような、むわっとした熱気と湿気が立ちのぼってきて、それがまた吐き気をうながしてくる。

真琴は膝に手をあてた格好で、胃液を吐き出しつづけた。運動によるものではない冷や汗が噴き出る。お腹がびくびくと痙攣《けいれん》して、「うぅぅ――」と低くうなる声がまるで自分の声ではないかのように聞こえてくる。

口から透明な糸がつーっと流れ落ちていった。息をきらしながら、同時に胃の中がひっくり返るほどの勢いでえずく。

　腰にヒモをくくりつけて、古タイヤを引っ張った状態で何十本もダッシュし、そのまま草むらに駆けこんで嘔吐《おうと》している。オンナとして、さすがにこれはヤバいと、もちろん自覚している。まさか、タイヤと連結したままで吐いているオンナを好きになってくれる奇特な男子なんて、世界中どこを探してもいないだろう。

「お前水飲みすぎなんだよ」同学年のピッチャー・林原健人が近づいてきて、あきれた様子で言った。みんなからバラと呼ばれていて、次期エース候補と目されている。

「だってこんなに暑くて、めちゃくちゃ喉渇くから、誰だってがぶ飲みするじゃんさぁ」膝に手をついた中腰の体勢のままバラを見上げた。「そしたら、いつの間にか苦しくなって、絶対吐いちゃうんだよね」

　真琴は長袖のアンダーシャツで口の周りについた胃液をごしごしとふいた。シャツは、汗と涙と胃液ですでにぐしょぐしょになっている。

　視界の中に青白い光がぱちぱちとはじけた。猛暑の中で過酷な練習をして、最初にこの火花を見たときはめちゃくちゃ驚いた。マンガの殴《なぐ》られた場面みたいに、目の中が発光しつづけた。

　周りを見渡してみると、吐いているのは後輩の一年生ばかりだった。梅雨《つゆ》の晴れ間で、湿度が高く、からみつくような暑さのせいで異様に喉が渇く。むかしみたいに水を飲ませないなんていう根性論はないから、いくらでもがぶ飲みできてしまう。その瞬間はたしかに渇きがいえて気分爽快なのだが、必ず後悔するはめになる。

重いボディーブローみたいに、じわじわとパンチが効いてくるのだ。腹にためこんだ水分が、トレーニング中にゆっくりと主張をしはじめる。そうなったら、もう吐くしか道は残されていない。

二年生にもなると、一日の練習量をだいたい把握《はあく》しているので、どれくらいが適量なのかということを考えて、コップ一杯程度で水分補給をすませている。だけど、真琴だけは目先の快楽に走ってしまって、何杯もがぶ飲みしてしまい、何度でも吐いてしまう。

「いい加減学習しろよ」バラがタイヤにつながっている腰のヒモをほどきながら言う。

「言うのは簡単なんだけど、私には難しいんだよね」

「鳥海は欲望のままに生きすぎなんだよ。動物みたいだな、ホント」とつぶやきながら、もののついで、というように、真琴の腰にまでひょろ長い腕を伸ばしてヒモをといてやる。肉に食いこんでいるヒモがなかなかとれなくて、バラは当たり前のように真琴の腰をまさぐっている。真琴はだまってなすがままにされていた。

たぶんバラは自分のことをオンナだって認識していないんだろうなと思った。当たり前だ。こんな真っ黒に日焼けして、厳しいトレーニングに歯を食いしばって耐えて、お昼に食べた胃の中のものを全部吐きつくして、胃液をだらだら垂らしているオンナなんてオンナじゃない。

中学生のときとはあきらかに違った。つい数年前は、男子たちは腫《は》れ物に触るような感じで、自分を女子扱いしていた。異性を意識しはじめる思春期だったからなのかもしれないし、それにあのときの私は、今よりもまだなんとなくオンナだった気がすると真琴は思っていた。

じゃあ、今の私は何者なんだ、と考えると、少年野球にいたころの性別未定状態に逆戻りしたような気もする。オンナだけど、オンナじゃない。かといって、オトコでもない。

生理がとまっていた。

高校の野球部に入って、中学生のときにしていた自主トレがかわいく思えてしまうほどの過酷な練習に必死で耐え、食らいついていた最初の半年。あれ？　もしかして……と、自分の体の異常にようやく気がついた。

ほんとうに、いつの間にか、とまっていたのだ。ふとしたときに、もう数ヵ月もきていないんだと他人事のように思い出した。こうして、吐いてまで厳しい練習をしているからか、体脂肪がどんどん下がっていって、もちろんかなりのストレスもあって、オンナとしての機能を維持できなくなっているんだと思った。

　お父さんにはもちろん、お母さんにもだまっていた。言えるわけがなかった。もう、私には野球しかないんだと、よりいっそう覚悟を決めた。ネットで調べたら、過酷なトレーニングをすると、生理が不順になるらしい、スポーツをやめたらまたもとに戻るらしいと知ってほっとした。同じような人がほかにも大勢いたし、それはトップレベルのアスリートであることの証明のような気がして、少し誇らしくもあった。

　でも、不安ももちろんある。本当は病院に行かなければならないのかもしれないけれど、わずらわしさが消えて、その上、体のほかの部分には何も異常がないので、どんどん先延ばしにしてしまっていた。たまの休みは、ほとんど寝るだけで半日がつぶれてしまうのだ。いつか、いつか、と思いながら、簡単に一年がたってしまった。

　高校は世界が違う――諸角先生の言葉を二年生になった今もずっと噛みしめている。たしかに、練習は厳しいし、関東各地から集まってくる部員はみんなとんでもなくウマいから、そういう意味では別世界だ。

　でも、それ以上に、もう誰も私のことを気にもとめないというか――もちろん、それは当たり前だし、じゅうぶんわかっているつもりだけど、誰も彼もが自分のことだけで必死でヒーヒー言っているから、女子が一人まぎれこんでいようが、そいつが胃液を垂らしていようがほとんど関係ないのだ。

もちろん、入部から一年が過ぎて、みんなが真琴の実力と根性を受け入れ、同志だと認めてくれているということもある。練習が終わると、「何年何組の誰がかわいい」と、男どもはさかんにウワサしているから、みんな異性に興味がないわけじゃなく、むしろその頭の中はほとんど野球と女子だけでうめつくされているはずなのだ。ただ単純に、私は女子扱いされていないということなんだなと理解している。

そのほうがやりやすいに決まってる。余計なことにわずらわされずに、野球に打ちこめる。

それでも、教室にいる女子たちを見ていると、ちょっとだけ悲しくなってくる。校則すれすれの化粧をして、放課後にカラオケに行って、好きな男の子の話をして、実際に付き合ったりして、女子高生ライフをエンジョイしている。みずからの意志でそういう生活を放棄したのに、ふとしたときにうらやましくてしかたがなくなってしまう。

真琴はクラス内で浮いているわけでも、無視されているわけでもない。どの女子グループにもわりかし好意的に受け入れられるのは、生理がとまって、真琴が無性別状態になっているのを、彼女たちがにおいで嗅ぎわけているからなんじゃないかと思うときさえある。自分たちを脅《おびや》かす危険性がないからこそ、どの女の子もグループの垣根をこえて優しく接してくれるのかもしれない。

だからこそ、かるく話をする以上の関係にはどうしてもならず、いまだに堂々と友達と呼べる相手は雫しかいなかった。二年生になると、雫が内部進学してきて、また校内で会う機会が増えたけれど、真琴の部活はほとんど毎日遅くまであるので、いっしょに帰ることは少なくなっていた。

ふとしたときに、なぜ私はオンナを捨ててまで野球をしているんだろうと思うときがある。草むらに向かって吐いているときは、とくに。

野球が好き。もちろん、そうだ。自分には野球しかない。それももちろんある。

結局のところ、気がついたら今自分が立っているこの場所まで来てしまったから――としか、言いようがない。でも、それはけっして消極的な理由なんかじゃない。お父さんやおじいちゃんとキャッチボールをして、小学生のときタクト君の言葉を受けとって、諸角先生と対決して、雫と約束して、そのすべてが私をここまで連れてきた。

それでも、本当に私はこのままでいいのかと心配に思う気持ちもある。このまま、オンナじゃない、オトコでもない、不安定な状態で大丈夫なのかな？　頭に浮かんできたそんな疑問を打ち消すように、真琴はちらっとグラウンドの中央に目を向けた。主力組が連係の確認を行っている。六月半ばという差し迫った時期で、夏の甲子園予選に向けて追いこみをかけている。

部員は五十八人。一年から三年まで、分け隔てなく練習できるのはウチの部の方針で、でも暗黙の了解で一軍と二軍のようなクラス分けは存在している。今は主力が守備について、控え選手はランナーなどの練習の補助を務めている。

さらに控えのピッチャーは、例外なくグラウンドの隅で走らされている。今年の投手陣には、三年生の後藤《ごとう》先輩と熊川《くまかわ》先輩がいるから、二人がブルペンを使って投げこんでいるあいだ、残りのピッチャーは秋の新人戦を見すえてただただ走るだけだった。

真琴は古タイヤを片づけながら、ホームベースの前に立ちはだかる君澤龍也を見やった。入学直後からレギュラーのキャッチャーを勝ち取った天才球児……。

防具をつけたその姿は堂々として、貫禄《かんろく》すら感じる。楠元《くすもと》監督がノックを打つと、大声で指示を飛ばして、内野の先輩たちがそのとおりに動いている。

中学のときは、ヒラメ野郎と心の中で呼んでいた相手がこれほどすごい選手だとは思ってもみなかった。本格的なプレーを目の当たりにしたのは、高校に入ってからだったわけだけど、どれだけ失礼なことを言ってしまったのかと、いつもおそろしくなってくる。

雲の上の存在――とまで言うと大げさかもしれないけれど、入学前から活躍を期待されていた龍也は一年のときからの主力組で、高校に入ってからは自分の球を受けてくれたことなんてほとんどない。そんな畏《おそ》れ多いことができるはずない。

六十人近くいる中で、練習だってほぼ別々で、話をする機会がそもそもないし、むしろ真琴のほうが龍也のことをさけまくっているから、挨拶すらほとんど交わしていない。きっと中学時代と変わらず、優しくて、愛想がいいはずなのに、周りの環境が激変してしまうと、相手がまったく別人のように感じられて、変に意識してしまって、顔もまともにみられないのだった。

真琴はマネージャー業務もこなしている。選手としての入部は許可するけれど、きちんと雑務もこなすこと、というのが楠元監督との約束だった。最初は、なんで私だけ、と不満に思ったけれど、あきらかにレベルの劣る女子選手を参加させてくれているのだからしかたがない、みんなの練習のためになるのならと、今では前向きに考えている。

三年生にも女子マネージャーが一人いるのだが、その日、ミホ先輩は家の用事があったらしく、「ごめんね、マコちゃん」とあやまりながら、先に帰っていった。めったにないことなので、真琴も笑顔でミホ先輩を送り出す。

練習が終わると、重い体にムチ打って、日中に干していた洗濯物を取りこみ、たたんで、それぞれのロッカーに振りわける。最後にかるく掃除をして帰ろうと立ち上がったとき、部室の扉があいた。まだ誰かが残っているとは思わなくて、真琴はあわてて直立不動の姿勢をとった。三年生だったら、そのまま「お疲れ様です！」と、体を九十度に折り曲げて挨拶しなければならない。高校に入ってからの一年間で、厳しい上下関係を体に叩きこまれて、真琴は嫌でもきびきびと動けるようになっていた。

部室に入ってきたのは、君澤龍也だった。

「お疲れ様でございます！」先輩に対する心の準備をしていたので、同学年の龍也にも反射的に最敬礼で挨拶してしまう。

龍也は、真琴の声の大きさにびっくりした様子で一歩後ずさったけれど、すぐに笑顔になって挨拶を返した。

「あ、お疲れ様」

なんだかやたらと緊張してしまって、あわてて壁に立てかけてあるほうきを手に取り、ゴミのないところまで無意味に掃《は》き散らした。

「いつも、ありがとね」背中から龍也の声が聞こえて、真琴は振り返った。「練習やって、マネもやってじゃ、大変なんじゃない？」

プレー中の貫禄がうそのように、顔をくしゃくしゃにして微笑む龍也がいて、頰がかっと熱くなった。何を言われているのかほとんど理解できなかった。龍也は反応の悪い真琴のことをじっと見つめている。早く何か答えなければと焦った。

「あ……はぁ」と、とりあえずうなずいてはみたものの、真琴はすぐにぴんときた。これは決してねぎらいの言葉をかけられているんじゃない、早く出て行けと言われているんだと解釈した。ああ、まだまだ私は、こういうオンナとしての気づかいが行き届かないんだよなぁと反省して、「すいません」と、小さく頭を下げた。

「着替えますよね、早く着替えたいですよね、すぐさま消えますすんで」同学年相手なのに、中学時代は対等にしゃべっていたのに、なぜか敬語を使ってしまう真琴は、ひたすら頭を下げまくって、龍也にお尻を向けないように、後ずさりながら部室を出ようとした。

「ちょっと！」なぜか龍也が怒った様子で呼びとめたので、真琴はびくりと肩を震わせて立ちどまった。

「なんでしょう？」

「タオルあるかな？」龍也のボウズ頭は、汗でびっしょりと湿っている。居残りで筋トレでもしていたのだろう。

「気づきませんで、どうもすみません！」あわてて洗いたてのタオルを入れたカゴに駆けよった。そのまま、王様に貢物《みつぎもの》を奉《たてまつ》る臣下のように、深々と頭を下げながら、四つ折りにしたタオルを両手でうやうやしく差し出す。

ミホ先輩は、部員たちの様子をうかがって、ここぞというタイミングでタオルや水を差し出している。真琴はいちおう部員とマネの両方の気持ちがわかるので、心底感心してしまう。ミホ先輩もまた、女子力が高い。深くは知らないけれど、三年の副キャプテンで、第二のエース、熊川先輩といい仲になっているらしい。

「今日は一人なの？」龍也はタオルで首筋をふきながら、真琴のほうを見た。にきびが一つもない、つるつるの顔だった。

「はぁ……」

「大変だね、何か手伝えることあるかな？」

「あの、もう全部終わりまして、私もそろそろ帰ろうかなぁと思っていた頃合いでして……」

しどろもどろになって、自分でも何を言っているのかわからなかった。ごつごつと節くれ立った両手を見下ろして、もじもじといじくる。

「いや、ホントにすごいと思うんだよ。あれだけの練習こなして、マネージャーもやってさ、どこからそんなエネルギーが出てくるのかなぁって感心しちゃうくらい」そう言いながら、おもむろに練習着のボタンを上からはずしはじめる。

この瞬間、嫌でも気づいた。龍也君も私のことをオンナだって意識していないんだ。真琴のほうも男子のパンツ一丁の姿を見たとしても動じないけれど、まったく女子扱いされないというのもまた悲しいものがある。真琴はだまって部室を出ようとした。そのとき、龍也が着替えの手をとめて、いきなり叫んだ。

「あっ、あのさ……！」龍也の出した声があまりに突然だったので、真琴は思わず
「すみません！」とあやまってしまった。

まだ、何も言ってないよ、と龍也が笑って、ユニフォームのボタンをふたたびしめていく。

「ねぇ、これからちょっと投げてみない？」そう言って、龍也はボールを投げる動作をした。「あんまり自分の投げこみができてないでしょ？　俺が受けるから、ちょっとだけやってみない？」

「マジっすか？」予想外の展開にテンションが上がりかけたけれど、瞬時に自制の心が働く。「でも……」

レギュラーのキャッチャーに受けてもらうなんて、そんなおこがましいことができるわけがない。大事な夏の大会も近いし、丁重にお断り申し上げようと思った。

「大変ありがたいんですけど、申し訳ないんで、また今度ということで、そういうことにしておいてもらえると、ありがたいというか、なんと言いますか……」緊張しすぎて、日本語のしゃべり方がよくわからない。口が勝手にすべって、自分の言葉ではない言葉が次々と出てきてしまう。

「もしかして、時間ヤバい？」龍也は部室の壁時計を見上げた。もうすぐ九時をまわ

るところだった。「早く帰らなきゃいけないとか？」

そう聞かれて、真琴はぶんぶんと首を振った。

「一回、鳥海のシンカー、受けてみたかったんだよね」

「本当ですか？」息をのんで龍也の顔を見た。

「けっこうすごいと思うよ。あんなシンカー、高校生で投げられる人はそういないと思うし」

その言葉が真琴の心に火をつけた。

そうだ、いつだって私は野球で男子をあっと言わせようとして、戦ってきたんだ。たとえ高校生のトップクラス相手だって、気後れする必要なんてない。こんなチャンスめったにないんだと、決意を新たにしたのだった。


二人でブルペンに入った。

無人の屋内練習場はひっそりと静まりかえっていた。梅雨寒とまではいかないけれど、六月の夜の冷気が、プレハブ造りの練習場の空気をぴりっと引き締めている。

十数年前に五本木学園の理事長が替わった。その人が大の高校野球ファンだったらしく、新たに強化部活に指定された野球部は、贅沢な設備を与えられて生まれ変わった。屋内練習場も、その恩恵の一つだ。新理事長の念願である甲子園出場がいちばんの恩返しだと、部員たちは日々練習に取り組んでいる。

龍也がマスク以外の防具をつけはじめる。真琴はもう一度入念なストレッチから、体を温め直した。そして、ボールを握る前に、ポニーテールを結び直す。ぐっとしぼるように髪を集めてしばると、気持ちが一気にピッチャーモードに切り替わっていく。集中力が高まって、スイッチが入るのだ。

龍也を立たせたまま、キャッチボールをはじめた。真琴はゆっくりと肩の調子をたしかめるように、徐々に投球に力をこめていった。

「そろそろ座るよ」という言葉にうなずいて、真琴も臨戦態勢に入る。

かるくロージンに手をつけてから、ボールを両手でこねまわす。たのむよ、思ったところにうまく行ってくれよと念じながら、生き物を手なずけるように、手の中で転がしてもんでいく。

ふと顔を上げると、片膝をついた姿勢で、龍也がこちらをしげしげと眺めている。

「何か私の顔についてます?」真琴は不思議に思って聞いた。「土でもついてます?」

「いやっ……」龍也は急に視線をそらした。なぜだか、顔が真っ赤になっている。

「なんでもないよ」

首をかしげながらも、真琴はストレートから投げはじめて、つづいてスライダーを低めに集めていった。コントロールには自信がある。龍也がその球を「ナイスボール！」「オーケー！」と、叫びながらがっちりとキャッチする。

龍也のいちばんの長所は、なんと言ってもキャッチングのうまさだった。なかなか素人目《しろうとめ》にはわからないけれど、ピッチャーが気持ちよく投げられるかどうかは、この技術によるところが大きい。あまり球速のない真琴の球でも、まるで剛速球みたいな小気味のいい音をたててキャッチするのだ。それにくわえて、球が微妙なコースだった場合も、キャッチャーがうまく捕れば、審判にストライクと判定されやすい。

「じゃあ、シンカーいきます！」真琴が左手を上げて、シンカーの握りを示す。

「よっしゃ、来い！」龍也もミットをかまえる。

真琴がゆったりと右足を上げる。そこで一回、ボールを握った左手とグローブをぽんとかるく合わせる。その直後、ふたたびゆっくりと右足を下げて、一気に体重移動していく。

真琴の投じたシンカーは、空気の抵抗を受けて、龍也のすぐ手前でぐんと沈む。龍也は地面すれすれまで落ちた球を、ミットを上からかぶせるように捕球した。

「おぉ……」人は、本当にすごいものを見ると、言葉にならないらしい。ということは、今まで叫んでいた「ナイスボール！」というのは、きっと勢いだけで言っていたんだろうなと真琴は思って、ちょっと悲しくなった。もちろん、ピッチャーの気持ちをのせるために言っているのはわかっているけれど、もっともっとストレートを磨かなきゃ、シンカーも生きてこないんだとさとった。

「これってさ、もっと抜いた球投げられないの？」

「抜いた球？」

「そうそう。カーブみたいにさ、もっと緩急をつけて投げられないのかな？」そう言って、防具をかちゃかちゃと鳴らしながら、龍也がマウンドに走ってくる。

うわうわっ、なんか知らないけどこっち来るよ、来ちゃうよ、と半身の姿勢で身構えながら、真琴は逃げ出しそうになるのをマウンド上で懸命にこらえていた。百八十オーバーの男が駆けよってくるとやっぱりちょっとこわいし、ピッチャー心理として、キャッチャーがやってくるのはだいたい何かよくないことが起こったときにかぎられているので、そのあたりも真琴の胸をざわつかせる。

「ちょっと、握ってみて」と言って、真琴の手元をのぞきこんでくる。真琴は戸惑いながらも、シンカーの握りを見せた。

龍也はそのまま強引に、なんのためらいもなく、ぐっと真琴の手をつかんでくる。瞬間、「ひぃ！」という悲鳴が出そうになるのを、真琴は喉の奥でかろうじてとめた。

そんな真琴の気持ちを知らない龍也は、祖父の道夫がしたように、リリースの瞬間までを繰り返しおぼえこませる。「こういうイメージでね」と、ささやきながら、真琴の手をひねって、反対の手でボールをつかみ、リリースの感触をつかませる。

ああ、これがレギュラーのキャッチャーの手なんだと、真琴はまったく見当違いなことを考えていた。この手で盗塁を刺して、ホームランを打っているんだ。そう思うと、龍也の手そのものが、何か神聖なものに見えてくる。

「はさんだ指のあいだから、すぅっと抜いて投げる感じでさ」龍也が真琴の指からそっとボールを抜き取る。「コツはね、抜きながら、最後にくっと力を入れるんだよ」

「なんで、キャッチャーなのに、そんなこと知ってるんですか？」

「野球の本を読むのが好きでさ。ピッチャーについての本もよく読むんだ。投げるほうの技術や心理もやっぱり知っておきたいしね」

真琴もふくめてサルなみの知能の部員の中で、龍也だけは成績がいいと聞いている。なるほど、だからリードも的確なんだと、真琴は納得した。中学のときに遅筋や速筋という難しい言葉を知っていたわけだ。

龍也がホームに戻っていく。真琴は抜いたシンカーのイメージを脳の中にしっかりと思い浮かべながら、それでも通常のフォームを崩さないように気をつけて、投球モーションに入った。

真琴の投じた球は、高めにすっぽ抜けてしまった。それでも、少しだけ曲がって落ちていく。

「投げこんでいけばものになるよ、きっと」中腰になってキャッチした龍也は、うなずきながらボールを投げ返した。

　それから、何度か練習してみると、まだまだつたないけれど、それらしい変化球が投げられるようになって、スローシンカーの片鱗《へんりん》だけは見えてきた。もしこれが使えたら、バッターのタイミングをうまくずらす球種になるかもしれない。

「鳥海って、見かけによらず器用だね」感心したように龍也が言う。

「関節が人より柔らかいんですって」と、他人事のように答えた。

「え、マジで？」龍也が立ち上がる。「どれくらい？」

　また、龍也が駆けよってくる。興味津々といった様子で、目を輝かせている。ピッチャー心理まで研究するほどだから、好奇心が人一倍旺盛《おうせい》なのかもしれない。

　真琴は、近くにあったベンチにうつぶせに寝転がった。龍也には、自分の体をまたいで立ってもらう。

　真琴は背筋運動をするときのように、小さくバンザイした姿勢になった。龍也がわきの下から手を通して、真琴の肩の前の部分をつかみ、そのまま手前のほうにたたんでいく。すると、真琴の肩がぐっと反れて、ちょうど本を閉じるときのように、左右の肩甲骨が徐々に近づいていった。

「うわっ、すげぇ！」真琴の肩を引きよせながら、龍也が叫ぶ。「こわい、こわい！」

「まだまだ大丈夫ですよ」すでに常人の肩の可動域をこえている。それでも、だいぶ余裕があった。

「ホントに大丈夫だよね？　ケガしないよね？」龍也が、さらに力をこめていく。

結局、真琴の左右の肩甲骨が、ぴったりとくっついたところでとまった。真琴は痛みも何も感じなかった。

「肘も、手首もやわらかですよ」

「マジで？」龍也は真琴の左手首と左肩をつかんで、まるでマネキンの関節を調べるように、好き勝手にぐるぐると動かし、「すごい、すごい！」を連発している。

「これなら、器用に投げられるのもわかるなぁ」という龍也の言葉にうなずきながらも、ふっと真琴は自分のにおいが急に気になっていた。そういえば、午後の練習から汗だくのまま、胃液までふいたアンダーシャツをそのまま着ている。体から分泌された水分がすっかり蒸発したシャツは、体にぴったりとくっついている。

「そろそろ、あれです！　犬にエサをあげないといけないんで！」あわてて立ち上がったので、真琴の体をまたいでいた龍也の股間にもろにぶつかり、しばらく互いにあたふたとあやまりあう。ぎこちない謝罪合戦がおさまると、龍也が防具をはずしながら聞いた。

「鳥海って、犬飼ってるんだ。種類は？」

「えぇーと、あれです……」犬なんか飼っていないし、むしろ苦手なほうなので、犬種なんか全然知らない。「あの、なんていうか、茶色いやつです」

「茶色いやつはいっぱいいるよ」

練習をきりあげて、女子更衣室で着替えた。脱いだアンダーシャツをふと鼻に近づけてみる。もはや自分のにおいに慣れきってしまっているのか、あまり何も感じない。「五本木学園」と刺繍《ししゅう》が入っているバッグに放りこんで、かわりに銀イオン配合のスプレーを取り出し、体に噴射する。

着替えを終えてから、さらにグローブの手入れをして十分くらい待った。もし、龍也とばったり帰りに会ってしまったら気まずすぎる。こういうときは、ソッコー着替えてソッコー帰るか、出発をあとにずらして相手を先に行かせるかのどちらかだ。龍也は男で着替えるのも早そうだから、真琴は後攻を選んだ。もうさすがに帰っただろうという頃合いをみはからって、そっと更衣室を出る。

その瞬間、どんなきついトレーニングでも決して感じることのなかった立ちくらみが真琴を襲った。

龍也が体育館の軒下《のきした》に立っている。

「遅かったね」

「ご、ごめんなさい」待ち合わせもしていないのに、真琴は思わずあやまってしまった。

「遅くまで付きあわせちゃったし、駅までいっしょに帰ろうと思って……」そう言って、自分自身の言葉に照れたように、一人ですたすたと歩き出してしまう。

いまだに事態が飲みこめなかった。龍也君はレギュラーのキャッチャーで、私なんかとはくらべものにならないほどのレベルの選手で、おまけに校内に女子ファンがたくさんいる。なんで、顔が真っ黒くて、おでこと小鼻がてかてかしてて、眉毛が太くて、胃液を吐いているオンナなんかといっしょに帰るんだろう？

もちろん、同じ部活の仲間なんだから、いっしょに居残りをやったら、帰りをともにするのは当たり前だとも言える。それに、龍也君は真面目で紳士的だから、女性を送るのは当然だと考えているのかもしれない——などと考えていたら、龍也はすでに校門を出るところだった。

あわてて小走りで追いかけて、その横に並んで歩き出す。龍也は、「おっ、やっと来たな」という穏やかな表情で、真琴を見下ろす。

どきどきと高鳴る鼓動が、となりを歩く龍也にまで聞こえてしまいそうで、真琴ははぁはぁと過剰に息を吐きだして、気分を落ちつけようとした。どうせ駅はすぐだ——真琴は自分自身を説き伏せた。学校から祐天寺《ゆうてんじ》駅は十五分もかからないし、たしか電車は反対方向のはずだ。

しばらく無言で、ならんで歩いていく。遠くの空が分厚い雲におおわれているのが、暗い中でもはっきりとわかった。また、明日から雨がつづくらしい。

「あのさ、さっきから言おうと思ってたんだけど……」龍也が真琴を見下ろす。「敬語やめようよ、タメなんだから。ってか、中学のときは、ふつうに話してたじゃん」

そう指摘された手前、「はい」と敬語で返事できず、かといっていきなり「うん」と答える勇気もなく、中途半端に「へい」と口にしてしまったときは、この世が終わるかと思った真琴だった。

「でもさ、こうしてまともに話すのも、かなりひさしぶりだもんね」と、龍也のほうが「へい」を打ち消すようにあわててしゃべりだす。

「う……ん」下唇を嚙んで、ぎこちなくうなずく。

「あのさ、もしよかったらさ……」

その言葉を聞いて、真琴は身構えた。おそるおそる、頭一つ分くらい飛び出ている龍也を見上げる。

「もしよかったら、またいっしょに投げこみしようよ」屈託なく龍也が笑う。真琴もそれを見ると、緊張していた自分がバカらしくなって、大きく笑った。

「磨けば、もっともっとよくなるよ」そう言って、キャッチャーミットを持っているかのように、左の手のひらと、右のこぶしを何回も打ちあわせる。

「うん！」

街灯がぽつぽつと住宅街を照らしている。いつも通っている道がひどく見慣れないものに見えた。ハードな練習のせいなのか、それ以外の理由があるのか、足元がふわふわと浮わついていて、たよりない。

東横線の高架沿いにゆっくりと歩いていく。このあたりは住宅街なので、夜は駅から街に帰っていく人波のほうが多い。頻繁《ひんぱん》に電車が頭上を通って、そのたびにただでさえぎこちない会話はとぎれとぎれになった。

「何か食ってく？」龍也がコンビニを指さした。真琴はうなずいた。

このまま家までたどり着けないいんじゃないかと思うほど、お腹が減っていた。練習中に吐いたからだ。

夕方は学生が多くたむろしている駅前のコンビニも、夜遅いこともあって静かだった。会社帰りらしいサラリーマンが、二、三人雑誌を立ち読みしている。真琴がアメリカンドッグ、龍也がピザまんを買って、店の外に出た。

ケチャップとマスタードがいっしょに出てくる容器をつまんで、アメリカンドッグにかける。コンビニの灯りに照らされて、鮮やかな赤と黄色が混ざりあう。最後のひと押しでケチャップがぶりっとはねて、親指についた。そっと龍也のほうをうかがって、こちらを見ていないのを確認してから、親指のケチャップをなめた。

「結局、俺たちが高校生になっても、女子の出場は認められなかったね」ピザまんにかぶりつきながら、龍也が真琴に目を向けた。「べつに女子が出てもいいじゃんって思うんだけどなぁ」

「うーん、体格差があってケガするかもしれないからって理由だったら、しょうがないとは思うけど……」真琴もさっそくアメリカンドッグを食べようとしたのだけれど、龍也がじっと見つめてくるので、なんとなく気恥ずかしくなって、キツネ色にこんがり揚がった物体を空中でとめたまま眺めていた。

誰もが試合に出るために、厳しい練習に耐えている。控え選手だって、いつかは俺も、という気持ちで日々のトレーニングにいそしんでいる。でも、真琴はいくら頑張ったところで、晴れの舞台には絶対に立てないのだ。龍也の目には、無意味な荒行《あらぎょう》に取り組むストイックな修行僧のように映っているのかもしれないと思った。

練習試合だけなら、相手校の了承があれば女子も出られる。だけど、監督に名前を呼ばれたことはまだない。女子だから問答無用で出してもらえないのか、ただ単に実力的に劣っているからなのかはわからない。

主力組は地方の強豪校相手に遠征に行くことがあるけれど、そこに帯同することは当然ない。そのあいだ、控え組が都内の中堅校と練習試合をすることもあるのだが、そこにも出場機会を与えられたことはない。ミホ先輩が主力組についていって、残った真琴が控え組の試合の記録をするという暗黙のルールがある。

「鳥海のシンカーなら、そうそう打たれないと思うんだけどなぁ」

「いくらシンカーがよくても、ストレートが弱いから」メジャーリーガーの中には、シンカーばかり投げる投手もいるけれど、それはツーシームと呼ばれる高速シンカーで、それ一本で勝負するには百四十キロ以上出ないとお話にならない。真琴のシンカーとは投げ方も違う。

ストレートの非力さを龍也も感じているのか、すぐにだまりこんでしまう。なにせ、日ごろからエースの後藤先輩のマックス百五十キロを受けているのだ。

「まあ、でも三年になったら記録員でベンチ入りできるかもしれないから」真琴はなるべく明るい調子で答える。今年は三年のミホ先輩が記録員としてベンチ入りする。来年はよほどのことがないかぎり真琴が入ることになるだろう。

「そっか……」深刻そうにうなずきながらも、龍也は三口目でピザまんを食べきって、底についていた紙をゴミ箱に捨てている。

やっぱり私のことはどうでもいいんだな、と思って、真琴も急いでアメリカンドッグを食べきった。無言になって、ふたたび駅に向かって歩き出す。すぐに改札口が見えてくる。真琴が定期を取り出そうとしたら、ふと龍也が立ちどまった。

「あのさ……」いったん言いかけたのに、すぐ口を閉ざしてしまう。

「えっ？」気になって、真琴は聞き返した。

「いや、やっぱりいいや」

「何、何？」

龍也は思いつめたような顔をして、バッグの肩ヒモをぐっと握りしめている。

「……俺が甲子園に連れてってやるから」

「え？」驚いて龍也を見上げる。

「俺が甲子園に鳥海を連れて行ってやるからさ」視線を落として、真琴を見つめる。

「今年も、もちろん来年も」

かなりの勇気をふりしぼって言ったようだった。自分のセリフが恥ずかしいのか、顔が真っ赤になっていた。ホームベースを守っているときの、男らしい龍也とは程遠くて、少しかわいらしかった。

「だから、来年は甲子園のベンチで記録員だよ」ぐっと胸をそらして言う。「鳥海は頑張ってるんだから、せめてそのくらい恩返ししないとね」

「うん……」涙が出そうだった。うつむいてごまかした。「ありがとう」

「マンガみたいなクサいこと言っちゃったね、俺」言い訳するように、ボウズ頭をさする。しゃりしゃりといい音がした。

「お願い、連れてって」本当は私だってあの聖地のグラウンドに、プレーヤーとして立ってみたいんだ——その気持ちをひた隠しにして、真琴は龍也を見つめ返した。龍也の思いやりがうれしいのに、連れて行ってとたのむことしかできない自分が悔しくて、それで涙が出てきて——でも、もちろんそれはうれし涙でもあって、自分でも何がなんだかわからなくなっている。

間もなく一番線に……、という機械的な女性のアナウンスが頭上から聞こえてきて、駅全体が大きく震え出すと、二人ともはっと我に返って、互いに気まずさを押し隠しながら改札に進んでいった。

「ってか、それってほとんど告白じゃない!?」雫が両手を頬にあてて叫んだ。「で、真琴先輩はなんて答えたの?」

「いや、だからさ、なんていうか……」言おうかどうしようか迷った。言えば、確実にからかわれる。でも、秘密を打ち明けてしまった手前、ちゃんと真実を伝えないのも卑怯な気がした。

「ちゃんと、連れてって、って言ったよ」

「くぅ〜」雫がうなる。ぴんと伸ばした両足をばたばたと地面に打ちつけている。

「やっぱ先輩ってかわいいところあるじゃん!」

昼休みだった。中庭に面したベンチに二人ならんで座って、お弁当を食べていた。

外はどしゃ降りだ。ベンチの上には軒が張り出していて、雨からは守られているけれど、ときどき勢いの強い粒が跳ねて足元を濡らしている。

「やっぱりさ、女の子はちょっとおっちょこちょいのほうが、かわいいんだよ」雫がタコのウィンナーを頰張りながら、何度も自分の言葉にうなずいて、一人で納得している。「そのほうが、男子にとってはいいんだね」

「私のどこがおっちょこちょいなの？」

「このあいだだって、ケガしたとなりの指にバンドエイド貼ってたじゃん」

「あれは……」めちゃくちゃ恥ずかしかった。

ささくれがめくれて痛かったので、雫にバンドエイドをもらったら、練習で疲れてぼうっとしていたせいか、どこが痛いのかよくわからなくて、まったく関係ない指につけてしまった。

「あのときは、ホントに真琴先輩って大丈夫なのかなぁって思っちゃったよ」

「そんなこと蒸し返さないでよ！」

まだ雫に相談すべきことがあったけれど、この調子でからかわれつづけたらたまらない。真琴はベンチの上に置いた携帯電話を眺めながら、お弁当のご飯を意味もなくつついていた。のり弁ののりが箸でなかなか切れなくて、一気に口に放りこんだら、上の歯ぐきにべちゃっと張りつく。ペットボトルのお茶で流しこむと、もういいや、全部言ってしまえ、という気分になった。

　雫に携帯電話を差し出した。

「こんなメールが来たんだけど」

「どれどれ」雫がわざわざ声に出して読み上げる。「《昨日はお疲れさま。ところで、中学のときみたいに、早朝ランニング、二人で走らない？》って、何なのこれは？」

「わからない……」

「これは、トレーニングの誘いなの？　デートの誘いなの？　それとも、両方兼ねてるの？」

「わからない……」

　真琴の心の中は、恐怖が大半を占めている。龍也君がこわいんじゃない。もしこれが、チームメートに、監督にばれたら、フクロダタキにされると思った。龍也君にもしものことがあったらと思うと、気が気じゃない。

「返事は？」

「まだ」

「今日の朝練はどうしたの？」

「うん……」今日は、なんとなくいつもより早めに学校に行ってみた。すると、やっぱりいつもより早く龍也が顔を出していて、中学生のときのようにどちらから誘うわけでもなく、なんとなくの雰囲気でいっしょに走り出した。奇妙なのは、お互いメールのことについては、一言もふれなかったことだ。まるで、今、この瞬間、実際に顔を合わせている二人と、メールを送ったり送られたりしている二人がまったく別人であるような、変な気分だった。そのまま、朝練は何事もなく終了した。

「まあ、やってみたらいいじゃん」雫はいたって気楽にすすめてくる。

「だって、相手はものすごい人なんだよ」

君澤龍也と言ったら、地元のシニアリーグでは有名人だったらしい。中学のときはまったくそのことを知らないで、かなり気安く接してしまったけれど、今ではプロのスカウトも注目しているほどの選手なのだ。向こうは貴族、こちらは平民、身分がまったく違う。

もしかしたら、将来はプロ野球選手のお嫁さん……、と考えかけたところで、真琴は寒気がして、ご飯をこれでもかと口の中にかきこんだ。

「でもさ、そんなすごい人が、なんでわざわざこの学校来たの？　もっと野球が強いところだってあるんでしょ？」

「うーん、まあ、確実に試合に出られて、なおかつ甲子園圏内で、しかも学校の雰囲気といっしょで、わりかし自由で、風通しもいいからさ」

自由な校風がそうさせるのか、野球部自体もそこまで厳しい規律もないし、選手をしばりつける寮もない。そこに魅力を感じてやって来るスター候補生も多い。

「ふーん」野球にはまったく興味のない雫が、鼻から息をもらす。

雫のお弁当は、真琴には信じられないくらい小さい。もうすっかり食べきってしまって、中庭が雨に打たれている光景を、頬杖をついて眺めている。すると、独り言をつぶやくように、ぼそりと言った。

「真琴先輩の気持ちしだいだよ、それは」

中庭の芝生《しばふ》が濡れて光っている。雨脚はさらに強くなっていた。

「私の気持ち……」口に出してはみたけれど、まったくわからない。龍也君のことは尊敬しているし、優しいし、それにもっともっと彼のことを知りたいという思いもある。でも、龍也君の夢を邪魔してしまっては元も子もないんだ。

「もう、私が返事出しちゃうよ！」雫がいきなりケータイをひったくる。そのままキーを操作しはじめる。「拝啓、龍也様、私は龍也様のことが好きで好きでたまらな……」

「ちょっと！」真琴はあわててケータイを取り返した。冗談だと思っていたら、本当に雫が言った通りの文面が打ちこまれていた。

「もうちょっとで送れたのになぁ」雫が残念そうに頬をふくらませている。その頬を思いきりつねってやった。

ときどき、雫は諸角先生へのかつての思いを冗談のように語るときがあった。若気の至り、と笑って話す。今でも先生とは、絵のことで連絡をたまにとっているそうだけど、もうとっくに恋心は消えているようだ。それが、オトナになっていくということなのかもしれないと真琴は漠然《ばくぜん》と感じていた。

「ってか、早く返事したほうがいいよ」雫がつねられた頬をおさえながら笑う。「今ごろじりじりしてるんじゃない？」

それもそうだ。このまま、また部活で顔を合わせると思うと、かなり気まずい。それでも、真琴の手は箸をぐずぐずと動かして、お弁当のおかずをいじくってくる。

「もう！　どうしてほしいの！」何も言わない真琴に、雫がしびれをきらして、声を上ずらせる。「どうせ、私に背中を押してほしいだけなんでしょ。やってみなよって、そう言ってほしいんでしょ？」

まったく図星なので、ご飯が喉につまるかと思った。いそいでお茶で流しこむ。

「結局、相談ってそうなんだよね。自分の気持ちを肯定してほしいから、言うんであって……」強気な雫らしい発言かと思ったら、急に言葉をつまらせた。「まあ、私もおんなじような感じで相談しちゃったような記憶があるような、ないような……」

尻すぼみになっていった雫の声が、強い雨音にかき消される。真琴は、聞こえなかったふりをしてハンバーグをかじった。

「でもさ、けっこういい人そうじゃん」雫が立ち上がって伸びをする。真琴の巨大なお弁当をのぞきこんで、まだ食べ終わってないの、とあきれて言った。

「わかった、返事する」そう言って、真琴は残りのハンバーグを口につめこむ。「次の授業中に、返事、する」

自分の意志をたしかめるように、「返事」という言葉を強く発音した。

「がんばれ！」雫が真琴の背中を大きくたたく。ハンバーグが逆流するかと思うほどの強さで。吐くのはもうこりごりなので、あわてて飲みこんだ。

それから、龍也とは毎日のように、早朝にランニングをして、夜に居残りのピッチング練習をするようになった。中学のときの関係が一気によみがえった。

龍也に教わったスクリューボールを中心に投げこんでいく。理想的な抜け方でいいコースに決まるときもあれば、高めに大きくはずれるときもある。

「おそるおそる投げすぎなのかな」龍也が首をひねりながら真琴にアドバイスする。「抜くような変化球のときほど、腕を思いきり振ったほうがいいよ。そのほうがバッターもストレートと判別がつかなくなるわけだし」

腕をよく振るというのは、頭ではわかっていても、実際にやるのは難しい。何よりコントロールが悪くなる。何度も何度も投げこんで、指と指のあいだからすっと抜く感覚を体で覚えこんでいくしかない。

野球部の活動は、東京都の夏の予選が近づいてきていることもあって、連係やサインプレーの確認、軽めのノック、調子を上げるためのバッティング練習など、実戦を見すえた短時間のものに切り替わりつつある。練習試合も、全日程を終了した。そんな中で、自分のためにに主力のキャッチャーが時間を割いてくれているのが、本当にチームのためになるのか、ここは気をきかせて投げこみは大会が終わったあとにするべきなんじゃないかと真琴は迷っていた。

「あのさ……」と、真琴が言いかけると、龍也は心配そうに立ち上がった。

「どうしたの？」

「なんだか、申し訳ないなぁって思って……」

「そんなこと言うなって！」龍也が語気を強める。「俺たちができることって野球しかないじゃん」

そうだろ、鳥海、と問うような視線をマウンドに向ける。

「だから、申し訳ないなんて言うなよ。鳥海が投げる。俺が受ける。これしかやることはないんだから」

たしかに、そうだった。私たちには野球しかない。この十八・四四メートルが、今のところ私たちの世界のすべてなんだ。

でも、白線に囲まれた無人のバッターボックスに向かっていると、ふとむなしさが襲ってくるときがある。対戦すべきバッターは、どこにもいない。私はいったい誰に向けて投げているんだろう？　誰に勝つために投げているんだろう？

「さぁ、もう一丁、マコちゃんスクリュー！」龍也が叫んでミットを構える。思わず笑ってしまって、さっきまでのつまらない悩みは一発で吹き飛んでしまった。

龍也君の期待になんとかして応えたいと思った。バッターボックスに誰もいなくてもいいんだ。受けとってくれる龍也君がいる。私は龍也君のミットめがけて投げるだけで、じゅうぶん幸せなんだと思った。

事件が起こったのは、夏の予選大会直前のことだった。

ミーティングで、レギュラーとベンチ入りメンバーの背番号が楠元監督から発表された。

部員たち五十八名は、あいている教室に集合した。東京都予選のベンチ入りは二十人まで。半分以上はスタンドで応援ということになる。この日、真琴はミホ先輩といっしょに背番号入りのユニフォームを持って教室に向かった。

教室の空気はぴんと張りつめていた。ベンチに入るか、応援にまわるか、この日に決まる。とくに、控えの三年生はぴりぴりとしていた。泣いても笑っても、約二年半の野球部生活、最後の大会だ。もちろん、これまでの練習試合でだいたいのメンバーの予想はついている。けれど、やっぱりこの瞬間に天国と地獄がわかれてしまうとなると、緊張するなというほうがおかしい。

楠元監督が教卓の前に立つ。ぐるりと部員たちを見まわしてから、一回かるく咳払《せきばら》いをして話し出した。

「みんなよくここまでついてきてくれたと思う」監督は選手なみに日焼けしている大きな四角い顔をちょっとゆるめてうなずいた。「たしかに、ここでベンチ入りと、そうでない者の明暗はわかれてしまうし、俺も厳しい決断をしなければならなかった。でも、今まで涙をのんできた先輩たちのためにも、そして自分たちのためにも、みんなで一丸となって東東京で優勝したい。そのためには全員の力が必要だ。だから、三年間頑張ってきて、たとえベンチ入りできなかったとしても、それは決して無意味じゃないはずだ」

楠元監督がここまで多くを語ることはめずらしかった。

いかり肩で、胸板が厚く、いかにもこわそうに見えるけれど、ふだんは物静かで、暴言を吐いたことは練習中一度もない。ましてや体罰などもってのほかだという信念を持っていて、選手たちに考えさせる野球を徹底的に要求する。練習そのものはたしかに厳しいけれど、みんなが人格者である監督を尊敬している。

「みんなで甲子園に行こう！」監督が声を高めると、全員が「はい！」と、大きく返事した。真琴も野球部の一員として、ベンチ入りはできなくても、貢献《こうけん》できることがあるに違いないと思いを新たにした。

「それじゃあ、1番から。後藤！」

名前を呼ばれた後藤先輩が、胸を張って返事をした。教卓の前に進み出て、エースナンバーのユニフォームを受けとる。

「2番、君澤！」

「はい！」龍也が跳ねるように立ち上がる。監督から肩をぽんとたたかれて、うれしそうにお辞儀をした龍也は、正捕手の証である「2」のユニフォームを大事そうに、その胸に抱きかかえた。

事前に監督からメンバー表をもらっていた真琴は、昨日の夜、みんなが活躍できるように、甲子園に行けるように、一針《ひとはり》一針願いをこめながら縫いつけた。龍也のものには、もちろんよりいっそう念をこめた。

レギュラーの九人と、控え選手の十一人の発表が順当に終わる。ベンチからもれて、応援にまわることになった三年生たちも、暗い顔は決して見せなかった。監督の言葉のとおり、一丸となって甲子園を目指そうという気運が部員たちの中で高まっていた。

「何もなければ、これで解散だ」監督が大きく手を打ちあわせた。「しっかり体を休めて、試合にのぞむように！」

監督が教室を出ると、発表前の緊張が一気にゆるんで、仲のいい部員たちで談笑をはじめる。ベンチ入りできた部員も、そうでない部員も、互いに励ましあっている。

「いよいよっすね」真琴もミホ先輩に笑顔で話しかけたのだが、先輩はかたい表情でうなずいただけだった。そのぎこちなさに何か不穏なものを感じていたら、キャプテンの大橋《おおはし》先輩が龍也を呼んでいるのがちらっと見えた。

「マコちゃんも、ちょっといいかな？」ミホ先輩が真琴を手招きしながら、キャプテンのところに歩き出していく。

教卓の周りに、真琴と龍也、キャプテン、副キャプテンの熊川先輩、ミホ先輩が集まった。そのただならない雰囲気に、ほかの部員たちは教室を出るに出られず、こちらをちらちらとうかがっている。

「お前らさ、ミホに聞いたぞ」大橋先輩が真琴と龍也を交互に見くらべて言った。「帰りにちらっと屋内練習場を見てみたら、お前らがずっと投げこみしてたって。わかってんだろ？　こんな大事な時期に、毎晩遅くまで残って何やってるんだよ」

真琴はちらっとミホ先輩を見た。目が合った。「ごめん」という申し訳なさそうな表情で、先輩が目を伏せる。

「余計な練習増やして、もしケガでもしたらどうするんだ？」周囲の視線を気にして声を落としているけれど、大橋先輩は叱責《しっせき》するような鋭い口調で龍也を問いつめた。

「もっと責任感持てよな、龍也」

「余計って……」龍也が大橋先輩をにらんだ。「余計ってどういうことですか？」

その強い語気に先輩たちの顔色が変わった。真琴はただあたふたと戸惑うだけだった。先輩の言葉に反発する龍也を今まで見たことがなかった。

「マコちゃんも、わかるよね？　私たち最後なんだよ」ミホ先輩が、真琴の両肩をつかんだ。「そんな自分勝手許されないよ」

「……すみません」真琴は素直にあやまった。龍也君を悪者にすることだけは、なんとしてもさけなければいけないと思った。

「僕が誘ったんで」ところが、龍也は毅然とした態度をくずさなかった。真琴があわてて否定しようとしたら、龍也がすぐに口を開いた。

「僕がやろうって言ったんです。鳥海はふだん投げこみがなかなかできないからって」

「お前が？」キャプテンが驚いて龍也に目を向ける。

「そうです」龍也のほうが十センチくらい大きいので、自然とキャプテンを見下ろすような視線になってしまう。「それに余計だっていうのは、やっぱり我慢ならないです。鳥海が投げるのは余計な練習なんですか？　それってキャプテンとして、あまりにもヒドい言葉だと思います」

「龍也、お前、二年のくせに生意気なんだよ！」それまでだまっていた熊川先輩が怒鳴り出して、教室中の部員の目がいっせいに集まる。

副キャプテンの熊川先輩は背番号10番をもらった、第二のエースだ。

「みんなちょっと、席についてくれ」注目されて引っこみがつかなくなった先輩は、教室にいる全員に向けて事情を話しはじめた。

真琴は教室の前に立たされたまま、うなだれて熊川先輩の話を聞いていた。せっかくいい雰囲気で大会に向かおうとしていたのに、自分のせいで何もかもぶち壊してしまったという罪悪感でいっぱいだった。

「こんな時期にいざこざなんて起こしたくないから、当事者だけで解決してやろうと思ったのに」熊川先輩は吐き捨てるように言った。「悪いけど、みんな、龍也の目を覚ましてやってくれよ」

教室全体が、ざわざわと落ちつきを失っていく。あきらかに眉をひそめている先輩もいたし、心配そうな顔つきでささやきをかわしている一年生もいる。

「お前らって、もしかして、付き合ってんの？」いちばん前に座っていた、ムードメーカーの香田《こうだ》先輩がにやつきながら言う。あきらかに笑いをとりにいったような、おどけた口調だったけれど、誰一人として、ぴくりとも笑わなかった。逆に、みんなの表情がこわばっていくのが、教室の前に立っている真琴には手にとるようにわかった。空気を変えられなかった香田先輩も、気まずそうにだまりこんでしまう。

「いえ……」龍也が首を振る。「付き合ってません」

真琴はこの場からすぐに逃げ出したかった。なんで龍也の否定の言葉に傷つくのかわからなかった。

「この際、付き合ってるかどうかなんて、どうでもいいんだよ」ミホ先輩と交際しているというウワサのある熊川先輩があわてて言った。「問題は、レギュラーとしての自覚がないんじゃないかっていうことなんだよ！」

「俺は何も間違ったことはしていない！」龍也がこぶしを握りしめて、目に涙をためて訴える。その取り乱した姿に、ふだん冷静な龍也しか見ていなかった部員たちがたじろいだ。教室中が、おそろしいほど静かになる。みんな、身じろぎ一つできずに、ただ椅子の上でかたまっているだけだった。

でも、その静寂はすぐに破られた。

「お前が、間違ってるって言ってんだろ！」熊川先輩が怒鳴る。「鳥海が投げて、チームに何かプラスになるのか？　ならないだろ？　それでお前がケガしたらどうするんだって言ってんだよ！」

「ふざけんな！」突然、教室の後ろで叫び声がした。

みんながいっせいに振り返る。見ると、血相を変えたバラが立ち上がっていた。椅子が倒れて、ガタンと派手な音が響く。

「鳥海だって、部員なんですよ！　必死でやってるんですよ！　それを無意味だなんて、絶対に許せない！」真っ赤な顔になって、先輩たちに食ってかかろうとする。周りの二年生たちが、肩をつかんで懸命にとめていた。

バラ！　言葉にならない声が真琴の胸の内側で破裂した。

ピッチャーの走りこみで、ずっと苦楽をともにしてきたバラだった。いつもとなりで死ぬほどの思いをわけあってきたバラだった。でも、その気持ちだけでじゅうぶんなんだ。先輩ににらまれたら、あとが大変だ。バラだって控え投手として背番号をもらい、ベンチ入りすることが決まっているんだから。

「お前も、最後の最後で三年に歯向かうの？」熊川先輩とバラがにらみあうなか、部員たちは気まずそうにおしだまっている。一年生は完全に委縮《いしゅく》しきっている。真琴も、一言も口をはさめずに、ただただうつむいて、涙が出てくるのをこらえていた。ここで泣いたら、「だからオンナは」って言われるに決まってる。泣いたら負けだと思って、腿《もも》のあたりを強くつねった。

「ごめんなさい」真琴は何度も何度も頭を下げた。その瞬間、一生懸命とめていた涙があふれ出して、教室の床にぽたぽたと落ちた。「もう、しません。だから、龍也君も、バラも何も悪くないです」

となりに立っていた龍也が、ぽんと真琴の背中をたたいた。はっとして、龍也を見上げる。いつの間にか、いつもの冷静な龍也に戻っていた。その表情ですぐにわかった。

「マコは俺たちの部のピッチャーで、俺はキャッチャーです」清々《すがすが》しいくらいの明快な言葉で、龍也が堂々と宣言した。「だから、投げこみは意味のある練習です」

「まだ、わからねぇのかよ！」熊川先輩が龍也の胸ぐらをつかむ。

前にいた三年生が、あわてて立ち上がって二人のあいだに入った。暴力だけは絶対にさけなければならなかった。それこそ、何もかもが水の泡になってしまう。教室中が騒然となりかけたのを、一気に静めたのは、エースの後藤先輩だった。

「もうやめろよ！」大事な右のこぶしを机に思いきり打ちつけて、座ったままキャプテンたちをにらみつける。「いい加減にしろ、大橋！　熊川！」

鶴の一声だった。絶対的なエースの存在感は、やっぱり唯一無二だった。常時百四十キロ台後半をたたきだす右腕がいなければ、野球部はやっていけない。龍也のワイシャツをつかんでいた熊川先輩がしぶしぶというように手を放す。

「だって」熊川先輩は、不機嫌そうに体を揺すった。「俺たちは野球部のために……」

「こんなことになって、それでも、部のためか？」後藤先輩の低い声は、怒鳴っても いないのに、ものすごい迫力があった。「大事な時期だって、お前ら言ってただろ」

「いや、それは……」大橋先輩が言葉をつまらせる。

「俺はキャッチャーとして、龍也を信頼している」立ち上がって、龍也の前に進み出る。目線はほぼ同じところにあった。「おい、龍也！　お前は、投げこみを受けたくらいでケガをすると思うか？」

「絶対にしません！」龍也が直立不動の姿勢で声を張り上げた。

「それで、じゅうぶんだろ。こんなことで言い争っているほうが、よっぽど意味のない行為だ」後藤先輩は、ゆっくりと全員を見渡した。「それに、日ごろ俺たちがどれだけ鳥海に世話になってるか、もう一度思い出したほうがいいんじゃないか？」

その一言がすべてだった。

うれしかったし、救われるような思いだった。でも、結局のところ、私は選手として見られていない、チームのマネージャーにすぎないんだと、はっきり理解もした。

ミーティングが終わったあと、龍也からメールが来た。《学校の近くの公園に来てくれるかな？》。真琴は部員たちの目をかいくぐって、こっそりと世田谷《せたがや》公園に向かった。

もうすぐ七月だ。まだ梅雨明けはしていないらしいけれど、週間天気予報では雨が降るような気配はなく、もう少しで三十度に届きそうな晴天がつづいている。

ベンチに座っている龍也を見つけて、真琴は急いで駆け寄った。

「さっきは、ありがとう」真琴は龍也の機嫌をうかがうように、おそるおそる話しかけた。「その……、私をかばってくれて」

「俺は、大会後までひかえろって言われたら、素直にしたがうつもりだった。でもさ……」両肘を膝につけて、前傾姿勢で座っていた龍也は、悔しそうにその手を握りあわせた。「でも、余計だ、無意味だって、言われたら、我慢ならなかった」

「ありがとうね」

「絶対に意味がないわけがないんだ」今にも泣き出しそうな真っ赤な目で龍也が見つめる。「鳥海の努力がむくわれるときが絶対にくる」

「うん」真琴はうなずいた。その言葉が素直に信じられた。龍也君が言うのだから、それは絶対に間違いないんだと真琴は思った。

いつの間にか、となりに座っているのが自然なほど、こうしてうちとけているのが不思議だった。ずっと幼なじみだったような、ずっと同じチームで野球をしていたような、懐かしい気分だった。

「本当は、甲子園を決めてから言おうと思ってたんだけど」龍也がためらいながらも、おずおずと真琴の目を見つめた。「ここまで来てもらったのは、どうしても言いたいことがあってさ……」

「何？」

「俺、鳥海のことが好きなんだ」

「え？」

「だから、さっきまではたしかに付き合ってなかったけどさ……」

「えっ？」

「これから付き合ってほしいなって思って……」

「ええっ？」

真琴の頭の中を、アメリカンドッグのかたちをした雲が猛スピードで横切っていく。ドーナツ形の雲がつづいて突入しかけたところで、はっと我に返った。

「夢かな、これ？」なぜか、涙が一気にあふれてきた。泣きながら、笑った。「あれ？　おかしいなぁ。ってか、夢でしょ？」

ふと目を開けたら、龍也の両手がせまってきて、キスされるんだと思った。唇を奪われるんだと思った。「ひぃっ」と、悲鳴を上げて、のけぞったけれど、すっと伸びてきた龍也の指が真琴の頬をつかんだ。

何かがおかしいと感じた真琴の予感は、見事に的中した。

そのまま、思いきり両頬をつねられた。キスじゃなかった。早とちりだった。なんでこのシチュエーションで頬をつねられるのかわからないまま、真琴は正真正銘の悲鳴を上げた。

「イタッ……痛い！」

尋常じゃない握力で左右の頬をひねりあげられて、暑いさなかのトレーニングみたいに、目の中で火花が散った。真琴が龍也の腕をようやくの思いでタップする。龍也はやっとその手を離してくれた。

「ねっ」と、龍也のほうは満面の笑みだ。「全然夢じゃないっしょ？」

鬼だと思った。文句を言おうと思っても、ほっぺたがぴりぴりと麻痺《まひ》していて、口がうまく動かなかった。

「中学生のとき、プロの話したこと、覚えてる？」龍也が急に真面目な表情に戻って、背筋をぴんと伸ばした。「たしか、すごい寒かった。真冬のころかな……」

「うん……」真琴は頬をさすりながらうなずいた。訳もわからないまま いっしょに走りこみをしていたころだ。

「あのときから、俺の気持ちはちっとも変わってないよ。もちろん、鳥海もプロになれるって信じてる」

「私が……？」

「一人より二人。いっしょの目標を持ってたら心強いと思わない？」

いつしか目の前の練習についていくだけで精いっぱいになっていた。小学生のときから――いや、もっとずっと小さいころから夢見てきた目標を、私は見失いかけていたんだと気づかされた。

「ほっぺたをつねっても覚めないような、夢が夢じゃなくなるときが、頑張ってればきっと来るよ」

もうすぐ夏がやってくる。この人についていけば、絶対に間違いないんだと真琴は確信していた。

夏の予選がはじまった。

シードの五本木学園は、三回戦からの登場。緒戦から破竹《はちく》の勢いを見せた。中堅の都立校相手に、五回までに十二点差をつけて、余裕のコールド勝ちをおさめた。エースの後藤先輩が一安打無四球でゼロにおさえ、打っては四番に座った龍也がツーランホームランなど四打点を記録した。

最初はミーティングの悪夢を引きずってぎくしゃくしていたベンチメンバーたちも、点差が開くにつれてしだいに以前の結束や士気をとり戻していくようだった。

スタンドで応援していた真琴は、フィールドの選手たちが生き生きと躍動する姿に心底安堵した。試合に出られる選手がうらやましいなんて感情はとっくに消え去っていた。五本木学園のチームのみんなが、余計なことにわずらわされず、伸び伸びプレーできるのがいちばんだ。

龍也とバラが先輩たちとハイタッチを交わすと、スタンドの応援団がメガホンを互いに打ちあわせてよろこぶ。やっぱり、みんな試合直前の主力メンバーの衝突を心配していたわけで、ゲームセットのコールがかかると、自然と万歳がわきおこった。高々と掲げられた真紅《しんく》のメガホンが、太陽の光を受けてきらきらと輝いた。

そのあとは、一気呵成だった。五回戦と、六回戦の準々決勝までは、いずれもコールドで駒を進めていく。エースを温存して、副キャプテン・熊川先輩が先発した日も、難なく最少失点でおさえた。つづいて、準決勝はさすがにコールドとはいかなかったけれど、それでも三点差をつけて勝った。

決勝は甲子園と同じく、東京の球児にとってはあこがれである神宮球場で行われた。七月初旬にはじまった予選も、佳境に入ってだいぶ暑くなってきている。スタンドで応援の声を張り上げるだけでも、汗がだらだらと流れてくる。

対戦相手は過去に何度も甲子園に出場している、古豪の山ノ手《やまて》一高だ。スタンドの内野席はほぼ満員。この対戦の注目度の高さがよくあらわれていた。きっとプロのスカウトも多数観戦していることだろう。

ミーティングのとき、楠元監督はしきりに「行けるぞ！」と連発していた。チーム全体を鼓舞するときも、個人を励ますときも、「行ける、行ける！」と叫びながら手をたたいている。いつもどっしりとかまえている監督とは大違いで、ひどく緊張しているのがこちらにまで伝わってきたし、選手たちのほうがむしろ決戦を前にして落ち着いているようだったので、輪の外側にいた真琴はちょっとおかしく思いながら話を聞いていた。

さすがに大会期間中は、龍也をともなっての投げこみはしていなかったし、選手間の雰囲気も日増しによくなっていたから、真琴の心にもだいぶ余裕があった。

決勝は、七月終わりの気温に負けないほど、息づまる熱戦になった。

真琴はメガホンで声援を送りながら、じりじりとした思いでグラウンドのチームメートたちを見守っていた。ブラスバンドの演奏が、しだいに熱をおびていく中で、真琴たちの応援も祈るような痛切な響きをともなっていく。

五本木が先制したものの、中盤で追いつかれ、六回を終わって、一対一。どちらも決定的なチャンスを生かしきれないまま、終盤にさしかかっていく。

そして、七回。ピンチが訪れる。山ノ手一高がツーアウトながらも、すべての塁をうめたのだった。次は予選の打率が四割をこえる五番バッターだった。しかし、後藤先輩と龍也は慎重な配球でツーストライクまでこぎつける。

後藤先輩が投球モーションに入ると、真琴は両手を組みあわせて目をつむった。とてもじゃないけれど、こわくて見ていられなかった。

いつまでたってもバットとボールがぶつかる金属音はしなかった。それなのに、爆発的な歓声とため息が球場中で交差して、真琴は「三振だ！」と思い、とっさに目を開けた。

けれど、真夏の太陽をぎらぎらと反射するまぶしいフィールドには、絶対に見たくない光景が広がっていた。

龍也の真後ろ、ファールゾーンを転々と転がっていく白球。それをあわてて追いかけていく龍也。ぐるぐると腕をまわして、三塁ランナーを呼び寄せている相手バッター。それを見て、猛然とホームに突っこむ三塁ランナー。

そのすべてが真琴の目にはスローモーションに見えた。

後逸したボールを龍也が必死になって追う。しかし、バックネット付近でようやくボールをつかんだ瞬間には、三塁ランナーが余裕を持ってホームインするところだった。

龍也が天を仰ぐ。たぶん、後藤先輩の決め球、フォークボールを後ろにそらしてしまったのだ。終盤で逆転を許す痛恨のバッテリーエラー。さすがの龍也も、精神的なショックを隠しきれないのか、大きい体が心なしか小さくなっているように見える。

ベンチからタイムがかかって、マウンドに内野陣が集まっていく。後藤先輩が龍也の肩をたたいて、しきりに励ましているのが見える。

「まだ一点差！」口々に真琴の周りの控え選手たちが、グラウンドに向かって叫んだ。「打って返せ、龍也！」

それらの声がやがて一つにまとまって、「頑張れ、頑張れ、後藤！　頑張れ、頑張れ、君澤！」というコールに変わっていく。

仕切り直しで、五番バッターがボックスに入った。カウントはツーボール・ツーストライク。

バッターは考えるだろう。満塁だったランナーはすべて進塁して、二、三塁。ここでふたたびフォークを投げてくるだろうか、と。フォークはワンバウンドになる確率が高い。また後逸したら、二点差。この土壇場《どたんば》で取り返しのつかないダメ押しの失点になってしまう。それに、フォークは見送ればボールになりやすい。フルカウントにはしたくないはずだ。となると、フォークはどうしたって、投げにくい。

だけど、龍也の心は折れていなかった。真琴にはわかっていた。絶対に龍也君はフォークを投げさせる。

後藤先輩の投じた球は、ストレートとほぼ同じ球速で、急激に沈みこんでいった。バッターが体勢を崩して空振りする。ボールはホームベースの後ろでワンバウンドして跳ね上がった。

　真琴の全身が緊張する。お願い！　どうか、おさえて！

　龍也が身を挺《てい》して、ボールをとめにいく。両膝をつき、防具をつけた上半身をかぶせるようにして、飛び跳ねるボールをおさえこむ。

　真琴は思わず立ち上がって、必死でボールの行方を探した。

　バッターはすでにうなだれた様子で動かない。龍也が体の前にこぼれていたボールを拾い上げて、バッターにタッチする。審判がそれを見届けてから、バッターアウトを宣告した。

　五本木の応援スタンドは一気にわきかえった。何より、フォークで三振を取った、龍也がワンバウンドをしっかりとおさえたということが大きかった。得意のパターンでピンチを切り抜け、一気に流れを引きよせる。

　押せ押せのムードというのは、やっぱりある。こちらが乗っているぶん、相手はそれにのまれてしまいがちだ。ピンチのあとにはチャンスあり、の言葉どおり、フォアボールとエラーで、一、二塁のチャンスをつくりだした。

　そして、バッターは四番の龍也。先ほどのエラーを取り戻そうという気負いがありありと見てとれた。「力を抜いて！」と、真琴は心の中で祈った。

　まず高めのストレートを強振してしまう。バットはボールにかすりもせず、ワンストライク。

　これでは打てないと龍也も感じたのかもしれない。大きく肩をまわして、一回素振りをする。そして、いつものリラックスした姿勢でバットを構えなおす。

　龍也が振り抜いた瞬間、会心の当たりだとわかった。鋭く短い金属音が鳴って、白球は高々と青い空に吸いこまれていった。

　レフトがバックしていく。しかし、早々にあきらめた様子で、頭上をこえていく打球を肩を落として見送った。

　爆発が起こったかと思うくらいの歓声が、味方のスタンドからこだました。

　周りの部員たちが、奇声を発して、お祭り騒ぎになってわきかえる中で、真琴だけはまるで夢を見ているような気分でぼうっとしていた。手に力が入らず、持っていたメガホンを落としてしまった。

　そんなことには誰も気がつかないほど、五本木学園の三塁側スタンドはもみくちゃになっていた。最前列の真琴の後ろから、どっと大波が押しよせてくるような歓声がますます膨らんでいく。

「おい、打ったよ！」となりに立っていた同学年のチームメートが、真琴の肩をつかんで揺さぶる。「龍也が打ったよ！　マジで打ったよ！　ホームランだよ！」

　その部員も、実際に口に出して言ってみないと信じられなかったのかもしれない。

真琴も、ただただ揺さぶられるまま、何も答えることができなかった。いざこうして再逆転してみると目の前の事実が絵空事のように思えた。

龍也は落ちついた様子で、悠々とダイヤモンドを一周していく。ガッツポーズの一つもせず、淡々とした表情で白いベースを順番に踏んでいく。

ところが、三塁をまわったところで、龍也がふと両手を上げた。まさか、バンザイしながらホームインするのかと思ったら、その両手は顔のあたりでとまった。

龍也が両手で自分の左右の頬をつねる。どれくらい力をこめているのか、ヘルメットの下の顔は痛みにゆがんでいた。

「何してんだ、あいつ」そんな声が、周りから聞こえてきた。たしかに、走りながら自分の両頬をつねっている龍也の姿は、とんでもなくおかしかった。

けれど、真琴にだけはその意味がわかった。いくら動じないように見える龍也君だって、この状況が信じられないんだ。決勝の舞台で逆転スリーランを打ったことを、まるで夢みたいだと思っているんだ。真琴を、そして仲間たちを甲子園に連れて行くと宣言してしまった手前、きっとものすごいプレッシャーと戦っていたんだろう。

夢が夢じゃなくなるときがきっと来る——龍也の言葉を思い返して、鳥肌が立った。

三塁とホームの中間あたりで、龍也がふと真琴の立っている三塁側スタンドに目を向けてきた。龍也の視線が少しだけさまよって、自分を探しあててくれたのが、真琴にははっきりとわかった。

目が合った。真琴も両手で自分の頬をつかんで、最大限の力で左右に引っ張った。それを見た龍也が少し微笑んで、また顔を伏せ、ホームを踏む。

あのときみたいに、めちゃくちゃ痛いよ、龍也君――ちょっと涙目になりながら、真琴は思った。やっぱりこれは夢じゃないんだ。まぎれもない現実なんだ。

五本木学園は野球部創立以来はじめて甲子園への切符を手に入れた。


夜のセミが鳴いていた。

屋内のブルペンがセミの大群に包囲されてるんじゃないかと思うくらい、しつこくからみつくような鳴き声が校庭の木々から押しよせてくる。それなのに、真琴には自分の耳の奥からわきあがってくる遠い耳鳴りのように聞こえていた。

真琴は今日、龍也に呼び出されて、学校に来たのだった。二十人から十八人に減ったベンチ入りメンバーと、練習を補助するそのほかの三年生たちが、甲子園に向けて出発する前夜のことだった。

その前にマコの球を受けておきたいと龍也に電話で言われて、それこそこんなときに万が一のことが起こったら大問題だと思った。けれど、龍也がどうしてもと懇願するのだった。

真琴はあわてて練習着をバッグにつめこんで学校に向かったのだった。

真夏の屋内練習場は、夜でも耐えがたいほどの熱気をためこんでいた。窓という窓を開け放っても気休めにしかならないような微風が右から左に抜けていくだけで、むしろ湿気を多くふくんで体にからみつくように感じられ、すぐにアンダーシャツはじっとりと湿っていった。

「甲子園は暑いかなぁ？」真琴が聞いても、龍也はほとんどうわの空で気のない返事をしてくる。「そりゃ八月なんだし、暑いよね」

「んぁ……」心なしか、龍也の顔が青ざめて見える。

本当に大丈夫なんだろうかと真琴は思った。心ここにあらず、みたいな状態でボールを受けても、危ないだけだ。

「ねぇ、やめとこうよ。もし、何かあったらさ……」防具をつけている龍也に歩みよる。「ずっとずっと夢見てきたんでしょ？　甲子園に行くのが夢だったんでしょ？」

それはもちろん真琴の夢でもあった。甲子園に立つ自分の姿を、子どものころからずっと想像してきた。でも、それが不可能である以上、すべてを龍也に託すしかない。

「やっぱり、ちょっと俺、緊張してるんだよね。家でじっとしてるほうが、なんだかそわそわしちゃってさ。マコの球を受けたら、ちょっとは落ちつくんじゃないかと思って……」付き合いはじめてから、「マコ」と呼んでくれるようになった龍也が恥ずかしそうに言う。「ホントに、俺ってメンタルが弱いっていうか……。自分でも情けないんだけどさ」

龍也も大舞台を前にして緊張するというのが意外だった。でも、投球を受けて落ちつくというのが、いかにも龍也らしくて、真琴は人生ではじめてできた彼氏のことをいとおしく感じていた。

真琴はかなり手加減して投げた。自分の球ごときで、たとえ全力を出したとしても龍也をケガさせるわけがないとはわかっているけれど、それでもなんとなくビビってしまって、八割くらいの力で、とくにワンバウンドにならないように気をつけながらボールを繰り出していく。

それに気づいているのか、いないのか、龍也はキャッチングの瞬間、球の感触を味わうように、びしっとミットをしばらくのあいだとめる。その姿勢から、うんうんと、一人でうなずいて、黙々と返球してくる。

「あれ？」と、返球を受けとった真琴は首をかしげていた。なんだか、この無言のボールのやりとりが、ひどく懐かしいものに感じられたのだ。

マウンドの土をならしながら、真琴は今この瞬間を、人生の中で子どものころに何度も体験したことがあるような、それでいてテレビや映画で観たことのある他人の一シーンのような、そんなデジャヴュに似た奇妙な錯覚を感じていた。そして、これから先、未来永劫《えいごう》、龍也との投げこみ練習がつづいていくような、時間が圧縮されるとも、延々と引き伸ばされるともつかない心地よいめまいに襲われていた。

むせかえるような夏の熱気、昼間ほど元気のないアブラゼミの鳴き声、プレハブの屋内練習場の錆《さ》びついたたたずまい、汗のにおい——そのすべてが泣きたくなるほどの懐かしさをもよおさせた。悲しいのに、その反面、なぜだか満ち足りた気分だった。だからこそ、投げこみを終えて、二人ならんでベンチで汗をふいていて、いきなり龍也が自分の肩をつかんできたときも、素直に受け入れる気持ちになれたのだ。

龍也の顔がそっと近づいてきて、来る、とわかった。真琴ははっとして、そのまままぶたをぎゅっと閉じた。

鼻と鼻が最初にぶつかって、龍也が顔を傾けるのが気配でわかった。はじめてのことなので、いったい何をどうしたらいいのかわからない。息をあわててとめた。そっと唇がふれて、やわらかい感触がする。まるで無酸素運動みたいに、ぐっとこぶしを握りしめて耐えた。

いったい、どれだけの時間がたったのかわからなかった。龍也の唇が離れると、真琴はそっと目を開けた。

「俺、めちゃくちゃ頑張れるかもしれない」龍也が顔を真っ赤にしながら、真面目な表情で言う。

男ってホントにバカで単純だと、真琴はあきれて思った。でも、龍也が活躍できるのなら、いくらでもキスしてあげたいと考えている自分がいて、真琴は心底驚いている。自分がどんどんふつうの女の子になっていく気がしているのだった。

「甲子園に連れてってくれるっていう約束を達成したんだからさ、もっと偉そうに、どんとかまえてればいいんだよ。優勝してやるって、日本一になってやるって、堂々と言っちゃえばいいんだよ」

「甲子園で優勝……」そんな情景を想像しかけたのか、龍也は遠い目になった。「とまでは、さすがに軽々と約束できないもんなぁ」

誠実な龍也らしい言い草だった。たしかに、日本一となると、想像を絶するレベルだ。でも、口約束でもいいから、うそでもいいから、絶対に優勝してやると言ってほしかった。

「何言ってんの、龍也君！」真琴は龍也の背中を思いきり叩いた。「言わなきゃ現実になんないよ！」

せきこんだ龍也が、おずおずと口を開く。

「こ……甲子園で、優勝する……！」

「もっと！」

「甲子園で、優勝する！」

「そう！　その意気！」

龍也に言おうかどうしようか、ここ数日ずっと迷っていたことがあった。真琴は言うなら今しかないと思って、話しはじめた。

「あのね、実は甲子園の始球式をぜひやってほしいっていう話が来たんだけど、断ったから」

「はい？」龍也がすっとんきょうな声を上げる。「ちょっと、ちょっと、どういうこと？」

甲子園出場校の中で、真琴は唯一の女子選手だ。そこに注目した主催者が、第一試合の始球式で投げてみてはどうかと、学校をとおして打診してきた。

「私はね、ちゃんと試合で投げたいんだ。五本木学園の一員として、投げたかったんだ。そんな関係ない第一試合の、始球式のマウンドに立つだけなんて、ただの見世物と同じでしょ？」

「そりゃそうだけど、もったいないなぁ」

「そんな哀れみみたいなものはいらないよ。試合で投げられないんなら、全部を龍也君に託してスタンドで見守るから、私のぶんまで活躍してきてね」

そう言われた龍也は、じっと真琴の顔を見つめた。それから、かたくうなずいた。

「わかった。まかせといて」

家に帰った真琴は、抱き枕を抱えて、ベッドの上でごろごろとのたうちまわっていた。

自分の唇に、まだ龍也の唇の感覚が残っていて、そこだけがじんわりと熱をもっているように感じられる。ブルペンでの出来事が頭をぐるぐるとかけまわって、しかも熱帯夜の寝苦しさがくわわって、眠気がやってくる気配もない。

一人でじっとしているのが耐えがたくなって、真琴は雫に電話をかけた。

「あれ、明日出発じゃないの？」雫は電話に出るなり、ハイテンションな声を響かせた。もしかしたら、絵でも描いているのかもしれない。

「明日出るのは、ベンチ入りと、あと練習を補助する三年生だけだよ。それ以外は、応援の人たちと同じ出発」真琴は横向きに寝て、枕とこめかみでケータイをはさんだ。両手は股のあいだにはさみこむ。

はじめての甲子園出場ということで、全校をあげて、大々的な応援ツアーが組まれる予定だった。五本木学園の登場は大会三日目。北海道の私立高校が相手だ。

「ねぇ……」真琴はおそるおそる話を切り出した。「私が野球やめるって言ったら、雫は怒る？」

しばらくのあいだ、無言がつづいた。電話の沈黙はかなりこわい。相手が何を考えているのかわからない。

「真琴先輩言ったよね？　野球をつづけるから、雫は絵をつづけろって」

「そろそろ、ふつうの女の子に戻ったほうがいいかなぁって、ちょっとだけ思って」

「アイドルみたいなこと言うね」雫の口調が少しだけ柔らかくなった。「真琴先輩は、頭はちょっとおかしいけど、ふつうの女の子でしょ？」

雫は、私の生理がとまったことを知らない。きっとそれを知ったら、本気で怒りだすかもしれない。体をもっと大事にしろって言われると思う。でも、雫だって、オンナって面倒臭いなぁって言うときがある。化粧とか、生理とか、妊娠とか、出産とか、考えただけでウンザリだってよく愚痴《ぐち》っている。

「ホントに疲れ果てたアイドルの気分だよ」なるべく深刻にならないように、おどけた口調で言った。でも、半分以上は本音だった。「もうさ、いっそのことマウンドにグローブを置いてね、もう限界ですって言って降りたい」

「でもさ、とりあえず、甲子園でしょ」電話の向こうから、うっすらとドラムの音と、キーの高い女性の声が聞こえてくる。一人で絵を描くときは、音楽を小さく流すと言っていたので、もしかしたら雫のお気に入りのバンドなのかもしれない。

「そうだよね、まず、甲子園だよね」さっきあれだけ龍也を励ましていたのに、一人になると急に弱気になってくる。

「先輩が出ない野球は興味ないし、暑いの嫌だけど、私も応援行くからさ」

「うん、ありがとう」

「それからじっくり考えてみても遅くないいんじゃない？」

鳥海もプロになれると言ってくれた龍也の言葉を忘れたわけじゃない。でも、マウンドの上で踏ん張りつづける意味も気力も、龍也のキスで吸い取られてしまったような気がする。しかも、私はそれを受け入れて、むしろいいことだとさえ思っている。

いつかは龍也君と結婚して、子どもを産んで、野球チームみたいな大家族をつくって……、という妄想が、妄想でなくなる可能性がどんどん高くなっていって、龍也君の活躍をテレビで見ながら、お父さん頑張ってるよ、と子どもに語りかける日々がもし来るならば、私がマウンドに立ちつづける理由はないんじゃないかと決断しかけていた。

八月に入り、いよいよ甲子園の一回戦がやってきた。うだるような熱気の中で応援をつづけながら、真琴はものすごく基本的なことにふと気がついたのだった。

球場は広い。めちゃくちゃ広い。こんなにもだだっ広い空間であるということに、なぜだか今さら気がついたのだ。

大会三日目の第一試合。午前中のプレーボールだったけれど、もうすでに真夏の暑さが球場全体を包んでいた。

相手校の攻撃。鋭い金属音が鳴って、五本木学園の一塁側応援スタンドから悲鳴とため息がもれる。

打球はセンターの大橋先輩の右側をあっという間に抜けて、バウンドを繰り返しながら転々と転がり、フェンスにまで到達する。二塁にいたランナーは、三塁をまわって、スピードを緩めずにホームへ突進していく。打ったランナーも、二塁をためらいなく蹴ろうとしている。

大橋先輩がようやく追いついて、内野の中継に返すと、そのときにはバッターは悠々と三塁に到達していた。これで、〇対五。ますます、傷口が、点差が、ダメージが広がっていく。

こうして、外野を軽々と抜かれつづけるエースの後藤先輩の投球を、ひさびさに目にしたからかもしれない。そして、甲子園球場が予想以上に大きく、開放的で、神宮や横浜といった都市の屋外球場とは、雰囲気がまったく違っていたからかもしれない。

真琴は何回でも思った。何度でも痛感した。野球場のグラウンドというのは、こんなにも広いものなのかと。

龍也との投げこみで、十八・四四メートルの範囲内だけで満ち足りていた自分は、野球という競技の本質を完全に見誤っていたんだと気づいた。真琴がむなしさを感じたように、そこには対戦すべきバッターもいなかったし、マウンドの後ろにはただ屋内練習場の壁があるだけだった。マウンドとホームの約十八メートルのあいだにたった二人だけ――それだけで満足してしまっていた。

でも、こうして甲子園のスタンドでフィールドの全体を見渡してみると、球場のあまりの広さにめまいがして、今までの自分がいかに狭い世界で戦っていたのかということを金属バットで思いきり殴られるほどの衝撃で思い知らされていた。

龍也が呆然と立ち尽くしているホームの前方には、両翼百メートル近くの世界が広がっているのに……。

試合が再開され、また相手校のバットが一閃《いっせん》して、外野深くに飛球が上がる。大橋先輩がバックして、かろうじてフライをつかみとる。先ほどの三塁打のランナーは、ベース上で捕球を確認してから、ゆっくりとホームインした。これで、八回途中、〇対六。

龍也はいつもどおりやっている。最初は、さすがに力が入っているように見えたけれど、徐々にかたさはとれてきた。

それでも……。

力の差は圧倒的だった。相手校は後藤先輩のフォークが打ち崩しにくいことを知っているから、早いカウントから、甘く入ってきたストレートを叩きにくる。そして実際、百四十キロ台後半の、ときには百五十キロにかかる渾身の直球を、下位打線まで満遍なく、振り遅れることなく強振してくる。そして、悠々と外野を抜いてくる。

甲子園球場と同じように、高校野球という競技の裾野《すその》も、ハンパじゃなく広かった。上には上が、数かぎりなくいる。なんで私は、あんなにも狭い自宅の庭と屋内のブルペンで、野球に打ちこんでいた気分にひたっていたんだろう？　心底悔しくて、そして、恥ずかしかった。

真夏の太陽を受けて照り映える外野の天然芝、スプリンクラーの水分をふくんで黒々と輝く内野の土、抜けるような空の青、紫外線が見えるんじゃないかと思うくらい殺人的な太陽、そして、あれだけの広さに点々と散って守っているチームメートたち——あそこで野球をするために、今まで必死に食らいついてきたんじゃないか！　今、野球をはじめた原点をようやく思い出していた。

敗戦が濃厚になって、徐々に元気を失っていく五本木の応援スタンドの中で、真琴は一人気を吐いて声を張り上げた。

「ドンマイ、ドンマイ、後藤！」すでにがらがらにかれた声をふりしぼって、メガホンごしに叫ぶと、それを聞いた周りの部員たちもはっとして、力のかぎり声を合わせる。やがて、そのコールに大太鼓のリズムがくわわって、一塁側スタンド全体の声になっていく。

　あきらめない応援の姿勢にひかれたのか、スタンド席のテレビカメラがユニフォーム姿の真琴に近づいていく。真琴は首にかけたタオルで額の汗をぬぐってから、帽子を目深にかぶりなおした。カメラにはいっさい目もくれず、一心不乱にグラウンドに声援を送った。

　子どものころから、よくテレビで見ていた。高校野球の中継で、ときどき応援席の映像に切り替わることがあって、そこにはユニフォーム姿の応援団や、吹奏楽団、チアリーダーが映っていた。真琴の印象では、とくにかわいいチアリーダーの女の子がよく映されていた。小学生にとって、ほとんどおとなに見える高校生たちは、懸命に応援をつづけていた。今、自分がその立場にいると思うと、なんだか不思議な気分だった。

　真琴の顔にカメラがズームしてくるのが、気配でわかる。真琴は顔をそらした。

　野球をしていないのに、ユニフォームを着ている姿を映されることがどうしても嫌だった。強豪校の女子選手、ボウズ頭の選手たちの中で一人ポニーテールを揺らしている女子選手、試合に出られなくても健気《けなげ》に応援する女子選手――そんな勝手な物語をあてはめられて、色物扱いをされ、格好の被写体にされることが、どうしても嫌だった。始球式を依頼してきた人たちだって、結局自分のことを選手だなんて思っていないんだ。

野球がしたい！

バッターと対戦がしたい！

後藤先輩を打ち負かした相手を、自分の投球でねじ伏せたい！

野球をやめたいだなんて、雫相手にちょっとでも弱音をもらした後悔が襲ってくる。

試合は〇対六のまま、ついに最終の九回に突入してしまった。後藤先輩に代わって、熊川先輩が登板したものの、さらに失点を許してしまう。〇対八。

そして、最後の攻撃。三人が内野ゴロに打ちとられて、あまりにも呆気なく試合は終了してしまった。

試合終了のサイレンが鳴り響いて、相手校の勇ましいマーチ風の校歌が流れ出す。

真琴は呆然として、一滴の涙も出なかった。龍也に優勝、優勝と言わせたことが重荷になってしまったんじゃないかと、それだけが気がかりだった。

ベンチ入りメンバーがスタンドの前に並んで、応援に対する礼をする。龍也は、ぐっと深く帽子をかぶって顔を伏せている。肩がかすかに上下しているように見える。

その姿を目の当たりにすると、真琴もこらえていたものが一気に噴き出した。これだけ目から水が出るんだって感心してしまうくらい、涙がぽろぽろとこぼれ落ちた。

　スタンド席のテレビカメラが、すっと近づいてくる。

　絶対にこの涙を撮られてたまるか、と思った。真琴は、肩にかけていたタオルで顔面をすっぽりと覆《おお》い隠した。

　タオルの向こうに、うっすらとグラウンドが透けて見える。チームメートたちが、ベンチ前に膝をついて、甲子園の土を集めている。その前に、カメラマンたちが陣取って、いっせいにフラッシュを光らせている。

　絶対に、何がなんでも、野球をここでやめるわけにはいかないと真琴は決意した。龍也君のカタキを私がとるんだ。

9　二〇一五年　君澤龍也／二十三歳

テレビの向こうの甲子園は、雨の夜ということもあるのかもしれないけれど、君澤龍也が高校生のときに試合をした球場とは、まるでべつの場所に見えた。

本当に自分はあそこでプレーをしたことがあるんだろうかと疑ってしまう。そういえば、泣きながら拾った甲子園の土はどうしたのだろう？

涙を流しているところをカメラに撮られたくなくて、顔を伏せながら一心に両手でかき集めた。それでも、地面に這いつくばってまでシャッターを切っていたカメラマンの姿だけは、なぜだか今でもはっきりと覚えている。

おそらく、野球をやめてしまったときに、その土は近所の公園にばらまいて捨ててしまったような気がする。それまでは本当に神聖に思えていたものが、あの事件があって、野球という競技が信じられなくなった瞬間に、ただの土くれに変わってしまったのだ。

龍也は右手に握りしめたままだったスマートフォンを持ち上げた。バラからついさっき来たメールはまだ開けていない。このまま、消去してしまおうと思った。見たら傷口が広がるだけだ。

「おっと……!?」

実況の驚きの声にふと龍也は手をとめた。

「シーサーズの重本《しげもと》監督が出てきませんね」画面が琉球ベンチをとらえた。監督は腕を組んだまま、微動だにしない。

「これは……」解説の飛田の声も困惑している。「鳥海続投ですかね……?」

まさか、と龍也は思った。画面が暗くなったスマホをローテーブルに置き直す。

カメラが切り替わって、マウンドをとらえた。真琴と内野陣、ピッチングコーチが輪になっている。コーチは真琴とではなく、キャッチャーの守永と二言、三言かわしてから、大きくうなずいた。それから、真琴にも声をかけて、マウンドを小走りで降りていく。

「解《げ》せないですねぇ」真琴の対左ワンポイントという予想が外れたからではないだろうけれど、飛田が不機嫌そうな声を出す。「そんな冒険をするほど、シーサーズには余裕はないはずですよ」

「ちょっと、ブルペンの様子を見てみましょうか」

アナウンサーの言葉で、カメラの映像がブルーシーサーズのブルペンに切り替わる。甲子園のブルペンは屋内だ。長身のピッチャーが投げこみを行っている。閉鎖された空間で、キャッチャーの捕球音が、気持ちいいほどよく響いていた。

「抑え候補の三国はいつでも出られる態勢です」

次の三番・伏見が右バッター、四番の外国人が左バッター。もちろん、この二人さえ打ち取ることができれば、試合終了。真琴にセーブポイントがつく。女子選手初の快挙だ。野球という文化がつづくかぎり、未来永劫語り継がれることになるだろう。

しかし、ランナーを抱えたままホームランを打たれれば、たちまち逆転サヨナラで、琉球の先発投手の勝ちは消滅し、かわりに真琴に黒星がつく。もし、真琴が右バッターに通用するか試したいのなら、わざわざこんな切羽つまった場面で、阪神のクリーンナップにぶつけなくてもいいのだ。

それともこの続投は、たとえ右バッター相手でも真琴が通用するという、琉球ベンチの強気のあらわれなのだろうか？　真琴の登板を心から楽しみにしていたファンのためだろうか？　それとも、プロ野球の歴史をさらに大きく塗り替えるために下された、果敢《かかん》な決断なのだろうか？

「三番、ショート・伏見。背番号、1」アナウンスがかかって、阪神タイガースの黄色いメガホンがざわざわと揺れる。「ホームラン、ホームラン、ふ、し、み！」というコールが球場にこだました。

いかにも打ちそうな風格をただよわせている伏見が、バッターボックスに歩きながら、一度真琴をにらみつけるようにしてマウンドに目を向けた。真琴はどこ吹く風でボールをこねている。

伏見が一回素振りをしてから、ボックスに足を踏み入れる。左足で土をならし、右足のスパイクを地面に突き刺すようにして足場をかためる。準備が整うと、審判がプレーの合図を出した。

「さぁ、俊足のランナーを一塁に背負っての投球となります」実況が話し出すと、画面は三塁側からの映像に切り替わった。セットポジションに入った真琴の背中と、その奥にランナーの赤沼。二人は正面で向きあっている。

赤沼は腰を低くした姿勢でじりじりとベースから離れ、かなり大きくリードをとっていく。黒いヘルメットが雨に濡れて、光って見える。

ゆったりと右足を上げると、真琴はそのまま一塁方向に踏み出して、牽制球を投じた。赤沼がヘッドスライディングで一塁に戻る。ボールを受けたファーストのガルフオードが、赤沼の手元にタッチを繰り出していく。まずは小手調べというような、緩い牽制球だった。

審判の両手がゆっくりと水平に開く。セーフ。

それから、真琴は三球つづけて牽制した。若干、右足を上げるタイミングを変えながら、さまざまなバリエーションで一塁に投げる。いずれも、赤沼が余裕をもって塁に帰った。一向に打者に投げない真琴に対して、阪神ファンから容赦ないブーイングがわき起こる。

同点のランナーが出て、球場の雰囲気が一気に切迫している。真琴を追い立てるように、阪神ファンが伏見の応援のテーマを響かせる。真琴はセットポジションに入ってから、ふたたび間合いを嫌ったようにプレートをはずした。

長袖のアンダーシャツで、汗をぬぐう。それでも、野球ができるよろこび、甲子園で投げられる興奮を、その笑顔ににじませている。

「いやぁ、実に不思議な笑顔なんですよね」と、解説・飛田がうなるような声を出した。「男子だったら、たとえプロでもへらへらするなと叱責されるところですが、鳥海君ならなんだか許せてしまう。愛らしいというのとも、また違うんですが、憎めないというか、そういう女子選手独特の空気感を持っていますね」

「見ていて気持ちがいい笑顔ですね」

「まあ、鳥海君も、五本木学園での一件があって……」飛田は少し言いよどんだけれど、すぐに言葉をつないだ。「一時期は、野球を断念することも考えたと聞きますが、こうしてつづけられて、ましてや男子プロの中で投げられて幸せを噛みしめているんだと思います」

本当にそうなのだろうか？　と龍也は思った。

高校時代の真琴は、ひとたびマウンドに登ると、笑顔をほとんど見せたことがなかった。強豪校の中で高校生トップレベルに負けないように、その中で埋もれてしまわないように、懸命に水面に浮かび上がっては息継ぎをし、また深く潜《もぐ》っていくということを繰り返していた気がする。

無意識のうちに、ローテーブルに置いていたコップに手をのばした。コップはすでに空だった。口に運びかけて、そのままスマホのとなりに戻す。

「返事はしなくていいの？」となりに座っている七海が、スマホを指さした。

何も映し出されていない、暗くなったスマホの画面。そこにさっきまで表示されていた「林原健人」の名前が頭をよぎる。

勘のいい七海のことだから、スマホを開いた瞬間、あからさまに落ちつきがなくなった自分の態度に不審を抱いたのだろうと思った。七海の目は、怒りをふくんでいるようにも、悲しんでいるようにも見えた。

龍也には、今、甲子園で真琴が投げている現実と、自宅のリビングで七海とこうしてテレビを観ている現実が、同じ空の下で両方同時に起こっているということが容易には信じられなかった。こちらは雲一つない夜、むこうは雨という天気も関係しているのかもしれない。二つの圧倒的な現実のあいだにはさまれて、空間がゆがんでいるように、微妙なズレを感じていた。

この感覚のズレを解消するためには、やっぱりきちんと七海に話さなければならないのだろうと龍也は痛感した。

「わかったよ……」龍也はうなずいた。「ちゃんと、話す」

やっぱり隠し事をしつづけているのは、これから二人で生活していく以上、よくないと思った。何から話そうかと考えはじめたそのとき、テレビからひときわ大きな歓声や怒号が飛び交うのが聞こえて、龍也はとっさに視線を上げた。

スロー映像が流れる。

真琴の投じた初球のストレートは、クロスファイヤーで右バッターの伏見の胸元に食いこんでいった。打ちにいった伏見は、途中でバットをとめ、上半身をのけぞらせてよける。

阪神ファンの野次が集まって、言葉にならない一つのうねりになり、真琴を責めたてる。それでも、真琴の表情は変わらなかった。

「一歩も引きません、鳥海！」実況も叫ぶ。「重本監督の決断にこたえて、気迫のこもった投球をつづけます！」

伏見が真琴をにらみつける。ただでさえ威圧的な三白眼《さんぱくがん》が、よりいっそうシャープになる。

こんなにオーラのある男子選手と互角に渡りあっていることに、今さら龍也は驚きをおぼえている。狭き門のプロ野球の世界。その中のたった一割くらいしか存在しない一億円超のトッププレーヤーに対して、なぜ気後れせず、これほど堂々と振る舞えるのだろう。

いったい、その原動力はなんだろう？　彼女の人生を狂わせてきた男たちへの復讐心だろうか？

背番号29番を背負った背中がアップになった。サインの交換でうなずくと、雨を吸いこんだ黒髪のポニーテールが小刻みに揺れる。

龍也は思いきって、スマホを手に取り、バラのメールの本文を開いた。

《今さら、と思われるかもしれないけど、俺がかつてしてしまった過ちをあやまりたい。本当にすまなかったと思ってる。》

口の中に詰めこまれた砂粒を咀嚼《そしゃく》して、無理に飲み下すような心持ちだった。懸命に動悸《どうき》をしずめながら読み進めていく。

《俺は鳥海と龍也が心の底からうらやましかったんだ。野球の才能も、そして鳥海という存在までも手に入れたお前が死ぬほど妬《ねた》ましかった。もちろん、うわべはチームメートとして、うまくやろうと思ってた。でも、あのことがきっかけになって、もう何もかもどうでもよくなってしまったんだ。二人を引き裂いてやろうと、一瞬でも思ってしまった。》

夏の甲子園の前のミーティングで、真琴のことを先輩から必死になってかばっていたバラを思い出した。

《だからといって、俺のしたことが許されるわけじゃない。傷ついていた鳥海のことをさらに追いつめてしまった。悔やんでも悔やみきれない。》

おそらくバラも、真琴の投球を目にして、勇気をふりしぼってこのメールを書いたのだろう。

《ときどき、二年の夏までの幸福だった時期を思い出すんだ。あのころに戻れたらどんなにいいことかと心底思う。でも、それは逃げてるだけなんだって、今日鳥海の姿を見て気づかされたんだ。最後にもう一度あやまりたい。すまなかった。》

ふと顔を上げると、真琴が二球目のモーションに入っていた。

得意のシンカーだったが、やや甘く入ってしまう。

伏見のスイングが沈んでいく球を的確にとらえる。歓声を切り裂いて、木のバットの乾いたカツンという会心の音が、テレビのスピーカーからはっきりと聞こえてきた。

「大きい！」思わず、というように、実況が叫んだ。「ぐんぐん伸びていく！」

センターの大黒《おおぐろ》が背走しながら、ときどき打球を見上げて行方を確認する。なおも走る。足元で水しぶきが跳ねた。

グローブをしていない右手がセンターのフェンスを探り当てて、そのまま大黒はぴったりと体を寄せた。

ダメだ、と龍也は思った。そのまま頭上をこえていくと思った。逆転サヨナラッーランだ。龍也は頭を抱えた。

しかし、大黒はフェンスを背にした状態から、数歩だけゆっくりと前に出た。それを見た瞬間、生き残った！　と思った。

画面の上から、白い球が落ちてくる。グラブをかまえた大黒が、がっちりとフライをキャッチする。二塁に近づいていた赤沼は、捕球を確認すると、あわてて一塁に戻っていった。

「少しだけバットの先だったですかねぇ」解説の飛田がうなった。「途中であきらかに失速しました。それとも、鳥海君の球には、意外に重みがあるか……」

スローのＶＴＲが流れる。たしかに、シンカーの沈みが鋭く、若干バットの芯をはずして、先に当たっているようにも見えた。

「ツーアウトです！」実況の声が響く。「ついに、初セーブまであと一人となりました！」

これで右バッターをおさえた。ひょっとしたら、このまま難なく試合をしめてしまうかもしれない。

これだけ懸命に頑張っているマコにひきかえ、俺は何をぐずぐずとやっているんだろうと思った。

過去を清算する。マコは確実に未来を見ているんだ。ならば、俺も未来に目を向けるしかない。

「俺は……」ちらりと、マウンド上の、かつての彼女に目を向ける。「鳥海真琴を見捨てたんだ」

「えっ？」

「俺たちは、付き合っていた。それなのに、俺は真琴を切り捨てたんだ」

10　二〇〇九年　鳥海真琴／十七歳

夏が過ぎて、ミホ先輩が引退してしまうと、真琴はマネージャーの仕事を一人でこなすようになっていた。来年の四月に一年生が入ってくるまでは辛抱しなければならない。夏には甲子園に出場して注目されたので、きっとマネージャー志望の子が入ってきてくれると信じている。

それに、九月から十月にかけて行われた秋の都大会では準優勝を果たしたので、春のセンバツ甲子園には出場が確実視されていた。新チームに変わってから、甲子園での先輩の雪辱を果たすため、チーム一丸となって練習に取り組んでいる。

真琴は練習後、部室の掃き掃除を終えてから、タオルを持ち出して姿見の前でシャドーピッチングをはじめた。フォームを確認しながら、左手に握ったタオルを前方に投げ出していく。

いまだに練習試合で投げさせてもらったことはない。それでも腐らずやっていけば、必ずチャンスがめぐってくると信じていた。龍也も言っていた。きっと努力が報われるときがくる、と。その言葉を思い出しながら、力をこめてシャドーピッチングをつづけた。

赤ら顔の楠元監督が入ってきたのは、真琴がじんわりと汗をかきはじめてきたころだった。

「お疲れ様です！」まさかこんな時間に監督が来るとは思ってもみなかった。あわてて礼をする。

今日、監督は練習の途中でどこかに出かけていった。ＯＢのコーチがあとを引き継いだ。スーツに着替えた監督を、チームで一礼して見送ったのが夕方のことだった。

帰ってきた監督はあきらかに酔っぱらっていた。足元もおぼつかない様子で、壁にぶつかりながら部室のベンチにどっかりと座りこんだ。

「いやいやぁ、大変だよ」と、独り言を言いながら、ネクタイを緩めた。「しこたま、飲まされちまった」

真琴があわてて水を取りに行こうとしたら、いいからシャドーピッチングをつづけなさいと言う。

真琴はピッチングをしながら、監督の愚痴を延々と聞かされるハメになった。

「今日は、後援会やOB会、同窓会の人たちと飲んでてね」監督が話すと、とたんに部室がお酒のにおいに満たされた。「ようするに、君たちが甲子園に行くとなると、たくさんのお金がかかるわけだ。もうすぐセンバツだしね。いろんな人たちの支援があってはじめて行けるわけだ」

「はぁ……」監督には監督なりの苦労があるんだなと思った。甲子園初出場を果たしたと思ったら、次は甲子園で一勝、その次は優勝と、周りの人たちからプレッシャーをかけられつづけるものなのかもしれない。だからと言って、自分ごときが「大変ですね」と言うのも失礼な話だ。

相槌《あいづち》を打ちながらシャドーピッチングをしていると、ふと監督が立ち上がってこちらに近づいてくる。真琴の横にいきなりしゃがみこむ。

一瞬体がこわばった。

「投げなさい」と言われて、真琴は自分を励ましながら、握りしめたタオルを一心不乱に振りつづけた。

監督がアドバイスをくわえながら、フォームの微妙な修正をはじめる。

「体に力が入りすぎてないか？」

リラックスしようとしているのに、なかなかうまく脱力できない。監督の手が体に伸びてきた。

　真琴の腕をとり、腰をとって、うまくボールに力がつたわる投げ方を教えてくれた。真琴はほっとしながら、指示に従って体のブレを修正した。でも、なんだかやけに体が近づいてきているなぁ、ちょっとおかしいかもしれないなぁ、と思いはじめてきて、でも——。

　でも、そんな熱のこもった指導に対して、なんて失礼なことを考えているんだ、こんなに丁寧に教えてくれているのにと、最初は自分に言い聞かせつづけて、シャドーピッチングに集中しよう、こんなチャンスもうないかもしれないんだから、と思ったけれど、でも、やっぱり、いくらなんでもこんなに体をべたべたさわられるのはおかしいし、監督の呼吸が荒くなっていることにも、どうしようもない恐怖をおぼえた。

「でも、でも、でも」の連続で、真琴自身も何がなんだかわからなくなってきて、もう気づいたときには、身動きがとれないほど体が密着していた。

　真琴はお尻にこすりつけられる、硬くて熱いものをユニフォームごしに感じていた。真琴が身をよじればよじるほど、それは大きく膨《ふく》らんで、脈を打っていくようだった。訳もわからないまま、怒濤《どとう》のような現実が押しよせて、自分をあっという間に追い越していって、そのままぽつんと取り残されてしまったような心もとなさが真琴を襲っていた。

「鳥海……」楠元監督の言葉は、荒い息で途切れ途切れになっている。「大丈夫だからな。なっ」

何が大丈夫なのか、真琴にはまったくわからなかった。

誰か来て！　助けて、龍也君！　心の底から叫んだ。それなのに、この瞬間を龍也君に見られてしまったら、私は死ぬと思った。

拒否しなければならない、絶対に！　監督のためにも。私のためにも。

でも、そんな憤りとは裏腹に、声はまったく出なかったし、ひどく混乱して、頭が真っ白になって、後ろから抱きつかれたまま、身動きがまったくとれなかった。足だけががくがくと震えていた。監督の熱い息の合間に、部室の壁時計の秒針の音がカチコチとやけに大きく耳につく。

「なっ、鳥海が頑張ってるのは、俺だってよくわかってるんだからさ」真琴に言い聞かせているというよりも、自分自身に言い聞かせているように、真琴の耳には聞こえた。じっくりと教え諭すような優しい口調に鳥肌が立った。

分厚い胸板が、真琴の背中にぴたりとくっつけられて、もちろんその下半身も、真琴の下半身と密着していて、もぞもぞと小刻みに動いている。

「しばらくおとなしくしててくれなっ、鳥海」

あまりの恥ずかしさに、あまりの悔しさに、全身の皮膚という皮膚が、強力なバーナーであぶられているように、ちりちりと痛んだ。もう世界に二人だけしかいないという、絶望的な気分だった。野球部の部室に遅くまで明かりがついていても、先生たちは誰も気にしないだろう。

髪の中に鼻をうずめられて、においをかがれるのがわかった。その直後、よりいっそう、息が荒くなっていく。真琴の腰のあたりをがっしりとつかんでいた両手が、胸のあたりに伸びてくる。

「いやっ……いやだ！」かすれた、頼りない声しか出なかった。喉がからからに渇いている。

真琴は精いっぱいの力で身をよじった。とてつもない力でおさえつけられて、脱出することはかなわなかった。

龍也君！　龍也君！　真琴は心の中で叫びつづけた。今日、龍也は接骨院に行っている。ケガをしているわけではないけれど、以前から軽い腰痛があったので、定期的に通っていた。

龍也には見られたくないのに、見られたらきっと生きていけないのに、何度でも心の中で助けを呼んだ。龍也なら、そのテレパシーを感じとって、助けに来てくれるかもしれないと本気で信じた。

でも、そんなことはありえないとわかってもいた。あきらめてもいた。

監督が急に動きを強めた。そのまま、ベンチの上に、仰向けに押し倒された。体の上にまたがられ、のしかかられる。

監督はこのことを覚えているんだろうか？　正常な意識があるんだろうか？　よくお父さんが、若いころは飲みすぎて記憶を失くしたって話していた。もし、監督の記憶が全然なかったとしたら、私はどうすればいいんだろう……？

いろんな疑問がぐるぐると渦巻いて、しかしそれが何の役に立つはずもなく、真琴はただただ時間が早く過ぎてくれることだけを願った。

監督の大きな顔が近づいてくる。首を回転させて、顔をとっさにそむける。「いやっ」ばたばたと足を動かしても、空中をむなしく蹴るだけだった。

おおいかぶさってくる黒く脂ぎった顔。体中を無遠慮にまさぐってくる、毛むくじゃらの腕。アルコールとタバコの混じりあった絶望的な息。

監督には妻子がいる。息子と娘が一人ずついる。真琴も写真で見たことが何度かあった。本当に、心の底から、こんな男を好きになれる女性が、地球上に一人でもいることが信じられなかった。

若いころは、野球がうまくて、体が大きくて、筋肉質で、魅力的な男性だったのかもしれない。でも、こんな気持ち悪い男の、気持ち悪い行為をよろこんで受け入れられる人がいることが不思議で不思議でたまらなかった。

反対側に顔をそむけようとしたら、ふと、目と目が合った。ちかちかと点滅をつづける蛍光灯を背景にした監督の顔はかげっていて、白目だけが妙に光っていた。

え……？　真琴は困惑《こんわく》して、抵抗の力をほんの少し弱めた。

助けてくれ――そんな、目だった。その瞬間だけ、酔いがふっとさめたような、静かな濡れた目だった。

真琴は戸惑った。なんで、この人が助けを求めているんだろう？

監督の手には迷いが感じられるようになっていた。さっきまでの荒々しさと勢いがあきらかに失われていた。その一方で、「鳥海、ちょっとだけ静かにしててくれなっ」と、かちゃかちゃと自分のベルトに手をかけはじめる。

訳がわからなかった。でも、今しかないと思った。

真琴は監督の片腕をつかんだ。そのまま、思いきり力を入れて、引き倒した。監督はほとんど力を入れていなかった。もしかしたら、こうなることを、途中から心のどこかで望んでいたのかもしれない。

一瞬浮かんだ監督の体とのあいだに片足を入れ、勢いをつけて大きな体を押しのける。監督の熊みたいな巨体は簡単に部室の床に転がった。

そこからは、真琴自身、いったい何がなんだか、ほとんど覚えていなかった。

練習着のボタンがはずれた状態で、職員室に駆けこんだ。残っていた先生たちに事情を聞かれて、驚いた担任が親に連絡を入れた。一時間くらいすると、血相を変えた両親が飛んで来た。

「真琴！」両親が叫んで、真琴のそばに駆けよった。

真琴はうつむいて顔をそらした。いったい、どんな表情で接すればいいのかわからなかったのだ。くしゃくしゃにゆがんだ両親の顔がそれでも視界にちらついて、「ごめんなさい……」と、反射的にあやまってしまった。

父親と先生たちが話しこんでいる。真琴はその横で、保健室から持ってきた毛布にくるまれながら、ただただ震えていた。いったい、自分がどこに向かって流されていくのかもわからなかった。

真琴と母親はタクシーに乗って、先に帰されることになった。

無言の母親にかき抱かれて、後部座席で揺られながら、対向車のヘッドライトが向かってきては通り過ぎていくのをぼんやりと眺めていた。真琴の視界の中で、光という光は、あわくにじんで、ぼやけていた。「だから、男子の部に入るなんて、最初からお母さんは……」と、いつ小言を言われるかと思ったけれど、母はずっとだまっていた。ただ、真琴を抱くその手からは、静かな怒りが伝わってきた。

家に帰ると、まず風呂に入って、自分の体を洗った。一度では気がすまず、二度、三度とボディーソープをつけて、さわられた箇所を洗い流した。そのあとは、自室に閉じこもった。独りになり、布団にくるまると、ついさっきの荒々しい手の感触が生々しくよみがえってきて、震えがとまらなくなった。暴力的なほどに、圧倒的な力を思い出した。入部したときから、ずっと私のことを狙っていたんだろうか？　それとも、本当にアルコールに飲まれた突発的な衝動だったのだろうか？

どちらにしろ、信頼していた人に裏切られて、もう野球部には戻れない、と覚悟した。

携帯電話を引きよせる。布団を頭からかぶると、ぼんやりと明るく繭《まゆ》の中が照らし出された。この中にいれば、どんな暴力の手も及ばないんだと安心した。

龍也が前に話してくれたことがあった。小学生のころ、こわい話を聞いてしまったあと、寝るときにはブランケットを頭まですっぽりかぶって寝た。頭はもちろん、手や足がちょっとでも出ていたら、幽霊に引っ張りこまれると思っていたらしい。

それを聞いたとき、真琴は笑った。どれだけこわがりな子どもだったんだと笑った。でも、今はそれがわかる。ちょっとでも肌を外に出していたら、あのいやらしい手が今にも伸びてきそうだった。ぬめっとした感触を思い出したとたんに、鳥肌が立って、身震いがとまらない。指の先まで震えて、携帯電話のボタンもうまく操作できない。

着信履歴にずらっとならんでいる龍也の名前。発信のボタンを押しかけた。でも、すぐに手がとまる。

　いったいなんて伝えればいいのかわからない。どんな言葉を使えば、あのときの恐怖を、あのときの屈辱を再現できるというのだろう？　きっと、龍也君は要領を得ない私の説明にしびれをきらすだろう。龍也君のことだから、自分のことを心配して、こんな遅い時間でも家まで来かねない。

《ごめん、明日の朝練は行けないかも》とだけメールを打って、すぐに電源を落とした。もう夜も遅い。明日がどうなるかなんてわからない。でも、明日はすぐにやってくるのだ。


「真琴」突然揺り起こされた。

　目を開けると、ベッドの横に大きい男のシルエットが立って、自分の体に手を伸ばしていて、真琴は一瞬体をこわばらせた。

　目覚めたばかりの真琴は、すっかり昨日の出来事を忘れていた。体が大男に対して恐怖を感じ、拒否反応を起こしているのに、寝ぼけている頭のほうはその理由を思い出すことができない。徐々に意識が覚醒してきて、ようやく昨夜のいまわしい記憶がじわじわとよみがえってくる。

「落ち着いて聞いてほしい」そう言っている父親のほうが、すでにそわそわと落ち着きがなかった。「監督は昨日、逮捕された。学校側は穏便に解決したいと申し入れてきたんだが、冗談じゃない。俺がすぐに通報した。監督も酔いがさめたみたいで、素直に罪を認めた」

ああ、何もかも終わった、と真琴は思った。いったい私はどこで野球をつづけていけばいいんだろう、チームのみんなはどうなるんだろうと、まだはっきりと働かない脳みそをふりしぼりながら考えた。

「真琴は、これから昨日の出来事を警察の人に話さなきゃいけない。できるか？」

うなずいた真琴は、父の目を見つめながら「野球部は？」と、聞いた。喉がからからでうまく声が出せなかった。

「わからないけど、こんなことがあったら、当面は活動できないだろうな」

絶句した。センバツもひかえているのに、私のせいだ……。呼吸が荒くなってくる。そんな真琴の心を瞬時に読みとったのか、誠治がベッドの縁にすわって、真琴の手に手を重ねる。

「お前が悪いんじゃない。お前は何も悪くない」

そうなぐさめられても、素直に納得できるはずがなかった。私がひたすら我慢して、だまっていたら、今日も何も変わらない日常が待っていたかもしれないのに……。

「俺も父母会でちょっと話したことがあるけど、楠元さんは紳士的な人だった。たぶん、ちょっと……」そこで誠治は言葉をつまらせた。「酔って自分をなくしてしまったせいでこうなっちゃったんだ。真面目な人だから、きっと今は反省しているはずだ」

父自身が、いったいどういうスタンスで、どのように伝えればいいのか戸惑っている様子だった。娘に乱暴した男に対する怒りは当然ある。きっと、今にも爆発しそうな感情をおさえつけているのだろう。低く震える声から、それはじゅうぶんすぎるほど伝わってくる。けれど、傷ついている真琴の手前、監督をあしざまに言うこともできないようだった。

「とにかく、警察には俺がついていくから、なんにもこわいことはない。立ち入ったことを聞かれて、嫌な思いをするかもしれないけど、辛抱して頑張るんだぞ」

枕の上でかろうじてうなずいたものの、あの出来事を正確に伝えられる気がしなかった。恥ずかしい、という思いももちろんある。それよりも、あの瞬間の、悔しさ、憤りを絶対に他人とは共有できないという孤独感のほうが強かった。

誠治が出ていってから、真琴はケータイの電源を復活させた。その瞬間、いっせいに何通ものメールが届く。

ほとんどが龍也からだった。具合が悪いのか、大丈夫なのか、という、真琴を気づかった内容だった。

いったい、なんて返事を書いたらいいんだろう？　龍也がすべてを知るのは時間の問題だ。ぐずぐずと考えているうちに、手の中のケータイが鳴った。ディスプレイには、龍也の名前が表示されていた。真琴はおそるおそる通話ボタンを押した。

「どうしたんだよ、マコ！」龍也の切迫した声が響いてくる。

「うん……」いざとなると、まったく言葉が出てこない。何から説明していいのかもわからなかった。

「今さっき、部の連絡網で教えられて」龍也は、そこでぐっと声を低くした。「監督が逮捕されたって言われて、しかも、マコに何か関係ありそうだって言うし、でも連絡をくれたヤツも、全然状況がわかってなくて、マコもどうにかなっちゃったんじゃないかって、俺、心配で……」

「うん……私は大丈夫だよ」ようやくそれだけを口にした。

「いったい、何がどうしたっていうんだよ？　ホントにマコは何か関係があるの？」

問いつめるような口調に、胸苦しさを感じた。龍也君だって、一刻も早く真実を知りたいんだ、私のことが心配で心配でたまらないんだ――そう思っても、なかなか電話では話を切り出しにくかった。

しばらくのあいだ、沈黙がつづいた。

「とにかく、俺は学校に行ってくるから。野球部もしばらく活動できないっていう話だし、そのあとそっちに行くから」なかなか話をしない真琴にしびれをきらしたように、龍也はあわただしく電話を切った。ツーツーという音がむなしく響く。

いったい、真実を知ったら、龍也君はどんな顔をするだろう？　怒るだろうか、悲しむだろうか？　それとも、ただ優しく抱きしめてくれるだろうか？

真琴はようやくの思いで着替えをすませ、父の車に乗って学校の最寄りの警察署に行った。

警察署では、女性の刑事に話を聞かれた。こちらのことを気づかってくれて、「つらかったね」「こわかったね」と、優しい言葉もかけられた。

それでも、どういう状況で、どんなことをされたのか、根掘り葉掘り聞かれると、体の内側までのぞかれて、裸にされるような羞恥を感じた。事細かに書かれた調書を、きっといろんな人が読むに違いない。女子のくせに、男子野球部に所属していると、白い目で見られて、非難されるんじゃないかと思った。

家に帰ってからは、母親がほとんど一時間おきに、真琴の様子をうかがいにきた。「食欲は？」「何かほしいものある？」「調子はどう？」と、聞きながら、部屋を眺め渡して、何か異状がないか点検しているようだった。

話し疲れたということもあるけれど、起き上がる気力がまったくわかなかった。監督のことをちょっとでも考えてしまうと、呼吸の間隔がせばまって、頭ががんがんと痛んでくる。私の心をめちゃくちゃに踏みにじった憎い相手なんだからと思いこもうとしても、酔っていない、紳士的なほうの監督の笑顔が割りこんできて、邪魔をしてくる。

野球をつづけるかぎり、監督の影に一生つきまとわれることになるかもしれない……。真琴はまたすっぽりと毛布をかぶって、襲いかかってくる嵐をなんとかやり過ごそうとした。

その嵐が早く過ぎ去ってくれることだけを一心に願った。

家のチャイムが鳴ったのは、五時過ぎだった。

ベッドに横たわっていた真琴は起き上がって、部屋のカーテンをめくってみた。龍也かと思ったら、インターフォンの前に立っていたのは雫だった。

家の中の母親とやりとりをしている声が、うっすらと聞こえてくる。真琴は二階の自室から駆け下りて、雫を玄関で迎えた。

「電話とかメールじゃ聞けないようなことだから、直接聞きに来た」雫は泣きそうな顔になって真琴を見つめた。

真琴の部屋に入ると、雫は声を落とした。

「こんなこと、聞くべきじゃないかもしれない」真琴が椅子をすすめても、立ったままかたい表情を崩さない。「でも大事なことだと思うんだ」

「雫が私に聞いちゃいけないことなんてないよ」

「真琴先輩……」空気をひゅっと吸いこんで、緊張した面持《おもも》ちで聞いてくる。「あの監督に、どこまでされたの？」

「どこまでって……？」

「これは大事なことだよ。学校の説明では、セクハラがあったっていう話だけど、強制わいせつ罪って言葉だけが独り歩きして、実はヤラれたんじゃないかって、みんな勝手にウワサしてて……。それで、私、心配で心配で、ここまで来るあいだも、気が気じゃなくって……」

「ヤラれたって……」真琴は笑い飛ばそうとした。でも、顔がこわばっていて、うまく笑えた自信がなかった。「まさか、そんなわけないじゃん」

雫はじっと真琴の反応をうかがっていた。まるで尋問をする刑事みたいな、少しの表情の変化も見逃すまいという鋭い眼光だった。

「ちょっと、さわられただけだよ」言えば言うだけ、なぜか真実味が薄れていくような気がしたけれど、真琴は懸命に訴えた。

「ホントに、ホント？」

「あ……でも」

「でも？」

「ちょっとさわられた、というのは、でも、違うかも。思いっきりかも……」

雫が息をのんで、真琴を見つめる。真琴はムリして笑顔をつくった。

「でもね、危なくなる前に、逃げ出せたし。私は大丈夫だよ」

「そっか……」雫は脱力したように、ベッドの上にどっと腰を落とした。「真琴先輩が無事でホントによかったよ」

真琴も雫のとなりに座る。雫が片腕をまわして優しく抱きしめてくれる。真琴は、しばらくのあいだ雫の温《ぬく》もりを感じながら、相手の体にもたれかかっていた。

「いずれ、もとどおりになるから。何もかも、きっと」あくまで気楽な感じをよそおって雫が言う。「だから、大丈夫だよ」

自分の肩にまわされた雫の手元に、視線が自然と吸いよせられた。

カッターの切り傷はもうほとんど消えていた。よく見れば、うっすらと皮膚の色の違うラインがわかる程度だ。何もかも、もとどおり——その言葉が本当だと真琴は信じたかった。信じてみようと思った。

しばらくすると、また家のチャイムが鳴った。今度こそ龍也だった。

「さてと……」と、雫が立ち上がって、カバンをつかむ。「邪魔者は消えますかね」

真琴は雫の袖を無言でつかんだ。なんとなく、雫にいてほしかった。あれだけ会いたいと思っていたのに、いざとなると龍也の顔を見るのがこわくなってくる。

母親に通されて、龍也が部屋まで上がってきた。後ろ手で扉を閉めた龍也は、雫が目の前にいるのにもかかわらず、いきなり真琴を強く抱きしめた。

「ホントに心配した」さらに力をこめて、背中をさする。「でも、よかった。マコが無事で」

ありがとう、という言葉は、龍也の力強い抱擁《ほうよう》に吸収されてしまったみたいに、途中で幸福の大きな波にさらわれて消えていった。そのかわり、昨日の夜からぬぐいきれなかった不安も、ことごとく吸いとってくれたように感じられた。

龍也と雫は真琴を介して何度か会っていた。いつも真琴の天然エピソードを互いに披露して盛り上がっているので、真琴としては二人を会わせたことを後悔している。でも、今日ばかりは、自分の両脇に二人が寄りそってくれることを本当に心強く感じていた。

「じゃあ、私は帰るね」雫が手をひらひらと振って別れを告げる。

「うん、じゃあね」真琴と龍也も手を振り返す。

「龍也先輩」扉を開けてから、雫が何かを思い出したように振り返った。「私、龍也先輩に言っときたいことがあるんだ」

「何？」

「真琴先輩を泣かせたら、私が絶対に許さないからね」

それを聞いた龍也の口元がふっとゆるんだ。

「わかってるよ」そう言って、かたくうなずく。「絶対にそんなことはないから」

満足そうな笑顔を浮かべて、雫は部屋を出ていった。

真琴の心の中が温かくなってくる。龍也の言葉ももちろんだし、雫の気配りにも感謝した。龍也の力強い言葉を真琴に聞かせたいがために、わざわざクサいセリフをぶつけたのだ。いくら二人から天然だと言われつづけている真琴にだってわかる。

「とりあえず、ミーティングがあってね、一週間は活動を自粛することになった。それは、みんな納得してる。こんなことがあったあとだからね」龍也は野球部の近況から話しはじめた。「それよりも、監督に対するショックがやっぱり大きいみたいだね。なんたって、信頼をよせてた人が、あんなこと……」

龍也は言葉をつまらせた。「あんなこと」をされた張本人が目の前にいるのを、今思い出したみたいに、悔しさを顔いっぱいににじませて、真琴の頭をなでた。

「マコは、ホントに大丈夫なの？」

「うん……」うなずいてから、真琴は勇気をふりしぼって、龍也の目を見つめた。

「ねぇ、お願いがあるんだけど、聞いてくれる？」

真琴はめったにわがままを言わない。龍也と付き合えているだけで夢みたいなことなのに、それ以上を望んだら、両手からひとしずくの希望がぽとりとこぼれ落ちてしまいそうだったからだ。

でも、今日だけはあまえたかった。今日一日だけは。

真琴はベッドの縁に龍也を座らせた。その前に、龍也と同じ方向を向いて座る。

「しばらくこうしててほしいの」

龍也の両腕を体の前にまわして、ぎゅっと後ろから抱きしめてもらう。

まるで、大きなキャッチャーミットにすっぽりと包まれて、守られているような気分だった。このにおいだと思った。心の底からほっとする、太陽みたいな龍也君のにおいだ。


龍也が帰ってから、しばらく寝てしまった。こんなにのんびり過ごしたのは、高校に入ってからはじめてのような気がした。

昨日の夜から、まともに食べていなかった。さすがに空腹をおぼえて、部屋を出た。午後から仕事に行っていた父が、階下のリビングで母親と話している。真琴は踊り場で耳をすませた。

「示談なんて、冗談じゃないよ！」誠治が声を荒らげている。「俺たちは、金が欲しいわけじゃないんだ。我々が告訴しなきゃ、刑事罰に問えないんだぞ！」

「でもね……」と、母親が疲れた声で言い返す。「これで、告訴したら、真琴は検察にも話をしなきゃいけないっていうじゃない。それで、また裁判でしょ？　ちょっとは、真琴の負担も考えてあげてよ。また一から十まで昨日のことを話さなきゃいけないなんて、あんまりでしょ」

監督には、一言でいいからあやまってほしかった。鳥海、すまなかった、と頭を下げてほしかった。部員のみんなに対してもあやまってほしかった。ただ、それだけでよかった。裁判とか、刑事罰とか、そんなものどうだっていい！

「それ相応の罰を受けてもらわなきゃ、また繰り返すかもしれないぞ、あの男は！」

誠治がテーブルをこぶしで叩く音が響く。

真琴はゆっくりとリビングに入っていった。最初に気づいたのは母親だった。背を向けて座っていた父も、気配を感じとった様子でこちらを振り返った。

「真琴……」ついさっき怒鳴り声を上げていた誠治が、急に声を落として、力なくつぶやいた。「大丈夫か、真琴……」

「もう、これ以上、波風立てないで。野球部をぐちゃぐちゃにしないで」真琴はフローリングにひざまずいた。「お願いだから、もう、そっとしておいて」

自分がされた屈辱的な仕打ちを、これ以上関係のない人に事細かに話せと言われたら、心がもたない気がした。訴えを起こしたら、また多くの人が注目してしまう。野球部に迷惑がかかってしまう。それは耐えられないことだった。

「また、野球ができれば、私はそれでいいんだから」床に額を押しつけた。「だから、お願い！　もう昨日のことを掘り返さないで！　お願いします！」

両親があわてて立ち上がって、真琴を両脇から抱え上げる。

「悪かった、俺が悪かった……」父の大きい体は小刻みに震えていた。それが、怒りによるものなのか、悲しみによるものなのかは、真琴にはわからなかった。

両親も苦しんでいる。そう思うと、早く立ち直って、元気な姿を見せなければと思った。

「ただ、俺からもお願いがある」ほとんど寝ていないのか、誠治が真っ赤に充血した目で真琴を見つめた。「これからも野球をつづけるんだったら、女子チームでやってくれ。転校してもいい。友達がいて、転校するのが嫌なら、クラブチームでやってもいい。お願いだから、男子の中ではもうプレーしないでくれ」

突然そう言われて、さっきまで抱きしめてくれていた龍也のことをふと思い出した。龍也君と離れ離れのチームになってしまう……。

真琴は母親を見上げた。母はだまってうなずいた。あなたの好きなようにしなさいと励ますような目だった。

「うん……、わかったよ」真琴はうなずいた。大丈夫、たとえチームが変わったとしても、龍也との関係が壊れることはないと確信していた。

それからの数日は、いろんな人が家にやってきた。まず、校長をはじめとしたえらい人たちが謝罪に来た。それから、保釈された監督本人が、同い年くらいの男性をともなってやってきた。どうやら弁護士の人らしい。

真琴に直接あやまりに来たようだ。でも両親がそれをかたくなにこばんだ。

父親の怒鳴り声がリビングから響いてきて、部屋にとじこもっていた真琴はいたたまれない気持ちになった。布団をかぶって、イヤフォンをつけて、外界の情報をすべてシャットアウトした。

諸角先生も、沈痛な面持ちで真琴に会いに来た。自分が楠元監督の人柄を見誤っていたから、こんなことになってしまったんだと、何度も何度も頭を下げた。真琴は首を振った。自分で選んだことだったし、その選択に悔いは一つもなかった。

おとなたちが申し訳なさそうな顔をしていると、だんだんと自分がしっかりしなきゃいけないという気持ちが強くなってくる。私が一日も早く学校に復帰すれば、龍也君も雫も、お父さんもお母さんも、周囲の人たちも、一日も早くあの出来事を忘れてくれるに違いない。

もし、父の願いを聞き入れて、五本木の野球部をやめたとしたら、学校の中では本当にただの女子生徒になる。

　それはそれでいいかもしれないと思いはじめていた。

　結局、真琴の気持ちが尊重されて、示談は成立した。楠元監督は五本木学園野球部を辞任した。


　学校側から、野球部に向けて大事な発表があると知らされたのは、事件から二週間後のことだった。放課後に緊急のミーティングがあるらしい。それまで学校を休んでいた真琴は、その場をかりて、退部することをみんなに伝えようと思った。迷惑をかけてしまったことをあやまりたかったし、お荷物でしかなかった自分を今まで温かく見守ってくれたことに、一言お礼を言いたかった。

　龍也と駅で待ち合わせをして、学校に向かった。二人とも緊張していた。

　それまで肩をならべて歩くときは、朝練の早い時間帯だったから、通学路にはほとんど誰もいなかった。こうしてふつうの登校時間に待ち合わせてみると、周りにはたくさん生徒たちが歩いていて、自分たちのことをじっと観察しているような気がしてくる。

　もう十一月の後半で、だいぶ寒くなってきた。曇って陽があたらないせいか、風も冷たく、すでにマフラーをしている生徒も多い。うつむきかげんで歩きながら、真琴は野球部をやめるかもしれないと龍也に告げた。

「なんで、マコがやめる必要があるんだよ！」と、最初は憤っていたものの、真琴が父親の言葉をそのまま伝えると、龍也はだまりこんだ。

「ここじゃなくても、野球はできるからさ」真琴はおずおずと龍也を見上げる。「それに、チームが変わっても私たちは私たちのままでしょ？」

「もちろん、俺たちは変わらないよ」龍也がうなずく。「いつでも、投げこみ受けるからさ」

その言葉で、真琴の意志はかたまった。一度心の中で気合いを入れ直してから、真琴は校門を踏み越えた。

担任には、しばらく保健室に登校するように勧められたけれど、真琴は断って教室に向かった。早く日常に復帰したかったたし、手持ちぶさたのまま、いったい保健室で何をすればいいのかわからなかった。腫れ物にさわるような扱いをされると、セクハラ以上の重大なことがあったんじゃないかと、勘ぐる人が出かねない。

教室では、じろじろ見られているような気がしたけれど、いつもどおりの行動を心がけた。真琴にふれてくる生徒はいなかった。真琴は耐えた。直接そのことについてふれてくる生徒はいなかった。

は、この教室がすべてじゃないことがわかっている。教室の外には、龍也がいる。雫がいる。そして、打ちこめる野球がある。

放課後になると、真琴は野球部のミーティングが行われる空き教室に向かった。仲のいい部員からは、いろいろと話しかけられ、なぐさめられた。この大事な仲間たちのもとを離れるかと思うと、心苦しい気持ちになった。今は三年生が引退して、一、二年生だけの四十一人。一致団結して、この危機を乗り切ってほしいと心から願った。

ミーティングはものものしい雰囲気だった。校長と副校長、そして野球部部長――つまり、顧問である竹下《たけした》先生が出席した。今後の練習の再開予定や、新しい監督について話があるものだと思っていた。しかし、校長が重々しい口調で話した内容は、思いもよらないものだった。

「残念ですが、春の甲子園――つまり、センバツは出場を辞退します」

一瞬、沈黙が教室を支配した。

「今回の件では、楠元監督が重大な不祥事を起こしたということで、野球部としても何らかの責任をとらざるを得ないという結論に達しました」

教室が騒然となった。

「俺たちには関係ないじゃないですか！」真っ先に立ち上がったのは、新チームでキャプテン、エースを務めているバラだ。「そんなのおかしいと思いませんか！」

「これは野球部全体の問題だからね。しかたのないことなんだ」気の弱そうな校長が、たじたじとなりながらも説得をつづける。

「そりゃ俺たちが、タバコを吸ったとか、暴力を振るったとかだったらわかりますよ。連帯責任になるのもわかりますよ。でも、おとながやったことに対して、生徒が責任とらされるなんて、どう考えてもおかしいですって！」

バラが叫ぶと、口々に周りの部員たちが同意の声を上げる。小柄な校長が、大柄な子どもたちに責め立てられて、さらに小さくなっていた。副校長がすぐに助け舟を出した。

「とにかく、これは決定したことだ。高野連にも申し出て受理された。もう覆《くつがえ》らないことだ」副校長が胸元のネクタイを締め上げながら言った。「すでにこの件は、マスコミにも知られはじめている。この時代、人の口に戸は立てられない。どんどん広まっていく。学校としては、早急な対応が必要だった」

真琴はいちばん後ろの席で、冷や汗が噴き出て、心臓がばくばくと音をたてるのを感じていた。マスコミ？　なんで、私が体をさわられたという、とるにたらないことを、マスコミが取り上げるんだろう？

「まあ、代表校が正式決定される前でよかったよ」部長の竹下先生が、緊張感のない声を響かせた。「決まってたら、ますます世間の耳目を集めるところだったからね」

東京都の秋の大会で、五本木学園は準優勝した。秋季大会は東西関係なく、東京都のすべての学校が参加する。優勝すれば、文句なくセンバツ決定。準優勝校は、その他の関東の学校との戦績の兼ねあいで出場が左右される。

　五本木の場合は、今までの実績から出場が確実視されていた。代表校は来年一月に発表される予定だ。その正式決定が下る前に、ほかの関東の補欠校に代表をゆずるかたちで、波風立てずにフェイドアウトできてよかったという本音が、竹下先生の口調ににじみ出ていた。

　まさか……、まさか、出場辞退になるなんて、真琴は考えてもみなかった。もし、私がだまって耐えていたら、辞退はさけられていただろうか？　もし、私がすべてを一人でのみこんで、何事もなかったように家に帰っていたとしたら、甲子園に行けたんだろうか？

　みんなが血を吐くような厳しい練習に耐えてきたのを、真琴は日々間近で見ている。すべては夏の甲子園、一回戦で敗れ去った先輩たちのリベンジを果たすため――ただそれだけを考えて、歯を食いしばってきたんだ。その努力を無にしてしまったのは、私なんだ……。

　真琴は、いちばん後ろの席で体を縮めながら、ごめんなさい、ごめんなさい、と心の中で何度もあやまりつづけた。

「なんで、俺たちに一言の断りもなく、辞退を申し出るんですか！　どう考えてもおかしいでしょ！」キャプテンのバラの言葉に追随して、部員たちも不満の声をつのらせる。

真琴は、前のほうに座っている龍也の背中を見た。腕を組んで、じっと動かない。いったい、何を考えているのかわからない。

「今度は俺が甲子園で投げる番だったんだ！　カタキをとってやるって、後藤先輩に誓ったんだ！」バラが頭を抱えて、椅子に座りこんだ。「だいたい、監督本人はどこですか！　本人の口から、まったく何も聞いてないんですよ！」

秋季大会では、ブロック予選から、本戦の決勝まで、バラがほぼ一人で投げきってきた。しかも、ムードメーカーで、リーダーシップがあるという理由で、主将まで任されている。旧チームの甲子園初出場が背後にちらつくなか、当然、代が替わっても強いだろうという期待や重圧を背負って、ようやくセンバツの切符をつかみかけていたのに。

となりに座っていた龍也が、その肩をぽんぽんとたたく。それでも、バラはおさまりきらない感情を爆発させるように怒鳴った。

「どうしてくれるんだよ！　俺たちの努力はどうなるんだよ！」

「林原君、君には来年の夏がある。最後にチャンスが残ってる。君の実力なら、きっと大丈夫だ」校長が未来に目を向けさせようとする。「腐らずやっていれば、きっとこの経験もいい糧《かて》になる」

「知った口きかないでください！　学校なんて、世間体しか考えてないんだろ！」

龍也が必死にバラをなだめようとする。だけど、バラはいきなり後ろを振り返った。

「あいつがいたから、こうなったんだ……！」バラが真っ直ぐ真琴を見つめる。憎悪のこもった目で、にらみつける。

あいつ——最初は監督のことだと思った。みんながそう思ったはずだ。でも、どうやら違うらしいとすぐに真琴は気づく。

「全部、鳥海のせいだ」ぐっと低くおさえた、つぶやくような声が、教室にゆっくりと響きわたった。「全部……、全部、お前のせいだよ！」

「おい！」龍也が立ち上がって、バラの胸ぐらをつかむ。「そんな言い方はないだろ！　マコは被害者なんだぞ」

「被害者？　俺たちの努力をぶち壊したのはこいつだぞ」バラが龍也の手を強引に振りほどく。「女が男子の野球部にいるっていうのが、そもそもおかしいだろ。俺たちは最初からだまされてたんだ。こんなヤツが部にいなかったら、事件は起こらなかったんだぞ！」

先生たちは、立ち上がったまま、言い争う二人を交互に見つめていた。副校長があわてて教室を出て、べつの先生を呼びに行く。

またださ──と真琴は思った。教室のいちばん後ろで、なすすべもなく立ち尽くしていた。自分のために、また野球部がばらばらになっていく。今度という今度は、もうダメかもしれないと覚悟した。

「絶対にこいつが監督をそそのかしたんだ！」バラが真琴を指さす。「試合に出してもらえないからって、恨んでたに違いない」

部員たちがいっせいに真琴を振り返る。突き刺すような視線に、真琴はひるんで後ずさった。

「俺だって言いたくはないけどさ……」バラがそこではじめて言いよどむ。

「おい、どういうことだよ！」そう叫んだ龍也の顔には、はじめて動揺の色が浮かんでいた。「そこまで言ったんなら、全部言えって！」

「鳥海が監督の車に、二人っきりで乗ってるの、俺ははっきり見たんだ」バラは床を見つめながら、声をぐっと落として吐き捨てるように言う。「きっと練習試合に出してもらえるように、媚《こび》売ってたに決まってる」

「そんな……」真琴は突拍子もないうそに言葉を失った。

「でも、あのときばっかりは、監督もたまたま酔っぱらってて、理性を失ってたから、あんなことに……。鳥海もいざとなったらこわくなって、職員室に助けを求めたんだろ？」

　周囲の色や音が急激に薄れていくのを感じた。たくさんの目がこちらをじっと見つめているのに、その光景がはるか遠く、渦を巻いて押し流されていく。

　この理不尽な波から身を守るすべを、真琴は持っていなかった。ただ、放心して、バラの言葉を否定することもできずにいた。

「しかも、示談にしたって話じゃねぇかよ！　えっ？　お前はいったい監督からいくらもらったんだ？　それで、解決して水に流すってこと自体がおかしいだろ！」

「違う！」思わず真琴は叫んだ。これ以上、真琴に負担をかけたくないと涙ながらに話していた母親の気づかいを、みんなにわかってほしかった。野球部にこれ以上迷惑をかけたくないという自分の思いも知ってほしかった。お父さんが言うように、お金なんかじゃない！　絶対にない！

「何が違うんだよ！」バラがなおも血相を変えてまくしたてる。「何百万かもらって、そのまま監督許すなんてさ、ふつうの被害者だったらありえねぇだろ！　だからよぉ、こいつと監督は最初からつながってたに決まってんだよ！　その挙句に金をむしりとる汚ねぇヤツなんだよ！」

「おい、マコ！」龍也がこちらに歩いてくる。真琴の肩をつかんで揺さぶった。「そんなことあるわけないよな！」

真琴は揺さぶられるまま、下唇を嚙んで、教室の床を見つめつづけた。

「そんなことは、してません」真琴は首を振る。「監督とは、あの日、ほとんどはじめて、まともに話したくらいです」

「デタラメ言うなよ！」龍也が怒気のこもった低い声を発しながら、バラに向き直る。

「デタラメじゃねぇよ！」バラも龍也をにらみつける。「だいたい、龍也は何しにここへ来たんだ？　何をするために、五本木に来たんだ？」

「は？」一瞬、龍也の顔がこわばった。「関係ねぇだろ、そんなことは！」

「いいから答えろよ！」

「野球をしに来たに決まってんだろ！」

「だろ？　お前、野球部をめちゃくちゃにされて、甲子園行きをつぶされて悔しくないのか？」

「そりゃ……」うつむいて、力なくつぶやく。「悔しいよ」

「俺たちが、どんだけ死ぬ思いで練習してきたか覚えてないのか？」バラが龍也の肩に手をかけた。「それが、鳥海のせいで一瞬にして水の泡だ。俺は憎い！　絶対に許せない！」

龍也はうつむいたまま、無言でこぶしを握りしめている。それを見た真琴は、体がわなわなと震えるのをとめることができなかった。

嫌でもわかった。私は野球部のために生贄《いけにえ》にされる……。

バラが意識的に自分を敵に仕立て上げようと画策しているのか、それともとっさについてしまったうそのせいで、さらに苦しまぎれのうそをつきつづけているのか、真琴にはわからなかった。そんなことは、どちらでもよかった。この場にいる誰かが罪を背負わなきゃいけないなら、野球部がふたたびまとまるのなら、私は悪者になってもいいとさえ思えた。それなのに、心のどこかでは悲しくて、悔しくてしかたがなかった。その正直な気持ちがあふれ出さないように、懸命に上からふたをして、おさえつけた。

体育教師をしたがえた副校長が戻ってきたけれど、冷え切った教室の雰囲気を変えられるわけもなく、ただ手をこまねいて、扉のところにかたまって立ち尽くすだけだった。

「林原君、落ち着いて聞きなさい」教師が増えたことを心強く感じたのか、校長先生がバラに歩み寄る。「アルコールに負けて、突発的な衝動であんなことをしてしまって申し訳ないと、楠元監督は言っていた。林原君の勘違いということもあるんじゃないのか？」

「うそだ！」バラがなおもまくしたてる。「俺はたしかに見たんだ！」

部員たちは真っ二つに割れていた。バラはいつも明るく部をもり立てて、人望が厚い。バラが言うなら、バラがそうだと主張するなら——そっくりそのまま発言を信じてしまう部員がいたとしてもしかたがない。

龍也君さえ自分のことを信じてくれていたら、それでいいと思った。

ちらりと目が合う。龍也の冷ややかな目が真琴を射抜いた。真琴はすぐに目をそらした。

今まで築き上げてきたものが、音をたてて崩れていくような気がした。腰が抜けてしまったように、近くの椅子にへたりこんだ。

「とにかく、センバツ辞退ということは伝えたからな」竹下先生が強引にこの場をまとめにかかる。「新監督の人選はこちらですすめておく。これから、冬になることだし、監督が決まるまでは、各自でできることをすること!」

ほら、解散だ、と叫びながら、体育教師たちが部員を強引に追い出しにかかる。バラの発言が本当だろうと、うそだろうと、学校側の対応は変わらない。むしろ、面倒なことは丸投げにしたいという気持ちがありありと見えた。

もう、この教室には、誰も味方はいないんだ。

ちくちくと刺すような部員たちの視線に耐えられなくなった真琴は、カバンをつかみ、走って逃げ出した。そんなことをしたら、ますます疑われることはわかっているのに、もう何がなんだかわからなくなって、体が反応するままに駆け出してしまった。

背後で名前を呼ばれたような気がしたけれど、かまわず校門を走り抜けた。

携帯電話には、まったく知らないアドレスから、頻繁にいたずらメールがくるようになった。読まずに削除するように、両親から言われていた。それでも、しつこく毎日送られてくるので、アドレスを変更しなければならなかった。

無言電話もかかってきた。もちろんすべて無視した。

家のパソコンは、ＬＡＮケーブルを抜かれて、ネットができない状態にされた。いったい、自分の周りで何が起こっているのかわからなかった。両親は説明してくれなかったし、真琴も聞く気はなかった。あのミーティングの日から、何を食べても味を感じなくなっていた。日常生活も同じように、まったく味つけがされていない、つかむとすぐにぐずぐずに崩れてしまう、無色透明のゼリーのような毎日だった。目の前にいる人々や物が何かに操られて、機械的に動いている気がして、しかも早送りのように、猛スピードで何もかもが通り過ぎていくようで、この世界が今まで自分が生きてきた実物の世界だとは到底思えなかった。

学校では、あきらかにクラスメートたちの反応が変わっていた。真琴が登校すると、あからさまに眉をひそめて、足早に離れていく。完全に無視されているのに、ささやきを交わす声だけは、筒抜けで聞こえてくる。

「監督とデキてたらしいよ。練習試合に出られるようにって」

「君澤君がいたのにね」

「しかも、金で解決したって話だぞ」

不思議なのは、それをずっと聞いていると、そっちのほうが真実なんじゃないかと思えてくることだ。私のほうが、試合に出たいがために監督を誘い、裏切り、結果として野球部はセンバツ辞退を余儀なくされた。そっちのほうが、本当なんじゃないだろうかとふと信じかけてしまう。

数は多くないけれど、学校の門や、家の前に見知らぬ人がいて、話しかけられることが増えていた。

「鳥海真琴さんだよね？　ちょっとお話いいかな」たいてい優しい口調で近よってくる。すべて無視しなさいと両親に教えられていたので、真琴は叫び出したい衝動をぐっとこらえながら、走って逃げ出した。家の前では母親が出てきて、真琴を守るように玄関まで招き入れてくれた。

でも、何よりこたえたのは、龍也に連絡がつかなくなったことだ。変更したアドレスや電話番号を教えても、音沙汰がなかった。学校でも、巧妙に自分のことをさけているのか、廊下ですれ違いもしなかった。

もう、限界だった。ある朝、靴を履いて、玄関の扉に手をかけたところで、足がかたまった。根を張ったように一歩も動けなかった。動悸がして、理由もないのに涙があふれた。その場にしゃがみこんでいたところを、母親に見つかって、部屋に連れて行かれた。

「私、しばらく、学校休みたいな」ベッドの中で、ようやくつぶやいた。枕が濡れるほど、涙がこめかみをつたって流れていった。「ねぇ、いいかな？」

「いくらでも、休んでいいんだよ」母も、真琴の頭をなでながら、泣いていた。「真琴は全然悪くない。何も悪くないんだからね」

自分がこんなにも弱かったなんて全然知らなかった。どんな逆境に追いつめられても、学校だけは休まないだろうと思っていた。休んだら、その瞬間に負けだと。

でも、龍也に会えなくなったとたんに、外の世界に戦いを挑む勇気も気力も、簡単にしぼんでしまった。

テレビも見なかったし、ネットも見なかったけれど、外の世界で、べつの鳥海真琴が好き勝手に暴れているような気がして、そのドッペルゲンガーの暴走をみんなが真に受けて憤慨しているような気がして、もう本当の鳥海真琴は永遠に取り戻せないんだと思った。

それでも、雫だけは味方でいてくれた。本当の鳥海真琴がここにいることを知ってくれていた。よく家に遊びに来てくれたし、ずっと閉じこもっていると体に毒だからと、外に連れ出してもくれた。最初は気が進まなかったけれど、誰も鳥海真琴のことを知らない場所まで出かけたら、少しは気分も変わるかもしれないと思って、何度か遊びに出かけた。

「真琴先輩は体を動かしてないと、たぶん気が滅入《めい》ってくるだろうから」と言われて、ある日、神宮のスケートリンクに二人で行った。

スケートははじめてで、何度もこけた。運動嫌いの雫が、なぜかめちゃくちゃうまくて、すいすいすべっていくその姿を見て、真琴は笑った。手を引いてもらいながら、へっぴり腰ですべっていると、今まであった嫌なことをいっときでも忘れることができた。

誰も私のことを知らない。楽しそうにすべっている家族連れやカップルたちは、誰も私が傷ついていることを知らない。それが、気楽でもあり、また悲しくもあった。

「汗かくの、ひさしぶりっしょ？」そう雫に聞かれて、真琴はうなずいた。

子どものころからずっと運動していたのに、ここ数週間急に寝てばかりの生活になっていたので、鬱屈《うっくつ》するのも当然だと思った。

スケートを終えて、外苑を歩いていると、気持ちのいい金属音が遠くから聞こえてきた。甲高い金属バットの音だ。

バッティングセンターを見つけた真琴は、吸いよせられるように中に入っていった。

神宮のマシーンは、プロ野球選手がモニターに映し出されるシステムだ。画面の中の投手が腕を振りきると、穴からボールが飛び出てくる。

ひさしぶりに構えたバットは、めちゃくちゃ重たく感じられた。それでも、グリップに力をこめて、モニターの対戦投手を見すえる。今までの憤りをぶつけるようにして、飛んでくるボールをひっぱたくようにバットを振りきる。心地よいしびれが手に響くと、世界の色や形や輪郭が、鮮やかによみがえってくるようだった。

「やっぱり真琴先輩は野球バカだね」雫はネットの向こうで、あきれ顔になりながら、それでも笑って眺めていた。

ストラックアウトも、ワンゲーム挑戦した。九つにわかれたストライクゾーンの的を、ピッチングで射抜いていくゲームだ。

真琴はあと二球を残して、七枚まで抜いた。残りは比較的苦手にしているゾーン──高めの1番と2番だ。もう一球も失敗できない。

いつの間にか、背後に野次馬の人だかりができていた。真琴もひさしぶりの感触を味わいながら、ボールを持つ手に力をこめた。

「頑張れよ、姉ちゃん！」口々に声援がかかる。左のサイドスローということもあって、ここに通う野球通の男たちも、真琴がただ者ではないことを察知しているようだった。

ボールを握ると、一気に集中力が高まった。左上の1番に狙いを定めて、ゆったりと右足を上げ、モーションに入る。

ボールは、真っ直ぐ1番に吸いこまれていった。スパン！　という音が響いて、パネルが吹き飛ぶ。おおぉ、というどよめきがわきおこる。

この感触だ、と真琴は思った。この快感を体が忘れるわけがなかった。やっぱり、私は野球をやめられないんだ、と気づいた。

あと一枚。

真ん中高めの2番だ。真琴がいちばん苦手にしているコース。

苦手、というよりも、そもそも、そんなコースに投げようと思うことがない。真琴のストレートで真ん中高めのストライクゾーン――男子のベルト付近に投げれば、確実にヒットされてしまう。

ダメかもしれないな、と思いながら投げたら、案の定、ボールはとんでもない高めにすっぽ抜けてしまった。記録は八枚。背後の観衆からため息がもれる。真琴は野次馬たちにぺこりと一礼して、雫のもとに駆け戻った。

「おしかったね！」雫が興奮した面持ちで真琴を迎える。

「雫！」復活の糸口が、はるか遠くではあるけれど確実に見えた気がして、真琴は飛び跳ねながら、雫の腕にまとわりついた。「やっぱり私、野球しかないかも」

雫は、何も言わず、ただうれしそうに、うんうんとうなずいてくれた。


帰りに雫の家に寄った。新しい絵を見せてくれる約束だった。

雫が階下におやつを取りにいった。真琴は中学生のときから変わりのない、こざっぱりとした部屋を見渡した。

一つだけ変化を見つけた。最近、買ってもらったという、小ぶりのノートパソコン。

雫が上がってくる気配はまだない。真琴はそっと机に歩みよった。電源のボタンを押して、立ち上がりを待つ。

純粋な興味だった。インターネットを開いてから、自分の名前を打ちこんで検索をかけてみる。すると、五本木学園野球部の掲示板のようなものに行きついた。真琴はこういったものにうとかったし、今まで見たこともなかったので、どんなことが書いてあるんだろうと思いながら、ページを下にスクロールしていった。

手がとまった。

《将来有望なオトコを引っかけるために、強豪男子野球部に入ったらしい。》《正体、バレちゃったｗｗｗｗ》《ただの男好きのアバズレ。》《実際、プロ注目のキャッチャーと付き合ってたしな。》《監督を誘惑しといて、被害者面》《女を入れることがそもそもの間違いだろ。》《男を引っかけるために、キツい練習に必死で耐えるってすごくね？　ご苦労さん！》《とんでもビッチ!!!》

もうこれ以上見たくないと心が拒否しているのに、マウスを操作する手がとまらない。悪意に満ちた書きこみが次々と飛びこんできても、行から行へと視線が吸いよせられていく。

《ブスのくせに、根性すごいな。》《結婚詐欺を繰り返す女って、けっこうブスが多い。だから、そういう部類の人間なんだろ》《死んじまえ、クソブス！》《ブスガス自殺》

いったい、誰がこんなことを書くの？　なんの得があって、私の悪口を書くの？　なんだか、不思議と笑えてきた。涙がせきを切ったようにあふれてくるのに、口はゆがんだように笑っていた。マウスをにぎる反対の手は、無意識のうちに自分の頭をはたいていた。あまりにも悔しくて、でも、それをぶつけるところが見つからなくて、何度も何度も、自分の頭を思いきり叩きつづけた。それなのに、痛みはちっとも感じなかった。

さっきバッティングセンターで取り戻しつつあった世界の輪郭が、すぅっとぼやけて、ゆがんで、色あせていく。握りつぶしたゼリーみたいに、ふたたびぐずぐずに崩れていく。

コップが割れる音が、突然近くで響いた。

はっと振り向くと、雫が立っていた。その足元に、お菓子や、こぼれたジュースや、割れたガラスが散乱していた。

「何見てるの！」雫が足元の残骸《ざんがい》を飛び越えて、駆けよってきた。真琴から隠すように、ノートパソコンの画面を勢いよく閉じる。

「私、ただ野球がしたかっただけなんだよ……」かわいた笑いと涙がとまらなかった。

「わかってるよ！」

「私が野球をするのは、そんなにいけないことなのかな？」

「もう、何も言わないで！」雫が強く抱きしめてくれる。

こぼれたジュースが、フローリングにたまっているのが見えた。まるで、涙の水たまりみたいに見えた。雫の腕の中で泣きながら、もう死んでもいいかもしれないと思った。それは、意外にも安らかな気持ちだった。

心の中は不気味なほど穏やかなのに、自分の頭を叩きつづけるこぶしは、とめることができなかった。雫がその手首をつかんで体のほうへ引きよせてくれる。

雫とじゃれあっていた、たった数年前の自分をひどく懐かしく思い出した。でも、そのころの自分と、今の自分が連続しているような気がどうしてもしなかった。いつの間にか、別の鳥海真琴に体を乗っ取られたようで、もう無邪気なあのころには戻れない、あのときの純粋な気持ちにはなれないと思うと、どうしようもない悲しみが襲ってきた。

それでも、心がこなごなに砕かれる寸前で、雫がそれを包みこむようにつなぎとめてくれた。

「大丈夫だからね」雫が耳元でささやく。まるで赤ちゃんをあやすみたいに、背中をとんとんとかるくたたいて、左右に小刻みに揺れる。

「うん」真琴も答える。雫がいてくれれば。「大丈夫……」

「私はね、絶対に許さないよ」真琴を抱きとめたまま、雫はその優しいしぐさからは想像もできない、憎しみのこもった声でつぶやいた。「こそこそ逃げまわってる君澤龍也をなんとかして、真琴先輩の前に引きずり出すから」

「龍也君？」なんだか、ひさしぶりにその名前を聞いたようだった。知り合いの名前のような気がしたし、まったく知らない名前のような気もした。

「もしかして、まだ龍也先輩のことが好きなの？」雫は体を離して、あきれた表情で真琴の顔をのぞきこんだ。「こんなに無視されて、こんなに大事なときに放っておかれて、それでも好きって言えるの？」

そう言われて、ああ、あの龍也君のことかと、思い出した。不思議なことに、気づくのに、少し時間がかかった。もしかしたら、無意識のうちに忘れ去ろう、忘れ去ろうと、自分自身に働きかけていたのかもしれない。

「どうだろ？」好き、という感情が、どういうものだったのかも忘れていた。「わかんないや……」

あれだけ、毎日会えるのを楽しみに生きていたのに、もうあの燃えるような感情を思い出すことができないでいる。心の泉が涸《か》れ果てて、ふわふわと踊り出したくなるような、おさえてもおさえても浮き上がってくるヘリウム風船みたいな感情を、自分がかつて抱いていたということがどうしても信じられない。

「無責任なことを書いてる連中は、ほっとけば消えるよ」雫の表情は怒りに塗りつぶされていた。「でも、君澤龍也だけは、なんとしても真琴先輩にあやまらせるから」

そんなことしなくてもいいのにな、とは思ったけれど、真琴はもう抵抗する力を失っていた。家まで送るからという雫の厚意を断って、真琴は一人でとぼとぼと家に帰った。

真っ直ぐベッドに逃げこんだ。ここだけが、唯一、安らげる場所だった。

ふと思い出して、起き上がり、机の引き出しから古ぼけた軟式球を取り出してみる。ベッドに戻って、寝転がりながら、真上に投げた。ボールが落ちてくるとキャッチする。それを、あきることなく繰り返す。

そのボールには、かすれた字で、プロ野球選手になれよ、と書かれていた。

顔すらもほとんど覚えていないタクト君との思い出に支えられながら、私は野球をやってきた。タクト君だけは、自分を裏切らない唯一の男子だと思った。

タクト君のカタキをとるために、野球で戦ってきた。立派なおとなになりたいと言った、タクト君の言葉だけが、なぜか深く印象に残っている。

「リッパナオトナ」と、真琴は声に出してつぶやいてみた。なんだか、意味のある言葉のつながりとは思えないような、不思議な違和感だけが残った。

私たちは、本当に立派なおとなになれるんだろうか？　とっさの怒りをぶつける相手を見失って、口から出まかせを言ってしまったバラ。私をおいて、どこかへ行ってしまった龍也君。心ないウワサをまき散らす、顔のない人たち。そして、私……。

今度は枕元に置いているケータイを無意味にいじくった。保存ボックスにおさめられた写真を何気なく開いてみる。

陽だまりの中のベンチに座って、膝の上に猫をのせた龍也が写っていた。夏の甲子園が終わったあと、海が見たいねと二人で言いあって、江ノ島に行ったときのものだ。

島に渡ると猫がたくさんいた。龍也が座ると、白い猫がすり寄ってきた。真琴が口笛を吹いても、猫なで声を出しても、無視されまくったのに、龍也のもとには何もしなくても自然と猫たちがやってきた。しかも、膝の上で丸くなって、気持ちよさそうに眠りだす。

その光景がおかしくって、真琴はケータイで写真を撮った。きっと、この人は動物に好かれるいい人なんだろうなと思って、なんだかうれしくなった。島の神社では、龍也は一心不乱にお願いをしていた。

何をお願いしてたんだっけ……？

それを思い出して、真琴はぎゅっと抱き枕に顔をうずめた。

「春も甲子園に行けますように」目をつむってつぶやく、龍也の横顔。「そんでもって、鳥海真琴さんと結婚できますように」

もう流す涙もないと思っていたのに、とめどなくあふれてくるのが不思議だった。

龍也からメールが来たのは、それから数日後だった。

雫が龍也に何か言ったかどうかはわからない。真琴の家の近くの、多摩川《たまがわ》の河川敷に来てほしいとだけ、メールには書かれていた。

真琴が家に閉じこもっているあいだに、外の世界はいつの間にか十二月になってい
た。冬の河川敷は、枯れ草色にうめつくされていた。川のほうから、突き刺すような
冷たい風が吹きつけて、真琴はマフラーに顔をうずめた。
龍也は無人の軟式野球場にたたずんでいた。制服姿で、五本木学園野球部のバッグ
を肩からかけている。その姿を見るなり、真琴は逃げ出したくなった。いったい、何
を話していいのかもわからない。
それでも、とまりそうになる足を懸命に鼓舞して、一歩一歩河川敷の斜面を下って
いく。龍也が気づいて、こちらを向いた。
「ごめん」龍也は、真琴の顔を見ると、いきなりあやまった。
でも、真琴には、何に対する謝罪なのかがまったくわからなかった。二人のあいだ
を、寒風が吹き抜けていく。曇り空は、もうすぐそこに手が届きそうなほど、低く垂
れこめている。川面も空と同じようなねずみ色にぬりつぶされていた。
「俺自身も、いったい、何を信じたらいいのかわからなくなって……」うつむいた龍
也は、洟をすすってから、言葉をつないだ。「それで、ちょっと考える時間がほしか
った」
「考えるも何も……」上から懸命におさえつけても、龍也の顔を見たとたん膨張《ぼうちょう》して
いく感情をコントロールすることはできなかった。「私はうそなんかついてないんだ

よ！　わかってよ、龍也君！」

「もちろん、信じたいよ、俺だって！」

「じゃあ……」

「でも、周りのヤツらの言っていることが、どうしても耳に入ってきて……」

「バラの言うことを信じるの？」

「いや……、なんだかものすごい混乱しちゃって、こんなに混乱したのははじめてで……」踵のつぶれたローファーで、足元の土を無意味にならしている。「俺だって、マコと付き合ってるってだけで、学校で白い目で見られるんだよ」

手袋をしていない龍也の手は、冷たい風に吹かれて赤黒くなっている。思わずその手を握ってしまいたくなる。さすって温めてあげたくなる。真琴はようやくの思いで、そんな衝動をこらえていた。

「もう何もかも、信じられなくなっちゃったんだ。なんだか急に、野球とか、マコのことが、色あせて見えるようになって、何も信用できなくなった」

「私は、ただ……、ただ、龍也君といっしょに野球をしたかっただけなんだよ」

龍也がだまりこむ。

きっと、龍也君も訳もわからないまま、理不尽な波にさらわれ、流されて、たどり着いた場所がどこなのか見当もつかない状態なんだ。そう思うと、龍也への怒りもちょっとは薄れていくような気がした。

「私ね、ずっと今まで自分が何者かわからないでいたんだ」もう絶対に泣かないと思って、コートのポケットの内側で自分の体に爪をたてた。「オンナとオトコのあいだで、私は真っ二つに引き裂かれていたんだよ」

「何を言ってるかわからないよ」困惑した様子で、龍也が眉根にしわをよせる。

「私はね、オンナであって、オトコとしても生きていかなきゃいけなくて、真っ二つに引き裂かれながら、それでも野球をつづけてた」わかってもらえなくてもよかった。ただ、これだけは伝えておかなければ、絶対に後悔すると思った。「でもね、そうして引き裂かれてる私を、一つにつなぎとめていてくれたのは、龍也君だったんだよ」

遠くのほうから、威勢のいいかけ声が響いてきた。真琴は目を上げた。

少年野球だろうか、練習着姿の小学生の集団が隊列を保ちながら走ってきた。この寒空なのに、少年たちのほっぺたは上気して、真っ赤になっていた。

「イーチ、ニィ」と、先頭の男の子が号令を出すと、全員が「イチ、ニィ、サン、シ！」と、声を合わせる。そのかけ声にきれいに足並みがそろっている。土手の上の遊歩道を、ゆっくりと通り過ぎていった。

「あのころに戻れたらなぁ……」真琴が何気なくつぶやく。

「戻れないよ」龍也は首を振る。

「そりゃ、そうだね」

「ごめん、マコ……」龍也が向き直って、こちらを見る。

真琴は覚悟した。どんな言葉でも受けとめる気でいた。

「……もう別れよう」

「うん……」真琴は深くうなずいた。「わかった」

泣かない、泣かない、と必死に自分に言い聞かせた。体中が傷だらけなのに、あらゆる感情がマヒして、どんな痛みも感じなくなっているような気がした。

「もう、二度と会わないようにしよう」真琴は言った。言ってしまってから、本当にいいのだろうか？　と、とてつもない後悔が襲ってくる。

「……うん」龍也が少し迷ってからうなずく。

「連絡もしない」ほとぼりが冷めれば、また私たちはもとどおりになれるんじゃないだろうか？　そんな誘惑を振りきって、真琴は言う。「絶対に、連絡はとらない」

「ああ」

「顔を見たら、すごく……」ちょっと、待って！　お願いだから待って！　心の中でそう叫んでいるのに、口が勝手に動いてしまう。「すごく、悲しくなってくるから」

「わかった」龍也がうなずく。「これで、お別れだね」

もしこの世の中に、青春というかけがえのない時間が本当にあるのなら、それは、この瞬間、間違いなく終わりを告げたのだと、真琴は思った。

11　二〇一五年　君澤龍也／二十三歳

「なんで、信じてあげられなかったの？」七海が龍也を見つめる。

「いや……」龍也は首を振った。「バラがうそをついてるっていうのはわかってたんだ」

あと一人！　と、琉球ファンからのささやかなコールがわき起こる中、真琴はマウンド上で、一つ大きな息を吐いていた。雨がさらに強くなって、コバルトブルーの帽子が濃紺に染まっていく。

あらためて、龍也は思う。本当にテレビの中の鳥海真琴は、あのマコなんだろうか？

甲子園のカクテル光線を一身に浴びて、野球という競技の絶対的主人公であるマウンドに立つ小柄な姿。阪神タイガースが誇る、上位打線から、クリーンナップに対して、堂々と渡りあうあの女性が、かつての河川敷で今にも泣きそうになりながら、別れを受け入れたマコだとは到底思えなかった。

「だったら、どうして……？」

「もう、人間そのものが信じられなくなってたのかもしれない。毎日、毎日、耳に入ってくるのは、心ない中傷ばっかりだった。ここぞとばかりに、一人の生贄を地獄に叩きこんで、誰も彼も無責任なウワサで盛り上がってた。まるでお祭りみたいだった」

さぁ、ツーアウト、あと一人です、鳥海真琴……もう、二度と会わないようにしよう……このまま、セーブを挙げることができるでしょうか……連絡もしない……。

龍也の頭の中で、テレビの音と、過去の真琴の言葉が交錯し、いっしょくたに混じりあっていく。後悔と呼ぶにはあまりに圧倒的な、身を焼くような感情は、年々風化して、すっかり凝固《ぎょうこ》し、今では体の奥の奥に排出されることなくわだかまっている。

正面のテレビを見すえる。でっぷりと太った白人選手が、バッターボックスに向かって歩いていくところだった。

「四番、レフト・ゴードン。背番号、9」エコーのかかったウグイス嬢の声をきっかけにして、大きな歓声がわき起こった。琉球ファンの「あと一人」というコールが、簡単にかき消されてしまうほどの。

「やっぱり、バラはマコが好きだったんだ……」龍也はあのときのバラの憎しみのこもった表情や言葉を思い起こした。「たぶん、その言葉を真に受けた野球部の誰かが、関係ないヤツらに言いふらしたんだ。それから、ウワサが独り歩きしていくのはあっという間だった」

左のバッターボックスに入ったゴードンが、きれいな碧眼《へきがん》で真琴を見すえる。そこには、不思議と一切の感情の起伏が感じられなかった。驚くほど静かな目だった。女と対戦させられて屈辱的だとか、打たなければもっと屈辱的な思いをしてしまう――そんな気負いはまったくないようだった。ただ、マウンド上から投げられるボールを、あたうかぎり正確に、そして力強く打ち返す――ある意味、バッターとしては当たり前の意志のみを原動力にして、ゴードンはバットを構えているように見えた。

「でも、あのころの俺たちは、甲子園に行くっていう目標に全人生をかけてた。野球以外の世界なんて存在しなかった。それをいきなり目の前で、おとなの都合で取り上げられるっていうのは、大げさじゃなく死刑宣告されるにひとしいことだった。俺もショックで、混乱して、訳がわからなくなってた」龍也は大きくため息をついた。

「でも、いくら考えたって、全部言い訳にすぎないんだ。いずれにしても、最後まで支えてあげられなかった俺が悪い」

「それは……」七海が言いよどむ。「そうだとは思うけど」

なんで、俺は居残りの投げこみ練習に真琴を誘ったのだろう？　中学のときのように、最初はどんなボールを投げるのだろうと単純な興味を抱いた。それに、マコが不《ふ》憫《びん》に思えたのだ。練習試合にも、もちろん公式戦にも出られず、ただただストイックに練習だけをこなしていく毎日。

それでも俺は、マコの屈託のない、天真爛漫《てんしんらんまん》な性格にひかれ、好きになっていった。それだけは確実だ。たしかにそう断言できると思った。

「さぁ、ツーアウトをもぎとった鳥海、あと一人というところまでこぎつけました」

「高めは一発の危険があるので、丁寧に低めに配球しなければなりません」

実況と解説の声を聞きながら、ぼんやりと画面を見る。

セットポジションに入った真琴が、まず一塁に牽制球を投げる。一塁ランナーの赤沼が頭からベースに戻っていく。土がだいぶ雨を吸っているようで、ユニフォームが真っ黒に汚れていた。

「そのあと、龍也のほうはどうなったの？　三年の夏は甲子園に行けたの？」

「俺たちの最後の夏は散々だった。甲子園どころか、予選の四回戦であっけなく負けたんだ」

最後の夏が終わりを告げた瞬間は、悔しさよりもようやくこれで野球と縁が切れるという安堵のほうが大きかった。一滴の涙も出なかった。グラウンドで泣いたのは、二年の夏の甲子園の一度きりだ。

「マコがいなくなってから俺たちは気づいたんだ。どれだけ、野球部がマコに支えられていたかってことにね。すすんでバッティングピッチャーをやってくれて、いつも明るくて、マコの周りには笑いがたえなかった。そのうえ、女だってだけで、マネージャーの仕事まで押しつけて……」

七海はだまって聞いていた。

「マコっていう中心的な存在を失った瞬間に、俺たちは空中分解をまぬがれなかった。マコを悪者にして、その場の不満は一瞬でも解消されたけど、罪悪感は日に日に自分たちに跳ね返ってきた。あのミーティングのとき、全員でマコをかばってやれなかった時点で、俺たちは終わってたんだよ」

バラのメールを思い返した。許す権利なんて、俺にはない。俺たちは同罪なんだ。

「それで、野球はきっぱりやめたの？」

「急に何もかもくだらなく思えてきたんだ」龍也はうつむいてつぶやいた。「今まで打ちこんできたものが色あせて見えて、バカらしくなって……、もうプロを目指してもムリだと思った」

いや、それは違うと、龍也は思う。それは本当の理由なんかじゃない。

「でも、俺はこう思うんだ。ホントは、俺はプロに入るには圧倒的に実力不足なのに、真琴と監督の事件のせいにして、そういう外からの理由に便乗して、自分が傷つくことなく、挫折感すら味わうことなく、プロをあきらめたような気になってただけなのかもしれないって……。だから、俺は汚いヤツなんだ」

そんなことない、というように、七海が首を振る。その瞬間、甲子園の歓声がどっと響いた。龍也と七海はそろってテレビに目を向けた。

「ゴードン、迷いなく初球打ち！」実況が叫ぶ。「右中間の深いところを割っていく！」

龍也は思わず立ち上がっていた。

セカンドの頭上を大きくこえた打球が、ライトとセンターのあいだを転がっていく。ゴロになっても、ボールの勢いは衰えていなかった。

ゴードンが巨体を揺らしながら一塁を蹴る。センターの大黒が、外野の深いところでようやく追いついて、内野の中継に投げ返す。一塁ランナーだった赤沼は、俊足を飛ばして、三塁に到達するところだった。

そんな……。龍也はソファーにふたたびへたりこんだ。

「ツーアウトで二、三塁となりました！鳥海、首の皮一枚つながりましたが、サヨナラのランナーを得点圏に背負います！大ピンチです！」

甲子園を染め上げている黄色いメガホンが、ここぞとばかりに大きく揺れている。もう、サヨナラは確定したと言わんばかりの、爆発的な声援が響きわたっている。

にわかに琉球ベンチがあわただしくなっているようだった。ピッチングコーチがベンチの受話器をとって、ブルペンに連絡を入れている。監督も立ち上がって、ヘッドコーチと話を交わしている。

マウンド上では、ふたたび内野陣が集まって、真琴を鼓舞している。真琴はチームメートたちの言葉にしきりにうなずいている。

たのむ！　お願いだから、マコを続投させてやってくれ！　マコを勝たせてやってくれ！　もし、野球の神様がいるのなら、せめてこのときだけは、マコに味方してくれないだろうかと、龍也は歯嚙みして思った。

マウンドに集まっていた選手たちが散っていく。ふたたび一人になった真琴は、バックスクリーンの方向を向いて、大きく息を吐き出した。

「鳥海続投です！」実況の声が響く。「野球に打ちこむ日本中の女の子たちの夢を背負って、鳥海真琴がマウンドに立ちつづけます！」

最後まで見届ける——それが、罪滅ぼしになるわけではないけれど、とにかく真琴の勝利を信じるしか、龍也にできることはなかった。

12　二〇一〇年　鳥海真琴／十八歳

閉じこもった生活をしていても、体だけはあきれるほど健康だった。食欲が戻ってくると、今まで以上に食べた。食べて、食べて、寝て、食べたら、体重がどんどん増えて生理が何事もなかったかのように復活した。

自分の体から出てきた、どろりとした、液体とも、固体ともつかないものを眺めていると、結局逃れることはできないんだと真琴はさとった。どれだけ必死にトレーニングしたとしても、女性という生き物の重力から脱することはできないんだ。

外の世界では、真琴の知らないところで事件がますます独り歩きをしていくようだった。

生徒たちの心ないウワサによって、マスコミの報道にも火がつきはじめた。強豪男子野球部の中の唯一の女子部員、人格者で知られていた監督のセクハラ、春のセンバツ出場辞退、そして、まことしやかにささやかれている、その女子部員こそが、練習試合に出られるように監督を誘惑したというウワサまで。

良識のある報道では、高校野球での体罰などとからめて、スポーツ教育にたずさわる人間の品位を問う内容で、きちんと資格をさだめて、それをクリアーした者だけが部活動を指導できるようにするべきだという主張が主だった。でも、きっと色物の週刊誌では、学校でのウワサをネタにして、あることないこと書きたてられているんだろうな、と真琴はもちろんわかっていた。

そういう情報は徹底的に家族によって遮断されていたから、真琴の目に触れることは決してなかった。ただ、そういう世の中の空気は敏感に感じていた。学校の管理責任を問う世論が高まって、ついに学校で記者会見が開かれたらしい。

あらためて当該生徒に――つまり真琴に対して謝罪があり、学校側の責任を認めて、校長が辞任することになった。野球部自体はすでにセンバツを辞退しているので、今後は今までどおり活動する。当面は、教員免許を持った人間が、指導にあたるということだった。

記者から学校でのウワサについて、質問があったらしい。学校側はきっぱりと否定した。事件は監督の突発的な行動であって、当該生徒に非はない、と。

いったい、どういうことなんだろう？　と真琴は思う。この日本という社会の不可思議な責任のとり方。校長が辞めたとしても、ちっとも真琴はうれしくないし、心も癒《いや》されない。仕事をつづけて、二度とこういうことが起こらないように、自分みたいな思いをする女の子が出ないように、努力してほしいのに。

季節はいつの間にか春になっていた。何気なくテレビをつけると、甲子園をやっていた。すぐさまチャンネルを変えようとしたけれど、手はかたまったままだった。目が自然と引きよせられた。

みんな、輝いていた。泥だらけのユニフォームもふくめて、何もかもがまぶしかった。

ほんのちょっとの間違いで、私たちはあそこに行けなかったんだと思うと、何度も襲ってきた後悔がふたたび身を焼く。私がすべてをだまってさえいたら、今ごろあの甲子園の舞台には龍也君がいて、バラがいた。ベンチには監督が腕を組んだいつもの姿勢で立っていたはずだ。

カメラがスタンドの応援席をとらえる。ユニフォーム姿の、控え選手の応援団たち。メガホンを口にあてながら声援を送っている。

あの中には、私もいたんだろうか？

マウンド上のピッチャーは、どちらかというと変化球を主体に打たせてとるタイプだった。球速は百二十キロを少しこえるくらい。それでも、うまく打者を翻弄して、ゴロの山を築き上げる。

懸命にプレーする選手たちの姿を、心の底からうらやましいと思った。みんな当たり前のように野球をしていて、その当たり前が当たり前じゃないことに気づいていない。それが、どれほど幸せかということにも気づいていない。

九十キロ台のカーブに、バットが空を切る。技巧派の三振に、甲子園はわきかえる。停滞していた体中に、ふたたび血が巡っていくような感覚だった。真琴はうずうずする気持ちがとめられなくなっていた。

部屋に戻って、ひさしぶりに硬球をにぎってみる。革の匂いや感触をたしかめるように、手の中で転がしてみる。拒否反応はなかった。むしろ、しっとりと手になじんだ、懐かしい感覚だ。グローブをたずさえて、庭に下りてみる。

数ヵ月のあいだに、家のブルペンは雑草が生え放題になっていた。まずはグローブを置いて、草を抜きはじめる。

まだ春先なのに、すぐに汗がしたたり落ちた。気持ちのいい汗をかくと、体がそこにあるんだということが直接的に感じられる。

雑草をきれいに抜きとると、さっそくグローブをつけて、マウンドに登った。

まずは肩慣らし。ゆっくりと、フォームを思い出すように、今までのブランクを取り戻すように、かるくネットに向かって投げる。

肩が温まってくると、徐々に力をこめて、腕の振りを強くしていく。下半身をしっかりと沈めて、低めにボールを集めていく。

しばらく使っていなかった筋肉がきしんで、悲鳴を上げるような感覚も、今の真琴には爽快だった。適切な負荷がかかると、その負荷を跳ね返そうという気概が、全身に充満してくる。

それでも、やっぱりむなしさは、ぬぐいきれなかった。

ボールは一ダース。十二個投げきると、マウンドを下りて、ボールを回収しにいく。カゴに集めて、また戻る。投げる。回収する。また投げる。

バッターはもちろんいない。ボールを受けてくれる龍也さえいなくなってしまった。ホームベースの向こうに人がいるということ。投げたら、こちらに投げ返してくれる相手がいるという当たり前のことが、真琴にとってはもう遠い過去だった。

それでも投げるしかなかった。自分はボールを投げるマシーンなんだと思えば楽だった。ただ機械的な動作を十二回繰り返し、マウンドとホームを行き来していれば、何も考えなくてすむ。だんだん頭が空っぽになっていった。監督のことも、龍也のことも考えなくていい。

そうして、黙々と投げていると、道路のほうから聞きなれたエンジン音が響いてきた。おじいちゃんの車だとすぐにわかった。やっと自分の球を受けて、投げ返してくれる相手が見つかったと思って安堵したけれど、祖父の道夫は家の塀の上から顔をのぞかせて、外を指さしている。

「ちょっと、気晴らしに出てみないか？」そう言って手招きする。「ドライブだよ、ドライブ」

真琴はうなずいた。汗をかいたジャージを着替えようと思ったけれど、おじいちゃんがやたらとせかしてくるので、そのまま行くことにした。

「グローブも持っていけば？」道夫は、グローブを家に置いていこうとした真琴をとめた。

どこかでキャッチボールでもやろうというのだろうか。疑問に思ったけれど、極端に口数の減っている真琴は、何も言わずにグローブを抱えたまま車に乗りこんだ。

いつもはやたらとしゃべる道夫も、今日はだまったままだった。メガネにとりつけるサングラスを下ろして、ひたすら前を見つづけながら運転する。車はしばらく一般道を走ってから、首都高に乗ったようだ。

どこに向かっているのかは、道路をまったく知らない、方向音痴の真琴にはわからなかった。ただ、カーナビが「埼玉県に入りました」と告げたので、地図の上のほうに向かっているということだけは、なんとなく察知できた。

目的地があるのか、ないのかもわからない。埼玉県で行きたいところも思いつかない。一時間弱走って、運動公園の駐車場らしいところで停まった。真琴が来たことのない場所だった。

風が強い春の日だった。土ぼこりが舞い上がってぎゅっと目をつむった。キャッチボールするのに、わざわざ埼玉県に来る必要もない。真琴がいぶかしんでいると、遠くのほうから甲高いかけ声と、金属バットの音が風に乗って聞こえてきた。しばらく歩くと、野球場があった。

真琴は目を見張った。そこにいるのは、みんな女子だった。真琴は思わず駆けよって、ネットにしがみつくようにしてグラウンドを見つめた。

試合が行われている。スコアボードに「紅」「白」とあるから、一つのチームの紅白戦かもしれない。使っている球は……、硬球だ！

真琴と同年代の、高校生くらいの女の子が多かった。もっと年上の、二十代の人たちもいるようだった。

マウンド上のピッチャーを眺める。どこからどうみても、中学生にしか見えない。あの中では最年少だろう。百五十センチ台の体全体を、目いっぱい躍動させ、腕を思いきり放り出すようにして全力投球する。それでも、めちゃくちゃいい球を投げる。

二十代前半くらいのお姉さんのバットが空を切る。こちらも、気持ちのいいほどの豪快なスイングだ。

ストライクをとると、バックの守備陣から大きな声がかかる。明るく、元気の出る声だ。女の子ピッチャーも笑顔でうなずく。

みんなユニフォームは土まみれで、真っ黒に日焼けしていて、白い歯だけがきらきらと輝いている。何より楽しそうだった。笑顔がまぶしい。

「女子だけの硬式クラブチームだ」道夫が真琴の肩にそっと手を置いた。「最近できたばかりで、中学生から、社会人まで所属してる」

一塁側のベンチにいた、唯一の男性がこちらに気づいて帽子をとる。道夫が、かるく手を上げて挨拶を返した。おじいちゃんよりも、ひとまわり下くらいだろうか。腕組みして、ベンチの段差に片足をかけ、グラウンドの選手たちを見守るその表情は、穏やかな微笑をたたえている。

「あれが、監督の溝口《みぞぐち》。俺のダチ」まるでラップみたいに韻《いん》を踏む。それから、道夫は感慨深げに言った。「ライジングっていうチームだ。女子野球の日の出ぜよ」

鋭い金属音が鳴って、打球が飛ぶ。芯でとらえたことがわかる、完璧なセンター返しだった。監督も首を振り向けて、行方を見守る。

ピッチャーの足元を抜けて、ややショートよりに、地を這うような鋭いゴロが転がっていく。二遊間を割って、センター前に抜けていくと思われた。

「うそでしょ!?」真琴はショートの動きを見て、思わず驚きの声を上げていた。

ショートは真琴と同い年くらいの女の子だった。しっかりと腰を落として、それでいながら、素早い動きでゴロを追う。一気に頭から飛びこんで、グラブを伸ばす。ポニーテールが豪快に跳ねた。

ゴロはしっかりとショートのグラブにおさまった。すぐさま立ち上がって、ノーステップで一塁にスロー。

送球はそのままワンバウンドでファーストミットに突き刺さった。打球が鋭かったこともあるけれど、余裕をもってアウト。チームメートたちが、口々に「ナイスプレー!」と声を上げる。ピッチャーの女の子が、グラブを叩いて拍手するようなしぐさ。ショートの子も、笑顔でこたえる。

真琴はぽかんと口を開けて、今のファインプレーを頭の中で再現していた。いやいや……、どう考えてもうますぎる。たまたまボールが入ったようには見えなかった。そのあとの、スローイングが的確だったからだ。

あのショートは、五本木にいたら間違いなくレギュラークラスだろう。そんな選手が名前も聞いたことのないような女子クラブチームにいるということが信じられなかった。

「むかしはなぁ、女の子って言ったら、有無を言わさずソフトボールをやらされたもんだ」道夫がグラウンドの選手たちの活躍を見つめながら、ゆっくりと話をつづける。「真琴の時代になって、だいぶ女子の野球は浸透してきた。でも、やっぱり、真琴の場合ちょっとだけタイミングが早かったと思うんだ」

野球をするタイミングなんて、考えたこともなかった。いつも必死だった。男子の中でやるのが当たり前で、女子チームでやるなんてまったく頭になかった。

「でも、本当に、ほんのちょっと早かっただけだ。今はこうして女子硬式のクラブチームまでできた。今ならまだ間に合うぞ、真琴」

「間に合う……かな？」いったい、何に間に合うんだろう、何に間に合わせるんだろう、と疑問には思ったけれど、その言葉はダイレクトに胸の奥まで響いた。

「そうだよ」道夫が笑顔で大きくうなずく。「全然、間に合う。大好きな野球ができるんだ」

試合は七回で終了した。守備をそのまま残すように指示した溝口監督がいきなりこちらに声をかけてくる。

「せっかく見学に来たんだから、ちょっと投げてみませんか？」

私は見学に来ていたのか!?　真琴は今さら驚いた。おじいちゃんにうまくのせられてここまで来たけれど、見物していただけで見学している気持ちはまったくなかった。見学というと、あらかじめおじいちゃんから監督に話がとおっていたのかもしれない。

「どうですか？」手首をスナップさせるしぐさで、溝口監督は真琴を見つめる。

「私ですか？」

「お前以外に誰がいるんだ」道夫があきれて言った。「俺が投げるわけがないだろうが」

力強く背中を押された。高鳴る胸を必死になだめながら、グラウンドに通じる金網の扉を開ける。一礼してグラウンドに足を踏み入れた。ライジングの人たちも、律義に帽子を取って礼を返してくる。

広い広い球場をあらためて見渡した。土の匂い。選手たちの活気。言いようのない懐かしさが、胸いっぱいに広がっていく。こんな思いは、いつ以来だろう？

「よろしくお願いします！」心臓がばくばくと暴れる。必死に息を吐いて、それを落ちつけようとする。

ひりひりするような感覚——。はじめて少年野球に入って、見知らぬ男の子たちの中に飛びこんだときの、あのどきどきした最初の気持ち。中学校、高校で、初対面の人たちにかこまれながら、それでも野球という共通言語があることを心強く思って、グラウンドに勢いよく飛び出した、あの日の気持ち。

すべてがリセットされて、ふたたび一からはじまっていくけれど、それまでの自分もしっかりここにあって、野球ができるよろこびを噛みしめていた。

「よろしくお願いします！」守ってくれるバックに、ふたたび一礼する。

まずは、キャッチャーとかるくキャッチボールをかわす。とても華奢《きゃしゃ》な、細身のキャッチャーで、龍也君とはもちろん正反対で、こんな女性が本当にホームを守れるのかと、失礼なことも一瞬頭をよぎったけれど、投げ返してくる球は力強く正確で、真琴は安心してこの人にまかせようと思った。

「一打席ね」と、監督が言って、バッターを送り出す。チームの中ではいちばん大柄の、百七十センチ以上はありそうな、おとなのバッターが右バッターボックスに入っていく。

真琴は決めていた。すべてストレートだ。

一球目。思いきり投げこんだ。高めにはずれてボール。

「打たせていいよ！」

「リラックス、リラックス！」

バックから声がかかる。それだけで、真琴は泣きそうになってしまう。

対戦するバッターがいる。投球を受けてくれるキャッチャーがいる。そして、バックには、七人の守備陣がいてくれる。野球では当然のルールが、真琴にはかつてないほど新鮮で、心が震えるほど感動的なことのように感じられた。

二球、三球と、ストレートを投じていく。ストライクとボール。

そして、四球目。鋭いスイングが、インコースのストレートをとらえる。

あのショートの女の子の頭上だった。ジャンプいちばん、女の子が飛びつく。そのわずか上をライナーがこえていく。レフト前のヒット。

打たれたのに、こんなに清々しい気持ちになれたのははじめてだった。気がつくと、涙が頰をつたっていた。ふいても、ふいても、流れてきた。

それに気づいたバッターのお姉さんが、マウンドに駆けよって、心配そうに真琴の顔をのぞきこむ。

「ごっ、ごめんね！」

「いや……、すごくうれしいんです」

「えっ？」お姉さんは、ちょっと困惑した様子で、真琴を見つめる。

「ずっとずっと、一人で投げてました」いつしか、しゃくりあげるような泣き方に変わっていった。「一人で、投げて、投げて、投げて……。だから、打ってくれて、すごくうれしいんです」

唖然としていたお姉さんが、にっと豪快に笑って言う。

「これから、いつでも打ってやるって！」まるでアニメの中のキャラみたいに、大げさな口調でしゃべりながら、真琴の背中を思いきり叩いた。「覚悟してろよな！」

「子どもたちにぜひお手本にしてもらいたいきれいなフォームだ」監督もマウンドにやってきて、真琴の肩に手をかけた。「いっしょにやってくれると心強いな」

真琴はおじいちゃんをちらりと見た。道夫はゆっくりとうなずいた。

心の底からおじいちゃんに感謝した。この日から、真琴はライジング女子硬式野球クラブの一員になった。

四月に入った。

二年生の三学期は保健室で試験を受けて、かろうじて三年生に進級できたけれど、この一年間は休学することに決めていた。

学校には龍也がいる。バラがいる。絶対に会いたくなかった。一年たって、みんなが先に卒業してしまえば、なんとか学校には行けるだろうと思った。

高校を卒業するのは、意地みたいなものだった。負けたくなかった。何より、雫といっしょに卒業できることが、心の支えだった。

みんなが青春を謳歌《おうか》する、十八歳の年。真琴はなまった体を一から鍛え直すことにした。ジムに通って、女性トレーナーの助言を聞きながら、しなやかな、柔らかさを消さない筋肉をつくりあげる。

トレーナーの人に、吐くほど走っていたと言ったら、絶句された。

「しっかり三食食べて、過度なトレーニングをさけて、きちんと生理と付き合いながら、体を鍛えていくこと」と、厳命される。「体重を増やさないと、ストレートの重みが増していかないからね」

おじいちゃんが、むかし言っていたことを思い出す。雫がケガをした、中学生のときだった。

離れていただけ、自分の体の使い方が客観的にわかる、と。くしくも、ケガをしたみたいな期間があいて、野球という競技を見つめ直すいい機会になった。戻ってみると、もっと手首の角度をこうしたらいいとか、足の踏み出す位置を深くしたほうがいいとか、そういった具体的な体の使い方が見えてくる。それにくわえて、ジムに通うことで、適切な筋肉が着実についていって、ストレートの速さと重み、変化球のキレが格段に増していった。

ライジングでの練習は土日にかぎられている。平日には、ランニングをして、高三の勉強を自習して、投げこみをして、少しはジムやクラブのお金の足しになるようにと、バイトをはじめた。

ファストフードのバイトは、五本木学園でのトレーニングよりよっぽどきつくて、厳しくて、何度も泣きそうになった。今まで、何の気なしに立ちよっていたファストフード店が、お昼ともなると殺伐《さつばつ》とした戦場に変わるなんて思ってもみなかった。

ある日、雫がお客としてやってきた。カウンターに進まず、しばらく真琴の接客の様子を見て、にやにやしている。真琴は店員の立場なので怒鳴れない。

ようやく注文しにきたと思ったら、「スマイル一つ」などと言ってくる。

「ありません」と、真琴は冷ややかに答えた。

「真琴先輩さ、まったく笑顔がないよ」雫が眉をひそめて、声までひそめて言う。

「めちゃくちゃこわい店員さんだよ」

「緊張してるんだよ」どれだけ働いても慣れないし、ミスもしまくっているから、つねに気を張っていなければならない。このあいだも、私語を注意されないか、つねに店長やバイトリーダーの視線を気にしている。

「はいはい、笑って、笑って」

そう言われてムリヤリ笑顔をつくる。

「すごい引きつってるんですけど……」雫はあきれ顔だ。

複雑なメニューをたのまれたらどうしようかと思ったけれど、雫はコーラを一つ注文しただけだったので安心した。紙コップに氷を入れて、ドリンクサーバーのボタンを一つ押すだけですむ。と、思ったら、「氷少なめで」と、勝手なことを言い出すので、真琴はクラッシュアイスの粒を二、三個入れただけで、コーラを満タンに注いでやった。

ストローですすった瞬間、雫が「ぬるっ！」と、叫ぶ。ちょうど店長が通りかかって、雫の言葉に反応したので、真琴はあわてて笑顔をとりつくろって「ありがとうございました」と、頭を下げた。

「でもさ、ようやく真琴先輩の日常が動き出して、よかったね」雫の笑顔はいつもまぶしい。「私も美大受けることにしたから。予備校に行くことにしたよ」

「よかったぁ」それを聞いて、真琴も自然な笑顔を浮かべる。「頑張って、立派なおとなになろうね」

「えっ？」雫が戸惑ったように、ストローから口を離す。

「ううん、なんでもない……」自分でも、なんでそんな言葉が口をついて出たのかわからなかった。「なんでもないよ」


五月の連休中に、埼玉県の高校の野球部と練習試合が組まれた。もちろん、男子野球部だ。迎え撃つライジングは、高校生主体のチーム編成を組んだ。真琴は志願して、先発に指名された。

県立のこの野球部は、埼玉県では中堅校らしい。毎年、夏の予選では安定した成績を残しているそうだ。

でも……。

なんだか、やたらとナメられている気がする。いちおう、監督の手前、礼儀正しく、高校球児らしくふるまっているけれど、こちらを見てくすくす笑ったり、近くを通りかかっただけで舌打ちしてにらんできたり、低レベルな挑発を繰り返してくる。しまいには、品定めするような視線で、誰がタイプか互いに言いあっている。その会話を、わざと筒抜けで、こちらに聞こえるように大声で話すのだ。

「あのサウスポーかな」真琴を指さした男子に向かって「趣味悪《わり》ぃ！」と、ツッコミが乱れ飛ぶ。

ふいに、全身をまさぐられたあのときの記憶が、よみがえってくる。男の人にいいようにさわられて、抵抗できなかったときの恥ずかしさと恐怖が、体の奥底からよみがえってくる。

呼吸が荒くなって、体がこわばっていく。無視して試合前のアップをつづけようとしても、思うように筋肉が動いてくれない。

完全に下に見られていると思った。絶対に負けられないと思った。こんなヤツら、こてんぱんにやっつけて、二度と立ち上がれないようにしてやるべきなんだ。

真琴の投球は初回から力が入りすぎていた。

先頭バッターに、いきなりデッドボール。しぶしぶ、真琴は帽子を取ってあやまった。仕返しをしてやろうという気はさらさらなかった。ただ、手元がくるっただけだ。

実戦経験が乏《とぼ》しい真琴は、ランナーを背負うとたんにコントロールが悪くなる。ランナーへの目線での牽制。実際にボールを投げる牽制球。バントシフト。クイックモーションでの投球。マウンドからバッター一人に向けていた「線」の集中力を、一気に「面」へと拡散させなければならない。

ランナーなしの通常のモーションは、体にタメをつくるように、右足をゆったりと上げる。反対に、クイックはその名のとおり、早く投げる。右足を少ししか上げずに、ランナーに走られにくくするモーションだ。

試合で投げてこなかった真琴には、すっかり縁遠いものになっていた。とくにクイックでのコントロールや球のキレはピッチャーの生命線なのだけど、五本木時代、真琴は投げこみや、バッティングピッチャーばかりやってきた。もちろん、通常のモーションだったので、いざクイックとなると、体の微妙なバランスが一気にくずれやすくなる。

あきらかに打つ気なしの、バントの構えの二番打者に対して、一球、二球とボールがつづいてしまった。

「バントさせていいって!」バックから声がかかる。「ワンナウトもらおう!」

わかってる！　と思った。でも、いいコースに投げて、バントを失敗させられれば……と、欲がどうしても出てしまう。

そして、三球目。真琴にとっては、これ以上ないほどいいコースに決まったストレートがボールと判定される。スリーボール。

審判は、それぞれのチームから二人ずつ控え選手を出している。球審は向こうの選手だ。

だからだ、と思った。なかなかストライクをコールしてくれないのは、向こうの人間だからだ。男だからだ。

「なんで、今のがボールなんだよ！」真琴はマウンドを降りて、ホームのほうへつめよった。「絶対、おかしいでしょ！」

「ちょっと、マコちゃん！」巧いショートの女の子――律《りつ》ちゃんがあわてて駆けよって、真琴の肩をつかむ。「何してんの！」

しぶしぶ真琴は、マウンドに戻った。にやつく相手ベンチの視線が突き刺さる。

集中力が完全に切れてしまった。二番打者にもフォアボールを与えて、ノーアウト・一、二塁。

三番も最初からバントの構えだ。もうやらせてしまおうと思った。ど真ん中に投げたら、ピッチャー前にバントが転がってくる。

勢いはかなり死んでいる。微妙なタイミングだった。キャッチャーからの指示は一塁送球。

真琴は賭けに出た。思いきって三塁に投げる。左投げなら、三塁への送球は断然有利だし、塁がつまっているからサードがランナーにタッチする必要もない。

ところが、焦って投げたせいで、ボールが指にうまく引っかからなかった。送球はサードの頭を大きくこえてファールゾーンを転々と転がっていく。カバーのレフトが捕ったときには、二塁ランナーがホームイン。いきなりノーヒットで一点を献上してしまった。

「独り相撲してんじゃねぇよ！」気の強い律ちゃんが怒鳴り声を上げる。「私のほうに打たせたら、絶対アウトにするって言ってんだろ！」

その内紛を見て盛り上がる、いやらしいたくさんの目と、野次すれすれのかけ声。そこからは、シンカーとスクリューを意地になって多投した。面白いように、空振りがとれる。相手の監督が、しっかり球種とコースを見極めろと指示しているのに、それでも長打狙いで強振する。真琴は四番、五番、六番を三者三振で切ってとった。

意気揚々とベンチに帰ってきたら、溝口監督に肩を叩かれた。

「次の回から、替えるからね」溝口監督は、申し訳なさそうな顔を浮かべていたけれど、言葉はきっぱりとはねつけるような響きがあった。「とにかく、力みすぎなんだよ。ムラがありすぎる」

「そんな……」一回で降板だなんて……。「ミスしたからですか？」

「まだ、復帰して日が浅いんだから、焦らず、少しずつやっていけばいいんだよ」

この四月から高校に上がったさっちゃんが、二回のマウンドに登る。

体が小さいから、こちらも不安になってくるし、相手も完全にナメきってがんがん打ってくる。それでもさっちゃんは、大胆に、かつ丁寧にストライクゾーンのコーナーへ放っていく。当然、打たれる。でも、守備は堅かった。

律ちゃんを中心にして、守りで、声で、さっちゃんをもり立てていく。

こんなはずじゃなかったのに……と、真琴は思う。私だって、こうしてバックを信頼して、打たせてとるはずだったのに。

「何をそんなにいらついてるんだ？」となりに座った、溝口監督が真琴に聞く。

「だって、めちゃくちゃナメられてるじゃないですか！」

「だからって、かっかしてたら、実力の半分も出せないじゃないか。それで、負けたら元も子もないだろ？」

「それは、そうですけど……」

「ほら、見てみぃ」監督がグラウンドを指さす。「みんな、楽しそうだろ？　だから、こっちのほうが断然強い」

真琴もグラウンドに散った選手たちを見た。

なんで、みんな、あんなに楽しそうなんだろう？　すごい笑顔だ。笑っているのに、相手みたいにナメている感じじゃ全然ない。その笑顔は、そのまま自分自身に向いているようだ。試合ができることを心から楽しんでいるようだ。

「こっちに打ってこい！」ショートの律ちゃんが叫ぶと、「そう言ってるから、ショートに打ってあげて！　こっちには打たないで！」と、ムードメーカーのセカンド・キョウカさんが叫ぶ。みんなが笑う。次々と明るい声がグラウンドに満ちあふれる。

すると、不思議なことにバッターはショートにゴロを引っかけてしまう。律ちゃんが軽快にさばいて、難なくアウト。チェンジになって、みんなが勢いよくベンチに戻ってくる。たくさんの笑顔で、ベンチは一気に華やぐ。

「マコちゃんさ、ふだんは明るいのに、いざピッチングとなると鬼のような顔して投げてるんだよ」監督が、わかるかな？　と言うように、真琴の顔をのぞきこむ。「ホントにね、ピッチング中の顔をそのまんま鏡で見せたいくらいだよ」

「はぁ……」と、返事しながら、自分の顔をさわってみる。もちろん、どんな顔をしているかなんてわかるはずがない。

「男だろうと、女だろうと、関係ないよ。野球を楽しめばいいんだ」

五本木学園の監督だったら、とんでもない、と言って怒りそうなことだ。野球は勝つためにやる、という人だったから。結果がすべて、という人だったから。

「マコちゃんはね、どうしても何がなんでもおさえなきゃっていう気持ちが強すぎるんだよ」

「でも、おさえなきゃ、勝てません」

溝口監督は、一つ大きなため息をついた。この人は、五本木での私の事件を知っているはずだ。おじいちゃんに聞かされて、何もかも知ってるはずだ。

だとしたら、なんで私の気持ちをわかってくれないんだろう？　男の人には、永遠にわかってもらえないんだろうか？

そんなことを話しているあいだに、ライジングの攻撃。連打とフォアボールで、一気に塁がうまる。ノーアウト・満塁だ。

この監督は、めったにサインを出さない。自由に打たせる。ここぞというときは、盗塁とか、スクイズとか、エンドランとか、奇襲をしかけることがあるけれど、それ以外は選手にすべてまかせている。

「あのねぇ、マコちゃん。これは人類存亡をかけた一大決戦じゃないんだよ」監督はちらっとグラウンドを見ただけで、また真琴に向き直って話しはじめる。「野球は、お遊び。ゲームなんだよ」

「ゲームって……」

「所詮ゲームなんだよ。だから、やるほうも楽しいし、そのゲームを見る観客もわくわくして興奮するから、プロなんかはビジネスとして、たまたま成立している。たまたまだ」

そう言っているあいだに、バッターの律ちゃんが三塁打で、三点を返す。三対二で、一気に逆転だ。

ヘッドスライディングで三塁ベースに飛びこんだ律ちゃんは、すぐさま立ち上がってガッツポーズを掲げた。ベンチの前のほうに乗り出して応援していたライジング女子たちも、いっせいに拍手喝采する。

「いいかな、マコちゃん？　ゲームにのめりこむことはあっても、ゲームにのみこまれちゃいけないよ」

少しずつ、監督の言うことがわかってきたような気がした。

ライジングの野球はすごく楽しそうだ。監督に怒鳴られて、委縮している向こうのチームとは全然雰囲気が違う。

だから、すぐに逆転してしまう。男子たちが、溌剌《はつらつ》とした女子たちの勢いに徐々にのみこまれていくのが手にとるようにわかる。

女子は強い。女子は明るい。野球をやれているこの状況が、当たり前のことだとは思っていないからだ。だから、この瞬間を楽しんでいる。

試合は、十対二でライジングが勝った。失点は、結局真琴のミスだけだった。

試合後のミーティングで、真琴はチームメートにあやまった。とくに、キャッチャーのサキちゃんに向けて。指示や球種のサインを無視しまくってしまった。

「まぁ、ええんちゃう？」と、大阪出身のサキちゃんは大らかに答える。白くて華奢な女の子で、野球を離れたらとてもキャッチャーをやっているようには見えない。

「ホンマに、ええのん？」と、律ちゃんがデタラメな関西弁のイントネーションでツッコミを入れる。

「でも、次無視したら、承知せぇへんよ」

みんなが笑う。和気藹々《あいあい》とした雰囲気のまま解散となった。

帰りの電車はいつも律ちゃんといっしょだ。ならんで座ると、まるで双子みたいだと言われることがよくある。身長も同じくらい。髪の長さも同じ。肌の焼け具合も、二人ともこんがり焦げた食パンみたいだった。

どれだけ口論しても、グラウンドを離れるとうちとけて話すことができるのは、野球という競技で互いのことを尊敬しあっているからかもしれない。

「なんで、律ちゃんは野球をやろうと思ったの？」真琴はずっと聞きそびれていたことをたずねた。

夕暮れの車内は、土曜日の終わりの倦怠《けんたい》が充満している。明日はまだ日曜日。心地よい疲れが、乗客たちの表情ににじんでいた。

「アニキの影響」と、つっけんどんに言う。「でもね、プロを目指してたアニキが、大学の練習でケガしちゃって……」

「やめちゃったの……?」

「つづけられないほどの大ケガだったんだよ」

ちょうど向かいの窓から、夕陽が差しこむ。律ちゃんの顔がまぶしさでゆがむ。

「最初はね、アニキの代わりに頑張ろうと思って、つづけてたんだけどね、やっぱり人のために、人の思いを背負ってやろうとしたって限界があるよ」

律ちゃんは手でひさしをつくった。ちょうど目のあたりが影になって、ほっぺたから下が真っ赤に照らされている。焼けた肌に隠れたそばかすが、うっすらと見えた。

「ライジングに入ったとき、それを監督に言われてね。今では、私がやってて楽しいから、野球をやってるんだよ」

電車が川をこえる鉄橋にさしかかる。しばらくのあいだ、ガタゴトと振動する音が車内に響いた。

そのとき、鉄橋のレールの音に負けないくらいの、不穏な重低音が重なって聞こえてきた。向かいに座っているおじさんが、窓に頭をあずけながら、大口を開けて眠っている。そのイビキの音らしかった。

となりには、姉妹らしき女の子が座っている。おじさんは、どうやらその子たちのお父さんのようだ。子どもを連れて遊びに出かけて、疲れきっているのかもしれない。平日は仕事をして、土日は家族サービスにいそしんでいる、優しそうな、いいお父さんに見えた。

まだ幼い姉妹は、父親の大きなイビキを聞いて、目を見合わせた。お姉さんのほうがうなずく。

何をするのかと思って、真琴は見ていた。イビキはかなり響いているので、車内の人たちもみんな姉妹を見守っている。

すると、お姉さんのほうが腕を伸ばして、お父さんのほっぺたを思いきりつねった。

「グワゴッ！」という、ものすごい声が鳴り響いて、お父さんが飛び起きた。いったい何が起こったのか、まったくわかっていない様子だった。寝ぼけまなこで頬をさすりながら、左右を見まわしている。姉妹のほうは、まるで何事もなかったように、手元のゲーム機に顔を落とした。それでも、耐えきれずに、くすくす笑っている。

思わず真琴と律ちゃんは顔を見あわせて笑ってしまった。周りの乗客たちも、笑っている。

まだ小学校低学年くらいのお姉ちゃんは、「ウチのオヤジがすみません」とでも言いたげな、おとなびた、申し訳なさそうな表情を浮かべている。

そのお姉ちゃんと目が合った。にかっと笑う女の子を見て、真琴は突然ぱっと視界が開けたように、父親と笑顔でキャッチボールをしていた子どものころを思い出したのだった。

小学生のころは、野球が楽しくてしかたがなかった。お父さんやおじいちゃんとキャッチボールするときも、少年野球に参加するときも、いつだって笑顔がたえなかったはずだ。

それなのに、いつの間にか、その楽しさを忘れていた。中学に上がったころからだろうか。男の世界と対等に渡りあうため、魔法少女みたいに、ユニフォームに着替えて、変身して、懸命にマウンド上で一人戦っている気になっていた。

私は周りの女子とは違う特別な存在なんだ、生理をとめてまで厳しい練習に耐え、魔法のようなシンカーとスクリューを駆使して、男どもに一泡ふかせてやるんだと息巻いていた。

でも、それって違うんだ。溝口監督の言うように男も女も関係ない。目の前のバッターが誰であろうと、そいつを打ちとることだけを考えればいいんだと気づいた。

向かいに座っているお父さんは、お姉ちゃんのほうにヘッドロックをかけて、揺さぶっている。それを見て、妹のほうがぼかぼかとお父さんを殴る。今度はお父さんが、妹のお腹をくすぐる。その光景を見ていると、子どものころたしかに持っていたのに、いつの間にか忘れかけていた感情がよみがえってくる。

バイト中、雫に言われた言葉も頭をよぎった。たぶん、めちゃくちゃこわい顔で接客していたんだろうと思う。「笑って、笑って」という、雫の言葉を思い出して、ふっと肩がかるくなるのを感じた。

「律ちゃん」と、となりの同志に呼びかける。「私も私のために野球をやるよ」

どんなに肩に力をこめたって、怒りを燃やしたって、私には魔法なんか使えないんだから。

「そりゃいいや」律ちゃんは、あくまでぶっきらぼうに答える。「私の足、引っ張んなよ」

ふと、最初からライジングに出会えていたら……、という思いがわきあがって、泣きそうになる。

「何をぅ！」そんな感情をごまかすように、律ちゃんのポニーテールを引っ張った。ふいをつかれた律ちゃんの首が、かくんと倒れる。窓に後頭部がぶつかった。

それを見た向かいの姉妹が、笑っていた。

13　二〇一五年　君澤龍也／二十三歳

絶望的なほどのピンチに、君澤龍也は足が震えていた。ソファーに座って、貧乏ゆすりのように、がたがたと足を揺すっても、不安な気持ちはますます膨れ上がっていく。

自分がプレーしていたときは、たとえどんなピンチが押しよせてきたとしても、なぜか平静でいられた。試合前は吐きそうなほどどきどきしているのに、いざ試合に入りこむと腹がすわるのか、接戦の局面でも大した緊張はしなかった。たとえ満塁で、後藤先輩の百四十キロのフォークがワンバウンドしたとしても、どんと来い！　という気持ちでいられたのだ。

「さぁ、ツーアウトの土壇場で、阪神は二、三塁という逆転サヨナラの好機をつくりだしました！」実況が叫ぶ。「タイガースの大場《おおば》監督が動きます！」

ベンチ前の映像に切り替わった。大場監督が、右腕を大きく前に出して、新しく出てきた選手を指さし、主審に交代を告げる。二塁打を放った四番・ゴードンへの代走だった。

阪神にとっては、逆転サヨナラがかかった大事なランナーだ。俊足の若手が、ゴードンとタッチを交わして、代わりに二塁に立つ。

「五番、ファースト・北田《きただ》。背番号、25」ウグイス嬢のアナウンス。さらに盛り上がる阪神ファンの声援に後押しを受けて、北田が右のバッターボックスに入っていく。

「それから、真琴さんとは会ってないの？」七海が聞く。

「ああ……」龍也はうなずいた。真琴や野球を忘れるため、必死で勉強して、現役で大学に入った。大学では、野球はもちろん、どんなスポーツもやる気になれなかった。卒業して文具メーカーの営業になんとか就職を果たし、約半年間右も左もわからない状態で奮闘するうち、二軍に在籍していた真琴のことはすっかり忘れていた。

真琴の表情は変わらなかった。カクテル光線を全身に受けて、マウンドに堂々と立つ姿からは、敵チームまで包みこんでしまいそうなほどの優しい笑顔と、それに相反するような、とげとげしい闘争心が、同時に放たれていた。なんとも形容しがたい、不思議な、本当に不思議な表情だった。

真琴が琉球ベンチに目を向ける。ヘッドコーチが指示を出していた。それを見たキャッチャーが立ち上がる。真琴もうなずいて、雨に濡れた左手をぬぐってから、セットポジションに入る。

「五番の北田に対して敬遠です！」実況の声が響く。「シーサーズは満塁策をとります」

立ち上がったキャッチャーに、真琴が淡々とボールを投げこんでいく。その表情に動揺の色は見えなかった。

「なんで、敬遠するの？」七海が心配そうに聞く。「ランナー増えちゃうけど！」

「このバッターを歩かせても、勝敗に関係ないランナーだからね」龍也が答えて、さらに説明をくわえた。

三塁ランナーが還れば一対一で同点。代走の二塁ランナーが還れば、逆転サヨナラで即試合終了。となると、一塁に出るランナーは、試合の勝敗には直接関係のない走者ということになる。

満塁にすれば押し出しの危険は高まるけれど、内野は近いベースを踏めばアウトとなり、守りやすくなる。それに、次の六番バッターは左だ。真琴とブルーシーサーズには、メリットのほうが大きいわけだ。

フォアボールが審判からコールされる。北田がバッター用のプロテクターをはずして、一塁に小走りで向かっていった。阪神ファンの声援は、雨が強く降りつづく甲子園球場からあふれ出して、世界中をおおってしまいそうな勢いで鳴り響いている。

声というのは不思議だと、龍也はまったく関係のないことをふと思う。それぞれの言葉は、おそらくそんなに大きくはないのだろうけれど、それが何万も集まると、一つの巨大な生物が襲いかかってくるような勢いになる。

たぶん、グラウンドの真ん中に立った人間は、押しつぶされそうなほどの、心理的な圧力を感じることだろう。ぐるりと周りをとりかこまれた、文字通りの四面楚歌《しめんそか》だ。

マコ！　龍也は心の中でふたたび叫ぶ。

なんで、君はそんなに平静でいられるんだろうか？

14　二〇一四年　鳥海真琴／二十二歳

「めちゃくちゃすごいじゃん！」朝いちばん、雫の絶叫がスマホから響いて、真琴は思わず耳を離した。「ヤフーニュースのトップじゃん！」

真琴もパソコンの前でホームページを開いて、自分に関する記事を眺めていた。

《女子プロ野球史上初　鳥海真琴投手　完全試合達成！》

そこには、試合の経過と、真琴に対する簡単なインタビューが載せられている。スポーツニュースどころか、全トピックス中のトップ扱いで、真琴ははっきり言ってビビっていた。

どうにも、自分のことだという実感が薄い。スコアラーの人から記念にコピーしてもらったスコアブックを見ると、昨日の試合の隅から隅までを思い出すことができる。それなのに、自分が達成したような気がしない。

ビビる理由その一。

自分はまだ投手として発展できるのだろうか？　この絶好調は、あくまでこれから投手をきわめていく上での、通過点の一つなんだろうか？

男子のプロ野球でも、一年だけものすごく活躍して、タイトルを獲って、そのまま次の年に消えていく選手を子どものころからたくさん見てきた。何かものすごく微妙なバランスで、この絶好調は保たれているんじゃないだろうか。オフに入って、体がそれを忘れてしまったら、二度と取り戻せないんじゃないだろうか。

それとも、信じたくないけれど、運や星回りみたいなものがあって、今年が全人生の中で最高の状態だとしたら……などと、余計なことをぐずぐずと考えてしまう。

理由その二は、目立ちすぎることにあった。

もちろん、プロであるからには、もっともっと活躍して、みんなに知ってもらえる選手になりたい。女子プロは、まだまだ認知度が低いから、少しでも活躍して貢献したい。

でも、興味を持った人が自分の名前を検索したら、必ずあの事件に行きつくはずだ。野球ファンなら、五本木学園の春のセンバツ辞退の一件は多くの人が知っている。ああ、あのときの女子選手が鳥海真琴か、と気づく。張本人だと知れ渡ってしまったら、チームに迷惑がかからないだろうか？　活躍したいけど有名にはなりたくない、というのが、真琴の悩みの種だった。

パソコンを前にした今も、自分の名前を検索したい気持ちにかられている。ようやくの思いでその誘惑をおしとどめている。雫に抱きしめられたあの日、痛いほどこりたはずなのに。

「それにしても、早いよね」雫の言葉に、我に返った。

「何が？」

「私たち、二十一になっちゃうんだもんね」

「私は二十二だよ、もう」

「あっ、そうか。いっしょに卒業したから、年上だって忘れちゃうなぁ」雫の声ははずんでいる。

「雫は卒業後のことは決まってるの？」

結局、雫は諸角先生の勧めで、美術専攻もある国立の教育大学に進学していた。教職課程も履修しているそうだ。

「うん、ちっと院に行こうかなって迷ってて」

「インか〜」と、適当に相槌を打ちながら、頭の中ではどこかにすぽんとおさまって、インしている雫が浮かんでいる。

「真琴先輩が、どんどん遠くなっちゃう気がするなぁ」雫が感慨深げに言った。

「私はどこにも行かないよ」

「実際、関西に行っちゃったじゃん」

「まあ、それはそうだけれども……」

二〇一〇年に女子プロ野球リーグの公式戦がスタートしたと知ったときは、律ちゃんと二人、手をとりあってよろこんだ。女子プロ選手になることが、二人の大きな目標になった。

二〇一一年八月に、西武ドームで行われた女子プロの合同トライアウトに、真琴は律ちゃんを誘って参加した。十七人の合格者のうちに、二人は見事に選ばれた。

翌年の三月に、真琴は一年遅れで高校を卒業した。のんびりするひまもないまま、その月のうちに真琴は人生ではじめて実家を離れ、大阪での寮生活をスタートさせた。真琴は京都アストドリームス、律ちゃんが兵庫スイングスマイリーズに所属することになり、念願だった女子プロ野球選手としての第一歩を踏み出したのだった。

今年が三年目のシーズンだ。去年から、全チームが大幅に改編されて、真琴はウエストフローラ、律ちゃんはサウスディオーネと所属が変わっていた。

野球でお金がもらえる——ほんのちょっとではあるけれど、それはあまりにも贅沢なことに感じられた。はじめての給与明細を見たときは、ようやくプロになれたんだという実感がわいた。

「登板の翌日で疲れてるでしょ?」平日の朝だった。お互いの一日が、これからはじまる。

「今日は専門学校があるしなぁ」真琴もうなずく。

女子プロ野球選手には、セカンドキャリアサポートという制度がある。ようするに引退後の生活を考えろというわけで、真琴は試合や練習の合間に柔道整復師の専門学校に通っている。

「そろそろ切るね」

「うん、じゃあね~」真琴は電話を切ってから伸びをした。肩の調子も良好だ。

今日は、午前中にかるくランニングとキャッチボールをして、筋肉をほぐし、登板の疲れをとる予定だった。午後は柔道整復師の専門学校に行く。

球団のマネージャーからは、報道陣が押しよせるかもしれないから、対応に気をつけるようにと言われていた。平常心でいこう、と気合いを入れて、着替えはじめた。

ちらっと、机の上に置かれたウイニングボールが目に入る。

そのボールを投げた相手――最後のバッターは、律ちゃんだった。

六月七日。前半戦の最終日だった。フローラはすでに前期の優勝を決めていた。

わかさスタジアム京都でのナイトゲーム。決して多くはない観客たちが、わきかえっている。

本当に、その日の投球はできすぎだった。すべて狙いどおりのコースにずばずば決まる。また、それをおもしろいように、バッターたちが空振りし、ゴロを引っかけてくれる。

七回の裏、ツーアウト。真琴はまだ一人のランナーも出していない。ヒットも打たれていない。フォアボールも、デッドボールも、エラーも出ていない。

女子野球の規定は七回まで。最後、二十一人目のバッターをおさえれば、記録達成だ。ところが、完全試合がかかった最後のバッターがコールされた瞬間、真琴の心臓はちくりと痛んだ。

代打で律ちゃんが出てきたのだ。

もちろん頭に入っていないわけではなかった。律ちゃんはまだ試合に出ていなくて、右バッターだから、私への代打にはうってつけの存在で、でも、なるべく意識しないように心がけていたのだ。前の二人が出塁する可能性だってあったわけだけど、真琴は難なく二人を切ってとって、ツーアウトまでこぎつけたところだった。

律ちゃんがものすごい眼光で真琴をにらみつけながら、右のバッターボックスに入っていく。ふだんの明るく溌剌とした表情は、このときばかりは影をひそめて、敵意むき出しの視線を向けてくる。

まさか、最後が律ちゃんだなんて……。

いや……、まだ最後だと決まったわけじゃない、何を焦っているんだ、私は。

十八歳のときから、苦楽をともにして、笑ったり、泣いたりしてきた律ちゃん。野球は楽しむものだと律ちゃんに教えられて、真琴の精神に革命が起こった。

楠元監督の影と、手の感触が頭から決して消え去ったわけじゃない。でも、それからはいつも笑顔で、バックを信頼する野球を心がけた。だからこそ、私はここまで来られたんだ。野球漬けの毎日で、ぐんぐんと実力が伸びたんだ。

プロになって、チームが分かれてからも、オフの日はよくいっしょに遊びに出かけていた。寮は同じだから、毎日のように顔を合わせている。お互いの弱点はもちろん知りつくしている。

どうしたって投げにくい。真琴はタイムをとって、間合いをあけた。ふと、周りを見渡してみる。

あれ？　いつも元気なチームメートたちが、やけに緊張でこわばっているように見えるぞ。

まあ、そりゃそうか、と真琴は思った。完全試合は、一人のランナーも許されない。エラーした瞬間に記録は消える。投手一人の責任なら、フォアボールを出そうが、ヒットを打たれようが、割り切れると言えば割り切れるけれど、野手のエラーで記録帳消しとなると、お互い精神的にきついはずだ。

　真琴はここぞとばかりに声をかけた。

「ダイジョブ、ダイジョブ！　いつもどおり！」笑って両手を挙げる。

　野手たちから口々に応答の声が返ってくる。真琴もうなずいて、前に向き直る。すると、さっきより緊張が増しているのがわかる。「いつもどおり」と、わざわざ声に出して言うからには、絶対にいつもどおりのシチュエーションではないわけで、声に出してしまったがために、ますますプレッシャーが大きくなっていく気がした。

　ロージンを手になじませる。蒸し暑くて、しめった指先に息を吹きかける。白い粉が飛んでいく。

　開き直ろう、と自分に言い聞かせた。自分の仕事は、キャッチャーの指示どおりに投げこむことだ。サインをのぞきこむ。

　へ？　と、真琴は前傾姿勢のままかたまってしまった。キャッチャーからのサインは、「マコにまかせる」だった。

　またしても、プレートをはずす。すると、キャッチャーのチカ先輩が小走りでマウンドに走ってくる。

「最後は、マコちゃんが投げたいボールを投げさせたほうがいいかなぁって思って」まったく悪びれずに、真琴の肩をもみながら言ってくる。

「ちょっと、チカ先輩！　ここにきて、責任回避ですか！」真琴はあきれて言った。

「アナタ、年上でしょ！」

「いやいや、マコはすごいピッチャーだから、先輩とか後輩とか関係ないよ」と言って、チカ先輩は防具をかちゃかちゃ鳴らしながら、ホームに戻っていった。

もう、どうにでもなれ、と思った。初球はストレートと、帽子にさわって先輩に伝える。

やたらと打ち気に逸《はや》っているように見える律ちゃんに対して、まずはご機嫌伺い程度に、アウトローのストレート。はずれて、ボール。

あれ？　律ちゃんはぴくりとも動かなかった。なんの反応も示さない。何食わぬ顔で、バットを下ろして、足元をならしている。

ということは、変化球待ちかな？　シンカーにヤマを張っている？　それなら、ストライクゾーンにストレートぶちこんでも大丈夫かな？　いやいや、初球の待球は「撒《ま》き餌《え》」という可能性もある。ストレートなんか興味ありませんよ、という顔をして、油断させておきながら、次のストレートをすこんと打ってくる可能性は否定できない。

ヤバい、超疲れるぞ——真琴は汗をふいた。何を投げても打たれそうな気がしてくる。キャッチャーはずっとこんなことを考えながら、リードしているのかと思うと、大変なポジションだとあらためてチカ先輩を尊敬してしまう。

そうしたら、ちょっとだけマスクをかぶった龍也の姿を思い出してしまった。あわてて、バッターの律ちゃんに集中する。

とりあえず、ストライクをとらないとはじまらない。かと言って、安易にとりにいくと、絶対打たれそうな気がする。

でも、フォアボールを出すより、いっそのこと気持ちよく打たれたほうがいいような気もしてくる。いやいや、何を言ってるんだ！　今日の場合は逆だよ。フォアボールなら、まだノーヒットノーランの可能性は残るけれど、ヒットを打たれたらすべてご破算だ。

いやいや……、それにしても記録にこだわりすぎだろう。べつに記録なんかどうでもいいわけで、チームが勝てばいいじゃないか――真琴の思考はころころと二転三転していった。

それにしても、これだけものを考えたのははじめてかもしれない。頭が爆発しそうだ。私の脳みその容量からして、限界だ。四の五の言ってもはじまらないし、投げちゃおうと思った。

二球目。スライダーで足元をえぐっていく。律ちゃんが反応して、バットを振ってくる。ファールチップが飛ぶ。ワンボール・ワンストライク。

あ……、と真琴は気づく。この際、相手に考えるヒマを与えずに、次々投げこんでいっちゃえばいいんじゃない？　じゃんけんぽん、あいこでしょ、の勢いで、何も考えずに投げつづけちゃえば、案外うまくいくかもしれない。

律ちゃんがバットを構えると、間髪を入れずにモーションに入る。タイミングをややずらす、スクリューボール。

投球の間を極端につめながら、ボール自体はブレーキのきいた変化球。律ちゃんのバットが、中途半端な勢いで出ていくのを、スローモーションのように眺めながら、勝った！　と思った。

案の定、鈍い金属バットの音が響いて、ふらふらっとフライが上がる。三塁のファールゾーン。

律ちゃんがくやしそうに、うらめしそうに、打球を見上げる。サードのマイカちんが、フェンスの手前まで追いかけていく。

終わったぁ〜！　と思ったら、マイカちんのグラブからぽろりとボールがこぼれた。

「えっ！」と思わず、声に出してしまった瞬間には、ボールがグラウンドに落ちている。審判がファールと叫ぶ。

当のマイカちんは、呆然とファールゾーンで立ち尽くしていた。周囲から「ドンマイ！」と、声がかかる。まだファールフライで救われたと考えるべきなのか……。

真琴も「気にするな！」と叫んで、マイカちんを励ました。ふらふらと守備位置に戻っていくけれど、その足どりはあきらかに重い。やっぱり、気にするな、というほうがムリな注文なのかもしれない。

これ以降は、絶対にサード方向には打たせられないと思った。マイカちんを信頼しないわけじゃなくて、もし、万が一フェアゾーンでふたたびエラーしたら、彼女は一生立ち直れないんじゃないかと思ったからだ。

そんなことを言ったら、ヒットやフォアボールを出して、記録が消えてしまうだけで、マイカちんには、これ以上ない精神的ショックを与えてしまうだろう。もし、あのファールフライで終わっていたら……、ということになりかねないわけで、これでさらに背負うものが大きくなってしまったと思った。

ねぇ、どうしたらいいと思う？　心の中で無意識に龍也に話しかけている。マコのいちばん自信のある球でしとめるに決まってるでしょ、と龍也が答える。自然とそんなやりとりが頭の中に浮かんできて、それでも嫌な気持ちは全然しなかった。むしろ、心強い味方がつねによりそってくれているような安心感があった。

私はまだ龍也君が好きなんだろうか？　まだ未練が残っているんだろうか？　自分のほうから、もう絶対に会わないって言ったのに……。そんなことをぐずぐずと考えてしまう。

次々と浮かび上がってくる余計な感情を振り払うように、真琴はポニーテールを一度ほどいて、結び直す。引きしぼるように髪を集めて、ゴムでまとめる。

集中力がぐっと高まっていくのを感じた。オーディオの音量のつまみをしぼるように、すぅっと周りの音が消えていく。

真琴の腹は決まった。カウントは、ワンボール・ツーストライク。まだ余裕がある。ストライクから、ボールへシンカーを落とす。必ず律ちゃんは振ってくる。

真琴はセットポジションに入った。ごめんね、律ちゃん。心の中で一言あやまってから、渾身のシンカーを投げこんでいった。

最初は、ストレートの軌道で、真ん中低めに吸いこまれていく。

律ちゃんの大きい目がさらに見開かれていく。スイングの瞬間、大丈夫なのかっていうくらい、上下の歯をぐっと食いしばる。それらが、手にとるように見える。

ちょっと、ちょっと! さっきからやたらスローになって、時間が伸びたり縮んだりするんだけど、これってもしかして、ゾーンってヤツじゃない!?

無音だ。なんの音もしない。おそろしいほど静かだ。自分の心臓の音だけが、とくんとくんと響いている。

さぁ、こっからボールを曲げるぞ! バットとボールが近づいていく刹那に、ぐぐっとみずからの意志でボールを落としていく。実際のところ、そんなわけはないけれど、ただの物理現象でボールは曲がって落ちていくんだけど、それでもスローで飛んでいくボールから糸が出ていて、それを自分が握って操っているような気がして、一気にその糸を引っ張って急降下。

　律ちゃんのバットが空を切っていく。

　その瞬間、音の洪水が押しよせて、通常のスピード感覚が戻ってくる。真琴はいつの間にかナインに抱きかかえられていた。「やった、やった！」マイカちんが泣いている。

　その人垣の向こうに、肩を落としてベンチに戻る律ちゃんの後ろ姿が見えていた。

　マネージャーの言葉どおり、その日から取材合戦が過熱しはじめた。

逆境を乗り越えた女子野球選手――そういった側面が強調される一方で、耳をふさぎたくなるような中傷がじわじわとよみがえってくる。

　球団が運営しているブログには、所属選手が誰でも書きこめるのだが、完全試合を報告した真琴の最新の日記が炎上してしまった。真琴を擁護《ようご》するファンと、過去の事件を真琴のせいだと糾弾《きゅうだん》する人たちのバトルで大混乱し、球団はしばらくブログを休止することを決定した。

真琴一人のブログならいいけれど、球団のものなので、多大な迷惑がかかっている。いくら自分が潔白だとしても、広報の人たちがあたふたと対応に追われているのを見ると、申し訳なさでいっぱいになってくる。

お前は野球だけを頑張ればいいとチームのみんなに励まされたけれど、全人格を否定するような書きこみはとまらなかった。それでも、最多勝がかかっている真琴は懸命に投げつづけた。

七月からの後半戦がはじまると、バックネットの最前列に陣取って、スピードガンを向けてくるおじさんたちがちらほらと見えるようになった。真剣な表情でメモをとっている。

「熱心なファンですねぇ」と監督に言ったら、怒鳴られた。

「何を悠長なこと言ってるんだ！　あれはお前を見に来てる、プロのスカウトだ！」

「はい？」

「やっぱり、お前は、マイペースというか、なんというか……」と、監督はあきれ顔だ。「気づいてるもんだとばっかり思ってたけど」

「プロって、あのプロですか？」真琴の頭の中には、巨人のジャビット君の凜々《りり》しい、オレンジ色の笑顔が浮かんでいる。

「それ以外、何があるんだ？　男子プロの球団が、お前に興味を持ってるってことだよ！」

どういうことですか？　スカウト？　プロ？　「興味を持つ」という言葉の意味がわからなかった。

実際、元プロのスカウトたちが、同じく元プロの監督のもとに試合後挨拶に来ている。ますます訳がわからなくなった。ネットへの書きこみや、取材合戦、スカウト……。自分自身に関することなのに、まったくあずかり知らないところで事態が大きくなって膨らんでいくようだった。

とりあえず、自分にできることは、野球を楽しみながらベストのピッチングをすることだと言い聞かせた。つねに温かい言葉をかけてくれるファンを裏切らないようにしようと心に誓った。だから、試合中に心ない野次が飛んできたとしても、ファンの前には必ず顔を出した。女子プロ野球選手は、会いに行けるプロ野球選手。試合後には、球場の外でユニフォームのまま、ファンと交流する。

真琴の前にはいつも長蛇《ちょうだ》の列ができた。一人一人に握手をして、サインをして、写真をいっしょに写した。完全試合を達成する前からずっと応援してくれているファンの人が、「にわか」が多くなって困ると怒っていたときは、ちょっと笑ってしまった。

ファンの列は若い男の人で最後だった。

見たことのない人だったけれど、その顔を見た瞬間、なんだか懐かしい気持ちがした。気のせいだと思って、笑顔で握手をかわそうとした。

「あの〜」と、その男の人は言いにくそうに口を開いた。「やっぱり、俺のこと覚えてないよね？」

「えっ？」

ぽりぽりと、人差し指で頭をかくしぐさ。少し彫《ほり》の深い、シャープな顔だち。

「あっ！」両足の力が一気に抜けて、真琴はその場にしゃがみこんでしまった。

子どものころの情景が目まぐるしく回転して、夏の公園がまぶたの裏によみがえってきて、涙が一気にあふれてきた。しゃくりあげて泣いた。泣いても、泣いても、とまらなかった。

「君、何やってんだ！」ぴりぴりしている球団関係者が、真琴と男性のあいだに割って入る。周りで見ていた大勢のファンまで、怒鳴り声を上げながら、男の人に食ってかかる。

アンチの人間が真琴を泣かせたと完全に思いこんでいるらしい。チームメートの誰かが、励ますように真琴の体を横から抱きかかえる。何があったんだ？　わからないです、マコちゃんが急に泣き出しちゃって……。そんな会話が聞こえてくる。

違うんです！　今すぐに叫びたかったけれど、声が出なかった。しゃがんだまま、頭の上のほうで言い争う声が響いて、早くとめなければいけないのに、とめられるのは自分しかいないのに、気持ちの整理が追いつかなくて、なかなか立ち上がることができなかった。

本当に目の前にいるのはあの人なの？

出ていけ！　という声が響く。親衛隊みたいな人たちがすでにできあがっていて、真琴を守ろうとする。激しくもみあっている衣擦《きぬず》れの音が聞こえる。足音もばたばたとあわただしく真琴の周囲を行きかう。早くとめなきゃいけないのに、足に力が入らない。

「僕は何もしてないです！」男の人は必死に弁解している。「僕はその……」

「私の初恋の人です！」真琴はしゃがみこんだまま、思いきり叫んだ。「だから……、だからやめてください！」

一瞬、静寂があたりを支配した。おそるおそる顔を上げる。周囲の人たちは動きをとめてだまりこんでいた。

あなたは、タクト君でしょ？　小学生のとき、いっしょにキャッチボールをしたタクト君でしょ？　その一言がとっさに出なかった。ただただ、相手の顔を見上げることしかできなかった。

メッセージが入った軟式球は、寮にも持ってきていた。ずっと大切に持っていた宝物だ。あのボールでキャッチボールをしたという思い出が、そして、あのボールそのものが私をここまで引っ張り上げてくれたんだ。

チームメートに抱え上げられた。ようやく落ち着いて、向かいあう。周囲の人は遠慮して、遠巻きに眺めている。お互い照れくさくて、なかなか第一声が出なかった。

「ニュースで見てすぐにわかったよ」と、タクト君がやっぱり頭をかきながら言った。「鳥海っていう名字もめずらしいから、すぐにあのときの鳥海だって気がついた」

真琴はうなずくことしかできなかった。いろいろと聞きたいことがあるのに、いざとなると何も言葉が出てこなかった。あれから、いったいどうなったのか、どんな人生を歩んできたのか、質問が一気にあふれ出してきて、渋滞を起こし、喉の奥でつまっていた。

「鳥海全然変わってないから、ちょっと笑っちゃったよ」

「私の顔、覚えてたの?」

「当たり前じゃん。髪の長さもあのころから変わってないだろ?」

真琴は帽子から飛び出た、自分のポニーテールをさわってうなずいた。

「本当は会いに行こうかどうか迷ったんだけど、でも、会わなきゃ後悔するような気がして」

「ありがとう……」ようやく、しぼり出すように言う。「見つけてくれて、ありがとう」

いつか、野球選手として有名になったら、タクト君が見つけ出してくれると信じていた。あのころの自分に言ってあげたかった。ほら、こうして、夢がかなったよ。努力は全然ムダじゃなかったよ、って。

「今、俺、京都に住んでるんだ。大学の寮で」タクト君が、漠然と球場の後ろのほうを指さす。

「どこだか、わかんないよ」真琴は思わず笑ってしまった。

「でもさ、まさか鳥海も京都にいるとは思わなかったなぁ」

本当は、寮は大阪にあるんだけど、そんなことはどうでもよかった。こんなにも近くにいたということが驚きだった。

あらためて、タクト君をおずおずと見つめてみる。背がかなり高い。でも、線が細くて顔が小さい。

彫が深くて、目がきりっとしているんだけど、ちょっとたれ目で、優しそうだった。まばたきするたびに、長いまつげがふさふさと動く。すっかり面影《おもかげ》を忘れていたのに、本人を目の前にすると、幼いころのタクト君も頭の中で一気によみがえった。

放課後の公園で、いっしょにキャッチボールをしていたあのころ。なぜだか、真夏の光化学スモッグのような息苦しさが、蟬《せみ》の鳴き声といっしょに、胸を深くえぐってくる。せつなくて、悲しくて、苦しくて、また涙が流れそうになる。

「ホントに、夢をかなえたんだね」タクト君の目が、濡れて、光っている。「すごいと思う。まさか、本当にプロになれるなんて……」

「タクト君は……」しばらく迷ってから、真琴は意を決して聞いてみた。「タクト君は立派なおとなになれた？」

タクト君はしばらくのあいだ、ぽかんとしていた。それから、すぐに笑顔になって答えた。

「まだまだ、これからだよ」そして、たしかめるようにもう一度言った。「これからだと思う」

タクト君らしい、誠実な答えだった。もう、じゅうぶん立派だよ、と言ってあげたかったけれど、勇気がなくて言えなかった。

「東京で就職が決まってるんだ。来年四月には、晴れて社会人」大げさに、自分の胸をたたいて言う。

「そっか……、おめでとう」言葉にならない悲しみが襲ってくる。また、離れ離れになってしまう……。

十年以上会っていなくて、ひさしぶりに再会して、そのあいだのお互いのことなんてなんにも知らないのに、向こうには彼女だっているかもしれないのに、もう二度と離れたくない、絶対にイヤだ——そんな筋違いなことを思っているどうしようもない私。自分の頭を、自分のこぶしで殴りそうになる。右手で左手の手首をぎゅっと握りしめて、こらえた。

「新しい学校に行って、イジメられても、鳥海だけがかばって、仲よくしてくれたっていう思い出が、ずっと俺を支えてくれたんだ」思いきって、というように、タクト君が告白する。「そうして、信じて、毎日学校に行ったら、だんだんと仲間が増えていった。もう大丈夫だと思えた」

「私だって同じだよ。もらったボールをいつも眺めて頑張った」

それを聞いたタクト君は、ゆっくりとうなずいた。

「だから、鳥海も胸を張って投げていれば、きっと大丈夫」

「うん」

「だから……」タクト君が何か言いかけたとき、背後から声がかかった。

「マコさん！　そろそろバスが出るよ！」マイカちんが、真琴の荷物を持って呼びに来た。

ようやくふつうに話せると思ったのに……。ようやく、本音を包み隠さず言えるようになったのに……。時間切れだった。

「じゃあ……」タクト君が、気をつかった様子で、踵を返しかける。

「あの……」真琴が呼びとめる。でも、ここぞというときに、言葉が出てこなかった。「……タクト君、元気でね」

「鳥海も、元気でね」

タクト君が、夜の閑散とした運動公園の闇の中に消えていく。

鳥海投手……と、真琴は、遠ざかっていくタクト君の背中を見つめながら、ピッチャーの自分自身に問いかけた。なんで、マウンドでのケタはずれの度胸を、私生活に少しでもわけてあげられないんですか？


「連絡先を聞かなかったの!?」律ちゃんがため息まじりで言った。「何やってんの、マジで」

「だって、マイカちんが、めちゃくちゃちゃせかすんだもん」と、真琴は頬をふくらませながら答えた。本当は、そんな勇気なんてこれっぽっちもなかった。

「え～！」マイカちんが、不満の声を上げる。「私のせいですか！」

真琴は寮の食堂で、興味津々で取り囲んできた女子たちに、内輪の記者会見を開いていた。こういう話題のときはチームも関係ない。真琴はタクト君との出会いを話しはじめた。

「名前は？」「いつの知り合い？」「何年振りなんですか？」「めちゃくちゃカッコよかったですけど、やっぱり顔にひかれたんですか？」次々に記者のような質問が飛んでくる。

けれど、落胆している真琴を前にして、その熱気もすぐにしぼんでいった。徐々に真琴を励ますモードに切り替わっていく。

「ほら、最近はSNSもあるし、マコの居所はバレバレなわけだし、大丈夫だよ」チカ先輩が肩を叩いて言う。

真琴はこれでよかったんだと思った。思おうとした。

お互いまだまだこれからなんだ。タクト君は立派なおとなになる途中――それを一方的な感情で、絶対に邪魔しちゃいけない。それに、私だって野球選手として発展途上だ。お互いのために、こうするべきだったんだと思った。

いつかまた会える――それは、都合のいい考えかもしれない。でも、二人とも成長した姿を堂々と見せられる日が、いつかきっとやってくると思った。それを信じていたら、どんな心ない中傷にも胸を張って耐えられるはずだ――。

そう考えていたら、律ちゃんが「また、きっと会えるよ」と、真琴の肩にそっと手を置いた。

完全試合のとき、バッターボックスではあれだけ闘志むき出しだったのに、寮に帰ると心から祝福してくれた律ちゃん。

グラウンドではライバル。プライベートでは友達。そんな存在が近くにいてくれるだけで、私は幸せだと思った。

女子プロの後半戦が終わった二週間後のことだった。十一月には、関東のチームの勝者との女王決定戦がひかえている。

フローラは後半も優勝を果たした。自身は三年連続で最多勝と最優秀防御率のタイトルを獲った。

夕方には、みんなで集まってテレビを観た。この日、十月二十三日の木曜日は男子プロ野球のドラフト会議だった。

やっぱりみんな野球のこととなると関心があって、会議の中継がはじまるとばらばらと食堂に集まってきた。必ず出るギャグは、「私、指名されたらどうしよう」というもので、お調子者のムードメーカーが、記者会見の予行演習をしはじめる。

テレビの中では、第一巡目の指名がはじまっていた。

指名が発表されるたび、そして重複していた選手のくじ引きが決まって、監督たちがガッツポーズするたび、食堂に集まった女子プロ選手たちがわきあがる。

結婚式の披露宴みたいに円卓が十個あって、その周りに監督やオーナーたちが座っている。一リーグ・十球団制になってから十年。プロ野球の人気はやや下火になりかけているとはいえ、まだまだ世間の注目を集めている。

指名はとどこおりなく進んで、七巡目に突入した。

「第七巡目選択希望選手、琉球ブルーシーサーズ……」男性のアナウンスが、そこで大きく間をおいた。

真琴の胸が一瞬ざわついた。いちばん球場に足を運んできたのは、琉球のスカウトだった。でも、勘違いだとすぐに思い直す。まさか、自分が指名されるなんて、女子が男子のプロ野球に入るなんて、そんなバカなこと、あるわけがな……、とまで考えたところだった。

ブルーシーサーズの球団旗が前方のモニターに映し出されていて、それがぱっと文字に切り替わる。

真琴は目を疑った。

「……鳥海真琴、投手、ウエストフローラ」

あまりにも淡々としたアナウンスの口調に、食堂の中が、不自然なほど、しーんと静まりかえる。誰一人として、言葉を発することができなかった。

いったい、どれくらい無音がつづいただろう。誰からともなく叫び出して、食堂はお祭りさわぎになった。

テレビの中も同じく騒然となっている。カメラのフラッシュが、絶え間なく光っている。琉球以外の監督やオーナーたちが、驚きの表情で話をかわしている。

「マコがシーサーズから指名された！」ふと気がつくと、寮の放送のマイクを使って、誰かが繰り返し叫んでいる。それを耳にした人たちが食堂になだれこんでくる。いつの間にか、真琴は仲間たちに抱えあげられていた。胴上げがはじまって、真琴は訳がわからないまま宙に舞う。

「ちょっと！」真琴は叫んだ。「て……天井に刺さる！」

みんな力の加減ができない興奮状態なので、そのまま上の階に突き抜けそうになった。ようやく下ろしてもらったときには、寮にいるほとんど全員の女子プロ選手が食堂に集合していた。

「私たちのぶんまで……」と、律ちゃんが目をうるませて、真琴の手をとりながら言った。「私たちのぶんまで、やってくれるよね？」

これだけの野球女子たちの夢を背負う――その覚悟が私にはあるんだろうかと、真琴は自問している。

っていうか、その前に何かの間違いなんじゃないかと疑った。あれだけ多くの仲間たちが見ていたのに、いまだに自分の指名が信じられなくて、真琴は何度もスマホをネットにつないで、ニュース速報の自分の名前を確認した。

それからは、目に見えない大波にさらわれて、自分の意志に反して押し流されていくような毎日だった。自分でも、いったい将来どうしたいのか、一年後の自分がどうなっているのか、まったくわからなかった。そもそも、男子のプロの世界で投げている自分の姿が想像できない。

それでも、世間は初の女子選手誕生という話題で、大々的に盛り上がっている。すでに入団が決定したかのような騒ぎようだった。しかも、過去に受けたトラウマを乗り越えてつかんだチャンス。マスコミが放っておくはずがない。

翌日には女子プロ野球機構が主催して記者会見を開いた。これほどのカメラの前にいきなり引きずり出されて、フラッシュを浴びて、自分が何かとんでもなく悪いことをしでかしてしまったような気分になった。意味もなく「すいません」を連発した真琴は、開始五分で汗だくになっていた。

記者の質問には、「まだ何も決めていません」としか言うことができなかった。本当に何も決めていなかったのだ。まだ、家族ともまともに話していないのに……。

会見を終えると、とるものもとりあえず、その日のうちに帰省した。

家族で話しあって、いまだ結論が出ないうちに、琉球ブルーシーサーズのスカウトが一回目の交渉にやって来た。真琴を担当した関西方面のスカウトと、統括のえらいスカウトの二人だ。父の誠治が出迎えて、話をはじめた。

しばらく、誠治の高校生のときの話、同年代でプロになった選手の話題で盛り上がっていた。真琴にとっては全然知らない人たちだったけれど、スカウトも元プロなわけで、父親と共通の知り合いもいるようだった。

それから、スカウト二人が居ずまいを正して、本題に入った。

「真琴さんのシンカーとスクリューは、今すぐにでも通用するレベルだと考えております」統括のスカウトが話しはじめる。

真剣な表情でそう言われると、おちょくられてるんじゃないかとすら思えてくる。カメラでもしかけられているんじゃないかと、真琴はそわそわとリビングを見まわした。となりの和室から、雫が「大成功！」というプラカードを持って出てきそうな気がした。

「一見、変化球に目が行きがちなんですけど、制球も抜群ですね」つづいて担当のスカウトもほめちぎる。「体の使い方も実にしなやかですし」

この場から逃げ出したかった。お客さんより先にお茶を飲みほした。ほめられるのに慣れていないということもある。父も雑談のときの笑顔を一気に引き締めて、スカウトたちの話を聞いている。

「ウチの球団は左が不足してましてして……」と、年上のほうのスカウトが言った。「ぜひ、お力を貸していただけると助かります」

いくら弱いとはいえ、琉球だってプロ球団だ。私なんかが通用するんだろうか、という疑問がぬぐいきれなかった。父親もふくめて、目の前にいる三人は、めちゃくちや体ががっしりしていて、精悍で、歳をとった今でも私なんかよりよっぽどウマそうに見える。

それに、世間ではブルーシーサーズが話題づくりだけで指名したんじゃないかとまでささやかれているのだ。いくら女子プロで完全試合を達成し、最多勝と最優秀防御率を三年連続で獲ったって、女子は女子。結局、マスコットとして利用されるだけだと、うがった見方をする人も多くいる。

「私はスカウトの仕事にプライドを持っています」担当のスカウトが、だまりこんでいる真琴の疑問を察したように口を開いた。「この目に狂いはないと、信じてます。そうじゃなければ、指名しません。自信を持ってのぞめば、必ず結果は出るはずです」

「さっそく、条件なんですが……」統括のスカウトが、あとを引き継いだ。「甲」とか「乙」とか書かれた契約書を、すっとテーブルの上に出す。そこに書かれた金額を見て、真琴は失神するかと思った。

「とりあえず、契約金が三千万、年俸が五百万で考えてます」

絶句した。「とりあえず」で、さらっと済ませられる金額じゃない。目ん玉が飛び出そうな金額に言葉が出なかった。でも、男子プロでは底辺の金額に違いない。

誠治が保留の態度を一貫して、一回目の交渉は終わった。真琴も迷っていた。家族会議が開かれた。

「最終的には真琴が判断しなさい」と、誠治が言った。「でも、俺は疑問だな。なんで女子プロがあるのに、わざわざ男子プロの中に飛びこむ必要があるんだ？　男子の中に、一人女子が入りこむなんてプロスポーツがほかにあるか？」

真琴もそう思う。事件が起こった直後、両親が心配してくれたときの気持ちが、痛いほどよくわかる。

母も当然反対するだろうと覚悟していた。ところが、お茶を一口すすった母は、真っ直ぐに真琴の目を見て言ったのだ。

「やりなさい、真琴」にっこりとほほえむと、真琴と同じようなえくぼが頰に浮かんだ。「何を迷う必要があるの？　子どものころからの夢がかなうんでしょ？」

「おい、母さん！」父があわてて母の言葉をさえぎる。

真琴もびっくりしていた。子どものころから、泥だらけになって野球をする真琴に、母は眉をひそめていることが多かった。でも、ユニフォームを洗ったり、朝練のある真琴よりも早く起きてお弁当をつくってくれたり、いつだって陰で支えてくれたのは母だった。

「私は見てみたいの」少しうるんだ目を、遠くへ向ける。「琉球のユニフォームを着て、東京ドームや、甲子園や、神宮のマウンドに立つ真琴の姿を」

そう言われて、真琴も何万もの観客にかこまれたマウンド上の自分の姿を想像した。身震いがした。そうだ。ずっとあこがれだった甲子園のあのマウンドに、私は立てるんだ。

雫とひさしぶりに喫茶店で会った。

雫がアイスコーヒーを掲げて「乾杯！」と言うから、真琴も何がめでたいのかわからないままコップを合わせた。一口飲んでから、さっそく家族会議でのやりとりを雫に話しはじめた。

「正直言って、ちょっとだけ迷ってるんだ」

父親の言葉は本当に正しいと思う。男子の中に女子が一人だけ飛びこむプロスポーツの世界がほかにあるだろうか？

「真琴先輩、いつか言ってたよね？」ストローを口にふくみながら雫が聞く。「男も女も関係ない。目の前のバッターを打ちとるだけだって、そのことに気づかされたって」

「でも、今回ばっかりは……」真琴は言いよどんだ。「さすがに性別を意識しちゃうでしょ」

真琴は不思議な気分だった。髪も染めていないし、化粧もあまりしていない雫は、中学生のころのあどけなさが、まだまだ顔に残っている。まるで、出会ったときのまま向きあっているような、あれからちっとも時間がたっていないような、そんな錯覚が起こって、真琴は近くにあったおしぼりをぎゅっと握りしめた。

「はじめての女子選手だから、世間からめずらしがられるだけで、なんにも特別なことじゃないと私は思うよ」雫が話をつづけた。「むかしは、メジャーリーグに黒人が入っちゃいけなかったんでしょ？　でも、最初の人が入って、今ではそれが当然になってる」

「うーん……」と、真琴は考えこんだ。「それとは根本的に違うような気もするんだけどなぁ」

「違わないって」雫が力説する。「今は特別なことに思えるけど、長い目で見ればそんなに特別なことじゃなくなるんだって」

「そうかな？」

「スポーツの世界にかぎるから、特殊に見えるんだよ」視野をもっと広げろ、とでも言いたげに両手を開く。「ほとんどの世界は、男も女も関係ないよ。絵ももちろんそうだし、芸術の世界はなんだってそうだよ。オーケストラ見てごらんよ。男と女が混ざって一つの音楽をつくりあげるわけだしね。そう考えたら、どんな分野にだって真琴先輩みたいな最初の女性は存在したわけでしょ？」

「たしかに」ちょっと説得されかけている自分がいる。いかん、と真琴は気を引き締めた。

「それはね、芸術だけじゃなくて、世の中みんなそうだよ。女の人が会社に入って、男性社会の中でやってくことだってそうでしょ？　最初はキャリアウーマンなんて、なんじゃそりゃって思われてたのに、今じゃ当たり前の世の中でしょ？　たぶん何十年か前の女性たちが、嫌味を言われつづけても第一線で仕事をつづけて頑張ってきたから、今があるはずだよ」

「たしかに……」ちょっと心が動きはじめている。コップについた水滴を、指の先でもてあそびながら雫の話に耳をかたむけていた。

「先輩が言ったみたいに、男も女も関係ないんだよ。先輩の仕事はどんなバッターでも打ちとることでしょ？」

「まあ、それはそうだけどさ」

「それでも、オトコになろうなんて、肩肘張っちゃいけないよ。あくまで、オンナのまま堂々とマウンドに立てばいいんだよ」

真琴は抹茶ラテを一気に半分まで吸いこんだ。いくぶんか、気持ちが楽になっていくような気がした。

「せっかく道が用意されてて、そこを登る資格があるんなら、登ってみようと思うのが自然な発想なんじゃない？」いつになく熱が入ったしゃべり方だった。「ダメだったら、その時点で引き返してくればいいだけの話なんだから。そのときは、また私がたっぷりなぐさめてあげるからさ」

雫がにっこりとほほえむ。

真琴は思わず笑ってしまった。雫がなぐさめてくれるのなら大丈夫かと、半分冗談、半分本気で思った。こてんぱんに打たれたとしても、きっと雫がいてくれるなら大丈夫だろう。

「それに沖縄だよ！」雫がテンション高く叫ぶ。「めちゃくちゃうらやましいなぁ」

「遊びに行くわけじゃないんだけど……」

「でもさ」と、雫は急に真顔になって言った。「好きなことを最高の環境でやろうって思うのがふつうなんじゃないかなぁ」

まさか、雫からこんなに説得されるとは思わなかったけれど、その一言が決定的だった。

契約金を聞かれたから、正直に答えた。「じゃあ、このあと焼き肉、先輩のおごりで行こう」と言い出すので、いつものとおり雫の足をテーブルの下で蹴り飛ばした。もうそうなると、話はすぐにくだらない方向にふれていって、中学生のときの思い出話や、雫の大学のサークルの話題で盛り上がった。

焼き肉をたらふく食べた帰り道、真琴は誰もいない児童公園のブランコに一人で座って、スマホをいじっていた。龍也の番号とアドレスが、暗闇の中にぼうっと浮き上がる。

機種変更をしても、龍也のデータは消すことができずにそのまま残していた。今、ボタンをたった一つ押すだけで、龍也に電話をかけることができる。声を聞くことができる。向こうの世界とこちらの世界をつなぐことができる。

いったい、龍也君ならなんと言うだろうか？　マコならやれる、と言ってくれるだろうか？　それとも、女子プロの世界にとどまれと言うだろうか？

風のうわさで、龍也は高校を卒業して野球をきっぱりやめたと聞いた。あの事件にいちばん翻弄されたのは、私なんかじゃなく、実は龍也君だったのかもしれないと、真琴は申し訳なく思っていた。

高卒ですぐにプロはムリだったかもしれないけれど、大学や社会人でつづけていれば、じゅうぶん通用する選手に成長できたはずだ。肩の強さ、バッティングのしなやかさ、リードの的確さは、やっぱり高校生としては群を抜いていた。間違いなく、そう断言できる。

私が龍也君の夢を実現しなければいけない――夏の甲子園に出場したときと立場が

完全に逆転してしまったのは、運命のもたらした皮肉としか言いようがなかったけれど、過去には戻れない以上、それを受け入れて前に進んでいくしかないじゃないか。

もう迷わなかった。これは前進しつづけるための儀式なんだと、自分に言い聞かせた。電話帳のデータの「削除」を選択する。

最終確認の言葉が出る。「君澤龍也　削除しますか?」。「Ｙｅｓ」と「Ｎｏ」が表示される。

少しだけ、利き手の左の人差し指がとまる。体を揺らすと、ブランコの錆びた鎖がぎしぎしときしんだ。

お父さん、お母さん、おじいちゃん、私決めたから。

真琴の左手が「Ｙｅｓ」を押す。夜空を見上げる。思いきり、空気を吸いこむ。

タクト君、諸角先生、律ちゃん、雫、そして、龍也君……。

見ててよ、私、暴れてやるからね。

15　二〇一五年　君澤龍也／二十三歳

「雨が上がりましたね」実況の言葉に、君澤龍也は目を細めた。「どうやら、通り雨だったようです」

照明に透けて見える、白い糸のような雨粒はすっかり見えなくなっていた。スタンドのビニール傘の花がいっせいにしぼんでいく。カッパのフードをとる人たちが映った。

雨上がりの夜の甲子園は、どことなく不思議な雰囲気を放っていた。強烈な照明の光の粒子が無数の水滴に乱反射して、淡くにじんでいるわりには、物の輪郭がはっきりと際立ち、きらきらと輝いている。

しっとりと雨を吸って、黒々と輝いた内野の土が匂い立つようだ。外野の芝も雨の粒をのせて、白っぽい光をみずから放っているように見える。

真琴が、マウンドの上で、ふと夜空を見上げた。すっと空気を吸いこんでから、深く息を吐き出す。それから、一つうなずいて、前を見すえた。嗅覚で雨雲が去ったことを確認したかのような、まるで動物みたいなしぐさだった。

「なんだか、顔が変わった……」七海がテレビを見つめながら言った。

「えっ？」龍也はとなりに座る七海を見てから、画面に目を戻した。

たしかに、真琴の顔からは笑みが消えて、よりいっそう静かな気配がただよっているように見えた。それがいい兆候《ちょうこう》なのか、悪い兆候なのか、もう龍也にはわからなかった。ただただ、真琴がおさえるのを願うだけだ。

ツーアウト・満塁の土壇場。もう失投は許されない。

「六番、サード・能瀬《のせ》。背番号、32」ウグイス嬢のアナウンスがかかる。

キメロ、キメロ、ノーセ！　黄色い波が揺れて、叫び声を上げる。能瀬は、バットを脇の下にはさみ、ユニフォームで水滴をふいてから、バッターボックスに歩いていった。

真琴が、タイムをとって、帽子とグローブをはずす。

何をするのかと龍也は思った。

いったんポニーテールをほどいてから、ふたたびきつく結び直す。何かの儀式のように、目をつむった静かな表情のまま、ぐっと髪の束を引きしぼって、一つにまとめる。汗と雨を吸った髪は、照明の光を受けて黒く輝いていた。

帽子を深くかぶり直して、息を大きく吐き出す。ピッチャーのスイッチがふたたび入ったのだと、テレビを観ている龍也にもはっきりとわかった。

能瀬はその様子を、バットを大きく振りながら見つめていた。ヘルメットの下の両目が、爛々と光っている。こちらも、プロのバッターとしてのスイッチはすでに入っているようだった。狩りをする人間の目だと龍也は思った。

プレーがかかる。

初球。ストライクゾーン高めから低めへ落ちていくシンカーだった。虚を突かれた様子の能瀬は、ぴくりと反応しかけたが、そのまま見送る。球審が何かに納得したように、一拍《いっぱく》間をおいてうなずいてから、ストライクを宣言した。

龍也も七海もほっと息を吐き出した。

とてもじゃないけれど、冷静には見ていられない。龍也は額に浮かんだ汗をぬぐった。

二球目。

サインをのぞきこむ。うなずく真琴。三人のランナーがじりじりとリードを広げていく。

セットポジションから、ややゆっくりと右足を上げて、両腕を大きく開く。羽ばたくように、しなやかなフォーム。本当に、鳥のように、そのまま飛び立ちそうなほど力強い。

しかし、その直後、ぐっと膝を折り、低姿勢ですべるように左腕を繰り出していく。

投じたボールは、能瀬の胸のあたりまで浮き上がっていくように見えたが、すぐに大きく沈みこんでいった。

体勢を崩した能瀬が、それでも振りにいく。内角に食いこみながら、沈んでいくスクリューボールにまったくタイミングが合わず、空振り。

甲子園が音という音にうめつくされる。カメラが揺れるほどの振動が球場を駆けめぐる。

あと一球！　かっ飛ばせ、能瀬！　様々な声が入り乱れて、混じりあい、龍也の頭の中でスパークする。火花を散らす。

マウンド上の真琴は、相変わらず余裕ともとれるような表情だった。キャッチャーから受けとったボールを顔に近づけて見つめながら、何かをぶつぶつとつぶやいている。

「何言ってるんだろう？」七海が聞く。

「わからない……」龍也は首をひねる。

ただ、龍也の目には、真琴がボールに魔法を吹きこんでいるようにも見えたのだった。曲がれ、曲がれ、と、まるで生き物に言い聞かせているように。

いろいろな人たちの思いを背負って、それでも軽々と目の前の水たまりを飛び越えるようにして、真琴が三球目を投じる。

絶好球が、ど真ん中に入っていく。

大丈夫だと龍也は信じた。

その直後、ぐっと曲がって沈みこんでいく。

真琴のシンカーは、バットをすり抜けるようにして、キャッチャーミットに吸いこまれていった。

バットが空を切る。観客たちが次々と立ち上がっていく。

空振りした能瀬が、バットを杖にして呆然と立ち尽くしていた。阪神ファンの悲鳴とため息が響き渡った。

「三振、三振です！」実況が何度でも繰り返して、絶叫する。「能瀬が、三球三振に倒れました！　試合終了です！」

捕球した瞬間、キャッチャーの守永が、ミットを大きく掲げた。そのまま、優勝したかのような勢いで、マウンドに走っていく。内野陣も集まって、次々に真琴をもみくちゃにしていく。

ジェット風船がいくつも舞い上がっていった。雨の上がった夜空が、カラフルな色で満たされた。真琴のセーブを祝している人もいるだろうし、半分ヤケになった阪神ファンが上げているということもあるだろう。

「鳥海真琴、女子選手としてはじめてセーブを挙げました！」実況の声がなおも響いていた。「歴史が、プロ野球の歴史が、また新しく塗り替えられました！」

それから、すぅっと潮が引くように、龍也の耳から音が消えていく。

頭が真っ白になって、もう何の音も聞こえなかった。マウンド上でハイタッチを交わす真琴を呆然と眺めていた。外野やベンチからも、琉球の選手たちがなだれこんでくる。真琴は、大柄な男たちから次々と手荒い祝福を受けていた。

おめでとう、ごめん、ありがとう、さようなら――そんな単純な言葉たちが、龍也の心の中で複雑にからみあって、混然一体となっていた。

それでも、龍也はいろいろな言葉たちがせめぎあうのを、ただせめぎあうにまかせていた。

チームメートから解放された真琴が、すっかり雨の上がった天を仰ぐ。それから、グローブをはずして、小脇に抱え、おもむろに両手を上げた。

そのまま、真琴は自分の両頰をつねった。その顔が痛みにゆがむほど、力いっぱい。

龍也君、夢じゃないよ、私はプロの世界で勝ったんだよ——そう言っているように見えた。

真琴がその手を離す。にっこりと笑った。赤くなった頰にくっきりとえくぼが浮かんでいた。

本書は二〇一四年十二月、小社より単行本として刊行されました。

|著者| 朝倉宏景　1984年東京都生まれ。東京学芸大学教育学部卒業。会社員となるがその後退職し、現在はアルバイトをしながら執筆生活を続けている。2012年に『白球アフロ』（講談社文庫）で第7回小説現代長編新人賞奨励賞を受賞。選考委員の伊集院静氏、角田光代氏から激賞された同作は'13年に刊行され話題を呼んだ。'18年『風が吹いたり、花が散ったり』（講談社）で第24回島清恋愛文学賞を受賞。他の著作に『野球部ひとり』（講談社文庫）がある。元高校球児でポジションはセカンド。

つよく結《むす》べ、ポニーテール

朝倉宏景《あさくらひろかげ》

講談社文庫
定価はカバーに
表示してあります

2018年３月15日第１刷発行

発行者――渡瀬昌彦
発行所――株式会社　講談社
東京都文京区音羽2-12-21　〒112-8001
電話　出版（03）5395-3510
　　　販売（03）5395-5817
　　　業務（03）5395-3615
Printed in Japan

デザイン―菊地信義
本文データ制作―講談社デジタル製作
印刷―――豊国印刷株式会社
製本―――株式会社国宝社

ISBN978-4-06-293879-2

講談社文庫刊行の辞

二十一世紀の到来を目睫に望みながら、われわれはいま、人類史上かつて例を見ない巨大な転換期をむかえようとしている。

世界も、日本も、激動の予兆に対する期待とおののきを内に蔵して、未知の時代に歩み入ろうとしている。このときにあたり、創業の人野間清治の「ナショナル・エデュケイター」への志を現代に甦らせようと意図して、われわれはここに古今の文芸作品はいうまでもなく、ひろく人文・社会・自然の諸科学から東西の名著を網羅する、新しい綜合文庫の発刊を決意した。

激動の転換期はまた断絶の時代である。われわれは戦後二十五年間の出版文化のありかたへの深い反省をこめて、この断絶の時代にあえて人間的な持続を求めようとする。いたずらに浮薄な商業主義のあだ花を追い求めることなく、長期にわたって良書に生命をあたえようとつとめるところにしか、今後の出版文化の真の繁栄はあり得ないと信じるからである。

同時にわれわれはこの綜合文庫の刊行を通じて、人文・社会・自然の諸科学が、結局人間の学にほかならないことを立証しようと願っている。かつて知識とは、「汝自身を知る」ことにつきていた。現代社会の瑣末な情報の氾濫のなかから、力強い知識の源泉を掘り起し、技術文明のただなかに、生きた人間の姿を復活させること。それこそわれわれの切なる希求である。

われわれは権威に盲従せず、俗流に媚びることなく、渾然一体となって日本の「草の根」をかたちづくる若く新しい世代の人々に、心をこめてこの新しい綜合文庫をおくり届けたい。それは知識の泉であるとともに感受性のふるさとであり、もっとも有機的に組織され、社会に開かれた万人のための大学をめざしている。大方の支援と協力を衷心より切望してやまない。

一九七一年七月

野間省一